病巣

巨大電機産業が消滅する日

江上　剛

朝日文庫

本書は二〇一七年六月、小社より刊行されたものです。

病巣――巨大電機産業が消滅する日／目次

病巣——巨大電機産業が消滅する日

第一章　派閥、三人の社員

1

日暮れの景色は、かくも悲しく美しいものか。北村厚(きたむらあつし)は、一瞬涙ぐみそうになった。最近、心が弱くなっている。こんなことではいけない。強くならなくては……。

十一月の半ばともなると日没は早い。高層ビルの谷間に太陽が沈み始めると、瞬く間に辺りは暗くなる。太陽は、命の限りを尽くして真昼を演じ続け、静かに舞台を下りて行く。人々は、明日も同じように太陽が昇るものと信じているが、果たして太陽の方は、どう思っているのだろうか。明日はもう地上を照らすつもりはないかもしれない。

だから日没の光はあらん限りの贅(ぜい)を尽くすかのように高層ビル群をオレンジに、そしてレッドに、やがてダークレッドへと鮮やかに彩る。そして最後は色のないブラックへと変わっていく。

踊り子みたいだな。ニューヨークのストリップショーのあるカフェバーを思い出した。

女たちは、布切れのような小さなパンティを身に着け、秘所だけを隠して乳房を揺らし、腰を振る。

汗ばんだ身体を色とりどりのスポットライトが照らす。ほとばしる汗までも青や赤に色が変わった。

ある時はしとやかに、ある時はみだらな笑みを浮かべ、こちらに誘いをかける。チップの一ドル札をパンティに挟んでやると、目の前で大胆に腰を振った。めくるめく輝き。しかしそれは一瞬のことだ。ライトが落ちれば、全てが闇の中に沈む。ばかばかしい想像に鼻白む思いがする。

ついに完全に陽（ひ）が落ちた。

北村がいるのは芝河電機本社ビルの三十五階会議室。ビルは、東京湾沿いにある。海が見える。東京湾だ。

真っ暗になってしまった海上を小さな光の点が少しずつ動いている。船が航行しているのだろう。

海も日没時には高層ビルと同様に色を変える。オレンジ、赤、そして黒へと変化するのだが、今は、タールを流したように黒い。

いつ頃から、この窓に広がる景色が、これほどまで切ない気持ちにさせるようになってしまったのだろうか。かつては希望もあったと思うのだが、いつ頃までそうだったのかと問われると、明確に答えられない。

「北村君、資料を寄こせ」

目の前に座る会長の南幹夫が頭を半分だけ回して小声で言う。

「はっ」

その声を聞いた途端に北村は意識を覚醒させ、資料を手渡す。

今、行われているのは社長月例という定例の会議だ。

北村は、数人いる南の秘書の一人として南の背後に控えている。

社長月例には、芝河電機の幹部が揃って参加する。会長、社長、ＣＰ（カンパニー長）、ＧＣＥＯ（カンパニーを統括し、ＣＰの上司に当たる事業グループ最高経営責任者）、コーポレイト（本社）の財務など。それに加えてカンパニーの部長や時には課長も参加する。

芝河電機は、一九九九年から社内カンパニー制を導入している。

カンパニー制とは、各事業部を独立した会社とみなし、ＣＰがそれぞれのカンパニー（部門別子会社）の事業に関する責任を負うというもの。

ただしそのＣＰの上には本社というコーポレイト組織があり、そこにはＧＣＥＯがいる。

さらに複雑なのは、ＧＣＥＯの上にＣＯＯ（代表取締役兼最高執行責任者）とＣＥＯ（代表取締役会長兼最高経営責任者）の二人が君臨していた。どこまで行っても偉い人の上に偉い人が続いている。

まるで逃げ水のようじゃないか。いったいどこまで屋上屋を架した組織なのだと、北村は秘書室に配属された際、しみじみ思った。

社長月例は月に一回の開催が決まっているが、ありていに言えば、主だった本社の役員、幹部がぞろりと揃っている会議だ。時には臨時で開催されることがある。

昔は、単なる営業報告会だった。しかし今は違う。それぞれのカンパニーの責任者が、震えあがり、卒倒するほどの緊張感のある会議になった。

そのような仕組みに変えたのが、北村の前に座る南だ。

南は、ある意味では芝河電機の中興の祖と言える。

北村は、南と初めて会った時のことが忘れられない。それは強烈な印象だった。

二〇一二年四月に秘書に任命された。秘書室長から「お前は南会長の担当だ。担当と言っても使い走りだがね。とにかく『はい、はい』と言うことを聞くように。絶対に口答えはならんよ」と申し渡された。初めてのコーポレイト勤務、それも会長秘書とは。なぜ俺なんだと不安を通り越して、恐怖心を抱きながら南に挨拶をした。

南は、大柄だ。顔も大きく、眼鏡の奥の眼光も鋭い。射抜くような視線だ。それだけで圧倒される。

北村は身をすくめて挨拶をした。

その時だ。

「このビルを取り戻さにゃいかんのだ」

南は、突然、強い口調で言った。

予想もしない、思いがけない言葉に北村は動揺した。

なんと言ってもこの芝河ビルを売却したのは、南だ。そのことは北村も知っている。

芝河電機本社ビルが建設されたのは一九八四年。景気はすこぶる良かったらしい。バブル景気に突入する直前の年だ。日本中が希望に沸いていたからこそ、これだけの高層ビルを建設することができたのだろう。「らしい」と想像でしか言えないのは、北村の入社は、バブルが崩壊し、沈みゆく大国と日本が世界から心配されている二〇〇二年だからだ。

「北村君と言ったね。この本社ビルが完成した頃は、日本の電機業界は世界を席巻（せっけん）していたんだ。それが今はどうだね。韓国や中国のメーカーに圧倒されているではないか。情けないことだ。君の入社は何年かな」

　南は少し口調を落とした。

「二〇〇二年です」

北村はそれだけ答えた。余計なことは一切口にしないように注意した。

北村が三田大学工学部を卒業して入社する前年の二〇〇一年、世界は混乱していた。ITバブルの崩壊やイスラム過激派によるアメリカの世界貿易センタービルへの攻撃など大事件が続いた。

しかし日本の景気は、長い不景気から回復基調に転じていた。そのため就職にはさほど苦労しなかった。北村は、幾つかの会社に内定を得た。

その中から芝河電機を選択した。理由は特にない。

自分の専門を生かすことができるなどと入社動機として答えたものの、大学院に進むことさえままならない成績だったから、そんな偉そうなことを言えた立場ではない。強いて言えば、同じ大学の先輩から入社を強く勧められたことぐらいだろうか。

入社後は、工場や販売の現場で働いた。若かったから芝河電機の業績が好調か、不調かは分からなかった。ただ必死で働いていた。仕事はそれなりに楽しかった。

「二〇〇二年入社か。若いねぇ。リーマンショックの時はなにをしていたのかな」

「はい、ＰＣ社でパソコンの営業をしておりました。あの時は大変だった記憶があります」

ＰＣ社とは、カンパニーのひとつ、パーソナルコンピュータ社のことだ。

サラリーマンとして頂上を目指さないという志向はない。まだ三十二歳だ。諦める必要はないが、ずらりと並ぶ幹部たちをこの場から眺めていると、ため息が出るほどトップへの道は遠く、霞んで見える。

しかし北村の前に大きな目をぎらつかせている南という男は、今は代表取締役会長、すなわちＣＥＯという一番遠くまで辿りついたのだ。

それも北村が所属したＰＣ社を立て直した成果によってだ。

「君もＰＣ社にいたんだね」

「はい、この前までおりました」

「あのカンパニーは私の原点だからね」

「承知しております」

南は、二〇〇三年にPC社が赤字になった際、自ら先頭にたって再建に当たった。その辣腕振りは、伝説となっている。

量販店に何度も足を運び、大柄な身体の腰を折り、客に頭を下げ、営業の先頭に立った。時には、法被姿で量販店の客たちに声をかけた。その姿はマスコミにも採りあげられたが、なによりもPC社の社員たちの気力を奮い立たせた。それまで個人客相手のPC社は、芝河電機では日蔭者だった。事業会社向けの営業の方が花形だった。北村も入社は電力社という火力や水力などの発電事業を担当するカンパニーだったが、花形の部門に配属されたと喜んだことを覚えている。南の下でPC社の社員たちは必死で働いた。その結果、見事に立ち直ったのだ。

この成果を最も享受したのが南だった。社長候補ではなかったにも拘らず、PC社を再建した功績により、山際仁の後を受け、社長となった。

危機に強い男、異能の経営者など様々な冠が南の上に捧げられた。

「リーマンショックの際はPC社も苦労したね。他のカンパニーも同様だがね」

せっかく上向きつつあった景気に水を差すように二〇〇八年、日本をリーマンショックが襲った。

アメリカに端を発した世界恐慌だ。リーマンブラザーズという老舗証券会社の倒産が、世界経済に大きな影響を与えたのだ。

彼らが販売していた低所得者向けのサブプライム住宅ローンを組みこんだ証券が、一気に紙くずになったから堪らない。その証券にたくさん投資していた欧米の金融機関が倒産寸前に追いこまれ、政府の支援を受けることになった。金融恐慌は企業業績の足をひっぱる。世界中の景気がたちまち悪化した。

リーマンショック以前には、世界中に溢れんばかりの金がばら撒かれ、バブル状態だったのだ。それがリーマンブラザーズの倒産で急速に資金収縮を来し、恐慌となってしまったわけだ。

この未曽有の事態に当時の日本の財務大臣は「蜂に刺された程度だ」とその影響を軽視したが、蜂は蜂でもミツバチではなくスズメバチだったことに、しばらくして気付くことになった。日本企業の業績も悪化した。

芝河電機も同様だ。その立て直しの先頭に立ったのもやはり南だった。

「私のような者が申すのは僭越でございますが、会長がおられたおかげで危機を乗り越えられたのだと思っております」

北村は、気力を振り絞って発言した。

実際、北村は南に心酔していた。もしリーマンショックの際、南がいなかったら芝河電機はどうなっていたか分からない……。

「ははは、君はなかなかお世辞が上手い。秘書向きだよ」南は嬉しそうに相好を崩し、

「私はあの時は死んでもいいと思った。否、死ぬ気だった。そう覚悟すれば道は拓けるも

のだ」と声を上げて笑った。

南は、異色のトップだ。途中入社であることだけでもそう言えるだろう。その異色さが彼をトップにまで押しあげたのだ。

南は、北村の出身大学とはライバルと言われる城北大学を卒業したが、理科系ではない。その後、帝都大大学院へと進学し、哲学などを学んだ。哲学を学んだ者を変わり者扱いするわけではないが、そんな男が芝河電機という大企業のトップになるというのは不思議と言えなくもない。

南は大学院修了後、何を思ったか知らないが海外に飛び出した。日本は、自分が住むには狭すぎたんだと冗談ぽく言うが、あながち嘘ではない。

だからだろうか、日本の他の経営者にありがちな、慎重さばかりが目立つということはない。どちらかと言えば大胆だ。

哲学を学んでいたおかげで、傍目（はため）には大胆に見えても慎重に考えているんだと本人は言うのだが、果たしてその通りかどうかはわからない。

言葉は悪いが、南は海外でバックパッカーとして〝放浪〟していた。その後、偶然に通訳としてドイツにある芝河電機欧州子会社に入社した。喰（く）いつめたのが理由だと何かで読んだことがあるが、実際のところは三十歳を過ぎ放浪を切りあげ結婚、ひとところに定着した暮らしを始めようと、期するところがあったのだろう。

入社後はめきめき頭角を現した。ちょうど上司に、後に芝河電機の「天皇」と異名を取る元社長、元会長、現相談役神宮寺魁斗がいて彼の信頼を得たのが大きかったとの噂だ。

リーマンショックに際して、南は大胆な経営判断を行った。危機に強い男の面目躍如だった。

南は、まず二〇〇八年度に大胆な赤字決算を実行した。連結当期純損失三千五百億円という巨額の赤字を出したのだ。それを埋めあわせるために二〇〇八年に本社ビルの売却、従業員五千人規模のリストラを実施した。

この四十階建の芝河ビルも今では、名前だけは芝河電機の看板を掲げているが、大家は別の企業になっている。

南が、「このビルを取り戻さにゃいかん」と言ったのは、余程、売却が悔しかったのだろう。

南は、赤字決算やリストラと同時に原子力発電を担う電力社などのインフラ部門を担うカンパニーに経営資源の集中を行った。

それは南が社長に就任した際に掲げた「選択と集中」の施策の結果、買収した原子力発電の会社であるＥＥＣ（イースタン・エレクトリック・カンパニー）の存在があったからだ。

それは買収額五十四億ドル（邦貨換算約六千二百億円）という巨額買収だった。ライバル企業の社長たちは一様にその巨額に驚き、「いったいどうやって採算を上げるつもりだ。自分なら絶対に買わない」と発言した。

そこには原子力発電の有力企業を買収した芝河電機へのやっかみは微塵もなかった。実際、彼らは本気でいわゆる「高値摑み」だと思っていたのだ。

しかし南は、この大型買収によって「選択と集中」の代名詞ともなる有名経営者となり、世間は勿論、財界の注目を浴びることになった。

決断できないリーダーが多い日本の中で数少ない、決断できるリーダーとなったのだ。

このEECの買収は、芝河電機の財務に大きな負担となったが、南には勝算があった。原子力発電所がアジアを中心に多く造られるのを見込んでいた。「二〇一五年までに三十三基の原子力発電プラントを受注、着工する」と南は大見得を切った。

原子力発電所事業だけで売上一兆円の達成……。これは実現容易な数字だと思っていた。だから赤字決算など、まったく怖くなかった。一方で赤字を出しつつも、もう一方で迷わず経営資源を原子力発電分野に集中していく。まさに「選択と集中」。これでなにもかも上手くいく……。

南は、一連の赤字決算の責任を取る形で二〇〇九年に社長を後任の日野賢太郎に譲って会長に就任した。この引き際も潔いと好評だった。

南は、社長の座、すなわちCOOの座は日野に譲ったものの経営の実権は握っていた。代表取締役兼最高経営責任者は、会長すなわちCEOだ。

実は、社長の座を譲ることは、なにも潔いことではない。より高い権力者になるということだ。

南はついに芝河電機の最高権力者の座に到達したのだ。

「ＥＥＣを買収しましたが東日本大震災による原発事故は予想外でした」

北村は言った。その瞬間に後悔した。余計なひと言を口にしてしまったと思った。

南の表情が一瞬強張った。

甘かったのだろうか。南は、自分のことを気にいってくれている、最初の出会いにしてはよく話しかけてくれる、と弾むような思いがしたのがいけなかったか。

「まあ、座りたまえ」

南は北村にソファに腰掛けるように言った。

北村は躊躇した。秘書は客ではない。通常は立ったまま指示を受けたり、叱責されたりするものだ。

判断がつかず、如何にもぐずぐずとしたままでいた。

「座れと言っているんだ」

南が怒りを含んだ声で言った。

「は、はい」

北村は慌てて座った。

南は、厳しい顔つきで北村を見つめた。いったい何を話そうというのか。

「ＥＥＣは何も問題はない。原発事故は確かに誤算だった。しかしそもそも東京電力福島第一原発は私たちの先輩が造ったものだ。ＢＷＲとしてな。ＥＥＣは、今、世界の主流となっているPWRだ。我が社は、EECの買収でBWR、PWRの両方の技術を手に入れたのだ。分かるな」

南の目が鋭い。

「はい」

北村のこめかみに汗が滲む。

BWR（沸騰水型）もPWR（加圧水型）も核分裂反応で水を沸騰させ、その熱エネルギーでタービンを回し、発電することには変わりはない。

違いは原子炉で直接水を沸騰させるか、そうでないかだ。BWRは原子炉で直接沸騰させる、PWRは別の容器に熱だけ移し、そこで沸騰させる。

当然、別の容器の分だけPWRの方が複雑でコストが高くなる。しかし原子炉で直接沸騰させないため、放射能汚染水でタービンを回すわけではない。そのため安全性が高いと言われ、世界の主流となっている。

「両方の技術を持つ会社は我が社だけだ。日本ばかりじゃない。あらゆる国がこれからエネルギー不足になる。その際、原子力に頼らざるを得なくなる。これは道理だ。風力だの地熱だのと言う奴らがいるが、原子力より優れたものはない。そうであれば、どうなる?」

南は北村の膝に手を置き、身を乗り出し、顔を近づけた。

北村は、思わず身を引いた。南の息がかかりそうだったからだ。

北村は目を伏せた。南の言う意味が分からないということを態度で示した。

南は、北村の膝から手を離し、「事故が起きようが、どんな事態になろうとも原発事業は我が社に来る。だから原発に経営資源を集中するのは正しいのだ。分かったか」と強い口調で言った。

「はい」

北村は、やっとの思いで返事をした。

福島第一原発事故後、芝河電機の原発関連受注は、全くない。それでも南は強気を隠さない。それは弱気になれば経営そのものが揺らぐことになるからだ。

「君には期待しているよ。若いということは素晴らしい。私を支えてくれたまえ。その見返りと言ってはなんだが、君には経営というものの厳しさを教えてあげよう。それは君が将来、我が社の幹部になっていくのに絶対に必要だからね」

一転、南は穏やかに言った。

北村は震える思いだった。芝河電機のトップである南から直接的に経営ノウハウを伝授してもらえるのだ。こんな幸運があるとは思わなかった。

芝河電機は、将来有望な若手を経営トップの秘書にして、経営者教育を施すという話を聞いたことがある。

社員教育の裏メニューとでもいうべきプログラムだが、古くから続いていた。誰が対象人材を選び、どう教育されるのかは分からない。アメリカの優良企業に経営者の身近に若手を置き、帝王学を教えるという教育プログラムがあると聞き、かつてのトップが、取り入れることにしたという。

しかし日本企業には、早くからエリートとして他と峻別することを良しとしない風土がある。皆が同じ釜の飯を食うことが大事だからだ。そこで芝河電機は、秘書として発令し、トップに気にいられたら帝王学を伝授してもらうということにした。これはあくまで北村が耳にした噂に過ぎない。

しかし南の態度は、その噂が真実だったことを裏付けている。自分は選ばれたのだ、北村は興奮で血が逆流するのを感じていた。

あの興奮から、二年半が経った。今、どれほどあの時の熱い思いが残っているだろうか、と北村は考える。

南は、北村の直ぐ前に座っている。その背中しか見えないが、太い眉を吊りあげて厳しい表情で会議室に集まっている各カンパニーの社長たちを睨んでいることだろう。

南は確実に初めて出会った頃の輝きを失い、影のみが濃くなっている。その影は陰惨な色あいさえ滲ませ始めている。そのことが北村を絶望的な気持ちにさせる。

帝王学……。何が帝王学だ。たんなる派閥争いではないか。それを勝ち抜く方法が帝王学とでもいうのか。

南の隣には芝河電機社長の日野賢太郎がいる。

「君たち、もっとチャレンジしろ。このままでは日山電機に水を開けられた決算になるぞ。ＳＩＳ社はなくなるぞ。それが嫌ならチャレンジしろ。何があっても黒字を確保するんだ」

日野の横顔が見える。眉が吊り上がり、口を尖(とが)らせ、唾を飛ばしている。丸く膨らんだような顔が、今にも破裂するのではないかと心配になる。

ＳＩＳ社と略語で呼ばれているのは、カンパニーのひとつ、ソーシャル・インフラストラクチャー・システム社だ。

「チャレンジ、チャレンジ、チャレンジ。なんどでも言うぞ。チャレンジしない者は人間のクズだ」

日野が声を張り上げる。

南が日野に顔を向けた。眉間には深く皺(しわ)が刻まれている。如何にも不機嫌な様子だ。

日野は、南が後継者として選んだ男だ。共にＥＥＣの買収を行った。その時は、兄弟のように仲がよかった。

しかし今、南から輝きを失わせたのは日野との確執だ。

――日野だけは許せない。全く期待外れだ……。

南は、時折、呻(うめ)くように北村に呟(つぶや)くことがあった。

2

北村は、窓の方に視線を向けた。そこには、もはや暗闇しか見えなかった。

「君たち、仕事をなんと心得ているんだ。利益が上げられないのは仕事じゃないぞ。電力社が頑張らねば、どこが頑張るんだ」

日野賢太郎がこめかみに血管を浮きあがらせて怒鳴っている。その指が示す先には電力社のCP佐藤真一が今にも気を失いそうになりながら立っている。

「しかし、これ以上、コストは下げられません」

佐藤は震え声でなんとか答えた。

「なんだと」と日野はいきなりテーブルを叩くと、立ちあがった。

他のCPや役員たちは、誰もが首を縮め、うつむいている。

ただ一人、南だけが日野に視線を向け、眉根を寄せている。

日野は、見るからにいかつい顔をしている。怒り出すと顔が赤くなり、膨張してさらに大きくなるような気がする。黒ぶちの眼鏡をかけ、そのレンズの奥の目が爛々と輝く。

日野は、COO、社長の席を離れ、つかつかと佐藤の席にまでいくと、胸倉を摑み、絞りあげた。

佐藤は、日野に比べれば貧弱な身体付きだ。ワイシャツから細い首が伸びているが、それが日野の手で絞られ、一層、細くなっている。

「や、やめてください」

佐藤は息も絶え絶えに言った。

「社長、ちょっとお待ちください」

佐藤の傍に控えていた宇田川哲仁が日野の腕を摑んだ。

「何をしやがる」

日野は、こんどは宇田川に食ってかかりそうになった。

「私たちが悪いんです。なんとかしますから」

「主任風情が余計なことを言うな。私はCPのやる気のなさに怒っているんだ」

「おい、日野君、いい加減にしなさい。見苦しいぞ」

南が言った。

日野は振り向き、南を見た。そして怒鳴るのを止め、自席に引きかえした。

「宇田川、助かったよ」

佐藤が、椅子に腰を下ろしつつ、宇田川に小声で言った。

社長月例のために集まった芝河電機の幹部たちも宇田川の行動に驚いていた。

社長月例とは、月に一度開催される「地獄」だった。

会長の南、社長の日野が正面に座り、その周りに本社事業グループ最高経営責任者のGCEO、各カンパニーのCPらが集まる。

会議とは名ばかりで、どうして「地獄」と呼ばれるのか。それは一方的に日野からチャレンジという「もう一段の利益アップ、コストダウン」を強いられるからだ。言いわけしようものなら、卒倒しかねないほどの罵声を浴びせられる。

たまには、先ほどの佐藤のように首根っこを締め上げられることだってある。

前任の南が社長だった時から厳しくなったが、日野が社長に就任し、会議を仕切るようになってからは一層、厳しさが増した。

「佐藤、座っていいと言っていない。立ってろ！」

日野の罵声が飛んだ。

佐藤は、椅子に着地寸前だった尻を急に持ちあげた。椅子がガタガタと音を立てて揺れた。宇田川は慌てて、椅子を支えた。

「はい、申し訳ございません」

佐藤は青ざめた顔で再び直立した。

原子力発電、火力発電などから鉄道改札などの自動化機器、交通機器など電力・社会インフラ部門を担当する芝河電機の有力社内カンパニーである電力社の社長の佐藤も、日野の前では厳しい親に叱責される未就学児童並みの扱いだ。

「うちのＣＰは、要領悪いからなぁ」

宇田川は聞こえないほどの小声で呟いた。

真面目で大人しい佐藤は、いつも日野の餌食だった。

社長月例に出席する際、佐藤は、火力水力事業部長と営業第一部長を兼務する高井幸彦を通じて宇田川の社長月例への参加を頼んできた。だから主任という平社員に近い立場にも拘らず宇田川が参加しているのだ。それは宇田川が社長の日野に可愛がられているということが理由となっている。

＊

宇田川は、二〇〇二年に城北大学の法学部を卒業して入社した。

それ以来、電力社の火力水力事業部で営業担当として働いている。

佐藤を厳しく叱責している日野が電力社のＣＰだった頃、その下で働いていた。

「お前、日野さんとできてるんじゃないの？」

同僚からそんな風にからかわれたことがある。それほど日野から目をかけられたのだ。

理由として考えられるのは日野とのボート繋(つな)がりだ。

日野は城北大学理工学部で漕艇(そうてい)部、すなわちボート部で活躍した。あの地声の大きさは、ボートで鍛えた喉(のど)のお陰だ。隅田川のような広い川で心を一つにしてボートを漕(こ)ぐには、相当な大声を出さねばならない。

宇田川も城北大学の漕艇部出身だ。城北大学の漕艇部は歴史が古く、隅田川で開催される城三レガッタは、大学対抗の花形スポーツの一つである。

電力社には大学の体育会系運動部出身者が多い。

日野の好みが反映しているとも言えるが、元々、電力会社との交渉は力ずくのことが多く、打たれ強く、先輩後輩の礼を重んじる体育会系運動部出身者を多く採用、配属していた。

「俺は機械いじりが好きでなぁ」

日野が電力社の社員の前で語ったことがある。

宇田川が入社した時のことだ。

「子供の時から機械を見たら、分解して中身を見ないと気が済まなかった。それで大学では機械工学を学んだんだが、芝河電機に面接に来た際、『お前、原子力をやれ。でかい機械を造らせてやる。芝河電機が潰れたって原子力だけは残る。安心しろ』と当時の社長から言われたんだ。それで『でかい仕事がやれるなら』と入社を決めた。それ以来、原子力一筋だ。君らも『でかい仕事』をやらせてやる。死ぬ気で働け」

電力社に配属された宇田川たち新入社員を前に日野は熱く語った。

自分自身が体育会系運動部出身である日野はチームワークを重んじる。それはもはや信仰と言っていい。

「ボートはな、チームワークがないと前に進まないんだ。ぐるぐるミズスマシみたいに回りやがるんだ」

これも口癖だ。経営にひっかけて言っているのは自明だ。

新入社員に向かって話した後、一人一人と握手をした。

宇田川の番になった。緊張した。手に汗が滲む。ズボンでそれを拭う。

日野が勢いよく手を差し出してきた。でかい顔が目の前にある。大きな口を開けて「頑張るんだぞ」と言うと、黄色い歯がまさに嚙みつかんばかりに迫ってきた。

「君はボート部なんだってな。城三レガッタにも出たのか」

日野は相好を崩して言った。

「はい。レギュラーでしたので」

宇田川は、熱気に当てられ、身体が燃えるような気がした。

「そうか。それはすごい。俺もボートをやっていたんだ。だからボート部を採用しろって言っていたんだ」と言い、「手を見せろ」と宇田川の手を掴んで引きよせた。

「うーん、いいタコだ」

日野は満足げに宇田川の掌のオールダコをぐいぐいと親指で押した。

――単純でいい人なんだけどな。

宇田川は、正面で怒鳴り続ける日野を見ていた。

佐藤は、まだ立たされたままだ。日野の怒りは、一向に収まりそうにない。

宇田川は、日野が保有するクルーザーに同乗させてもらったこともある。

日野は独身。猫好きで知られている。出張の車やクルーザーにも猫を乗せる。猫の種類はメインクーン。ふさふさとした白と黒の毛が縞模様を作り、大きく、優雅だ。

クルーザーでは宇田川は猫の担当だ。

「猫はいい。犬のように飼主の顔色を窺ったり、媚びたりしないからな。俺もそういうタイプを好むから、よく覚えておけ」

日野は、クルーザーを操縦しながら言った。

日野のクルーザーに乗ったことを同僚に話すと、皆が一様に驚いた。

そんな扱いを受けた社員は数えるほどしかいない。日野が独身であることから、日野とできているとの噂が流れたのもクルーザー同乗以来だ。

勿論、からかって流されている噂だとは宇田川は百も承知だ。しかし、これはいい兆候だ、徹底的に利用してやれとしたたかに考えた。

権力者の日野に気にいられて、悪いことはない。媚びる社員は嫌いだと言っている以上、宇田川は日野に媚びた態度を取る必要はない。

立場をわきまえつつ、言うべき時には言うという態度でいいのだ。

おかげで周囲の誰もが怖れる日野という男に、宇田川は言葉を返すことができる数少ない立場を勝ち取ることができた。

主任という立場では、この社長月例に出席する機会はほぼ皆無だ。

芝河電機にはやたらと上司が多い。縦に幾つも役職が重なっている組織だ。

最若手は担当だが、その上に主任がいる。今の宇田川のポストだ。これは年功序列で誰でも就くことができる。

その上は、参事、まあ係長というところか。その上に課長、そして部長、またその上に事業部長、そしてその上のCPに辿り着く。これで終わりかと思ったらその上にGCEOがいる。そしてようやくCOO、CEOになる。

その意味では、COOの日野は宇田川にとっては霞んで見えるほど遠い存在のはずだが、他人が羨むほど近しい関係だ。

決して頻繁に会うわけではないが、宇田川は日野から寵愛(ちょうあい)を受けていると実感していた。

宇田川は、元来、積極的な性格だ。日野の寵愛を自覚することで仕事にはますます迫力が出て来ていた。

実際、ややこしい案件などは、直接に日野に持ち込みたいくらいだが、そういうわけにはいかない。

CPなどカンパニーの幹部たちを飛び越えて行動するほど宇田川は愚かではない。立場はちゃんとわきまえていた。

「宇田川、一緒に来てくれないかなぁ」

高井が情けない顔で言った。宇田川の直属の上司だ。

主に最大の電力会社である大東京電力を担当する部だ。

部は建設グループとメンテナンスグループに分かれている。

建設グループが発電所建設を受注し、その維持、修繕をメンテナンスグループが担うという分担となっている。

火力水力事業部には、第一部から第七部まであり、これで全国の発電所や企業内発電設備の建設、メンテナンスを行っている。

「どうされたんですか？　私は営業に出なけりゃなりません」

宇田川は言った。

「そんなつれないことを言うなよ。CPの佐藤さんがたってのお願いって言うんだよ」

「CPがですか……どうしたんですか？」

「佐藤さん、どうも要領が悪くてさ。日野さんと折り合いがよくないんだよ」

「驚きですね。佐藤さんって日野さんの金魚のフンって言われていたんじゃなかったですか」

宇田川は言い終わってすぐに口に手を当てた。

「おいおい、バカなことを言うんじゃないよ。言い過ぎだよ」

高井が、宇田川の直截的な表現に薄笑いを浮かべた。

佐藤も技術者で、同じ技術者同士で日野の子飼いと言われている。CPにまで上り詰めて、ゆくゆくはその上までと噂されているが、最近はどうも順調ではないらしい。

日野のチャレンジ要求に応えられないのだ。

チャレンジというのは、芝河電機の中で頻繁に使われている言葉だ。相当以前から使われているのだが、より利益を上げること、よりコストダウンを図ることをトップが部下に指示する際、「チャレンジしろ！」「チャレンジが足りない」などと言う。

「CPは日野さんに遠慮しすぎですよ。無理なものは無理と言えばいいのに」

宇田川が顔をしかめた。

「お前じゃないんだよ。CPともなれば大変なんだ」

「確かに最近の日野さんはチャレンジの要求がきついですよね。南さんの後釜を狙っていますからね。今が勝負時って考えているんじゃないですかね。でも決めるのは天皇ですけどね」

「お前、喋り過ぎだよ。口は災いの元っていうからそれ以上、口にするなよ。決めるのは天皇だなんて余計なことを言う口には厳重にチャックをしておけ」

高井は、唇に指でチャックを締める真似をした。

天皇というのは、相談役の神宮寺魁斗のことだ。元社長、元会長で、南の前前任者にあたる。

やせぎすで厳しく射すくめるような目つきの神宮寺は芝河電機本社ビルの実質最上階に当たる三十九階に最も広い個室を保有し、車と秘書を宛てがってもらっている。政府関係の多くの役職に就任しているが、「ホームグラウンドは芝河電機だ」と言い、とっくに引退しているべきなのに、毎日出勤し、本社ビルから政府機関などに出かけて行く。

神宮寺に何か大きな実績があったのかと言えば、そんなことはない。むしろ彼の社長、会長在任中の芝河電機の業績は振るわなかった。

しかし政府関係の役職を決して断ることがないという評判で、次々と経済政策に関わる有識者会議のメンバーや委員会の委員などをこなしているうちに芝河電機の天皇と呼ばれるまでに影響力を行使できるようになった。

本人は、「全く影響力なんてありません」と言っているが、それを真に受けている者は少ない。

「そうは言いますけど、部長。日野さんと南さんの仲の悪さはもう誰も否定しようがありませんよ。それで日野さんは、天皇に近づくことにしたんでしょう。最終的に南さんの後を受けて会長に座るためには天皇の承認が必要ですからね」

「そんなことはどうでもいいじゃないか。俺たち下々の者には関係がないことだ」

高井は嫌な顔をした。

「でも日野さんがもっと偉くなるかならないかで、我々の人生も変わってくるんじゃないですか。無関心ではいられません。それにしても昔は仲が良くて、『おい日野、はい南さん』という関係だったのに、どうしてこんなに溝ができたんでしょうかね」

宇田川は首を傾(かし)げた。

「上の人のことは分からんが、偉くなるにつれて気にくわないことが多くなったんじゃないか。お互い強気の人同士だからな。日野さんが社長をやりながら神宮寺さんに倣って政府関係の仕事もこなすみたいな、まるで芝河電機を代表しているような振る舞いを止(や)めないのが、最初のきっかけだったんじゃないか。もっと社業に身を入れろ、と思っているんじゃないか。日山電機に負けてばかりで引き離されつつあるからね。それが南さんは悔しいんだろう」

高井は南に同情的に言った。高井は南派閥なのだろうか。

「南さんは日野さんに嫉妬しているんですよ。日野さんは、パワーがありますからね。体育会系運動部人脈で政府関係の仕事も受けてきちゃいますし。自分の立場がなくなると心配しているんじゃないですか」

宇田川は言った。

「そうかもしれない。でもそんなことより佐藤さんの頼みは、お前が傍にいたら、少しは自分に対する怒りが和らぐんじゃないかということだ。お前のようなずけずけ言う奴が、なぜだかは分からんが、日野さんに可愛がられているんだよな」

高井はあきれ顔で言った。

「しょうがないですね。私は、佐藤CPのボディガードってわけですね」

宇田川は苦笑した。

「どういう結果になるかは、まあなんとなく分かっている。今回の案件は難しい」

「工場の方はもうこれ以上、ネットを下げられないって抵抗していますからね」

ネットとはNETと表記され、工事原価のことを言う。工場から見れば利益を含む売上、営業から見ればコストだ。

「ああ、取り敢えず受政会議は通ったけれど、社長月例では否定される可能性が高い……」

「あわよくば、社長月例で南さんがゴーサインを出してくれるかってとこですかね」

芝河電機ではネットとSP（セールスプライス）と略されている見積工事収益総額、すなわち取引先へ提示する価格との差額が利益や損失となり、その額を見つつ、受注が判断されている。

そしてどれほどのSPを提示するかの権限は受注金額の大きさで決められている。

例えば電力社における原子力発電関係では一件の受注金額五十億円以上で、電力社の経営に大きな影響を及ぼすような案件はCP決裁となる。それ以外は各カンパニーの事業部長決裁だ。

CP決裁案件は、決裁前に受注政策会議（略称受政会議）にかけられる。そこにはCP、カンパニー副社長、総括責任者、事業部長、法務部長、総務部長、経理部長、技術管理部長、生産企画部長、調達企画部長、企画部長、CPが必要と認めた者などが出席する。さながらカンパニーの取締役会のようだ。

こうやって決裁されたにも拘らず、案件は、毎月一回、下旬に開催される社長月例と言われる会議で、否決されることがある。

社長月例は、社長の日野、会長の南の前で、各CPやGCEOらが各カンパニーの月次予算や重要案件などを説明するのだが、「地獄」と言われるほど厳しい叱責に耐えねばならない会議だ。

「せっかくカンパニー内で会議を重ねたのに社長月例で、怒鳴られてお終いだからなぁ」

高井が情けなさそうに不満を洩らす。

「だいたいうちの会社、会議が多過ぎませんか。嫌になっちゃいますよ。それもみんな社長月例に向けての会議ばかり。なんとか怒られないようにする言いわけ会議……。いい加減にしろってか！」

宇田川が吐きすてるように言った。

「確かになぁ。お前の言う通りだ。会議に出るだけで、仕事をした気になるからなぁ」

例えば、電力社の毎月の予算状況、すなわち目標を達成したか否かの報告でも会議だらけと言っていい。

電力社は、毎月初旬にコーポレイトの財務部に前月までの実績を報告。続いて電力社内で月次予算会議が開催されて、その月や期の見込みを修正する。それを踏まえてＧＣＥＯとの打ち合わせ会議。これは社長月例にどのように臨むかを検討する会議だ。

ここまでやってようやく社長月例になる。そしてけちょんけちょんにやられるというわけだ。

その結果、社長月例の後にもＧＣＥＯとの会議、電力社内の幹部へのフィードバック会議などが目白押しとなる。

＊

「佐藤君、君はこんなチャレンジしない金額で受注できると本気で思っているのか。よくこんな数字を出してきてよくもいけしゃあしゃあと電力社のＣＰ面（づら）をしていられるものだ。呆（あき）れた奴だ」

日野は、誰に遠慮をすることもなく佐藤を罵倒し続ける。

付議されているのは、ある地方自治体向け配電システム受注のＳＰだ。

「しかしネット九十億だったものをここまでコストダウンを図ったのです」

佐藤は言い訳がましく言った。

「何がネット九十億円だった⁉　いい加減なことを言うな。ここまでコストダウンできたのだからもっとチャレンジしろ！　チャレンジが足らん！」

会議室中に日野の罵声が響く。大学時代に漕艇部で鍛えた声は、佐藤の身体を揺らすほど衝撃が強い。

「しかしどれだけチャレンジしましても今回のネット八十億がぎりぎりかと……。ＳＰは九十億円ですが、電力社で何度も協議を重ねまして、これ以上ネット、ＳＰの引き下げをやりますと電力社の通期実績が赤字になってしまいます」

――なんとか佐藤が踏ん張っている。

いい加減にしたらいいのに。答えは分かっている。抵抗するだけ無駄だよ。

宇田川は、佐藤の眉間に刻まれた深い皺を見つめていた。

「赤字だと……」

日野の呻くような呟きが聞こえた。

「はあ、これ以上ネットは下がりません。工場も無理だと言っております」

「そこをチャレンジさせるのがＣＰの役割だろう」

日野の口調が穏やかになった。こうなると次が怖いことは誰もが知っている。

佐藤の表情も強張りが増す。

「はあ……。分かりました。それでは、もう少しぐらいならなんとかネットの引き下げ努力をいたします」

佐藤の声が消え入りそうなほど弱々しくなった。

「どれくらい下げられるんだね」

「二億円くらいかと思いますが」

「ほほう、二億円かね。ネット七十八億円か。ＳＰはどうなるんだ」

「そのまま二億円引き下げて八十八億円とします」

「それで日山電機に絶対に勝てるんだな」

日野の目が一段と大きく見開かれた。

「はあ、それはなんとも……。しかし自信はあります」

「それじゃあ八十八億円で入札に臨みなさい」

日野が言った。

一瞬、何が起きたか分からないという凍りついたような空気が会議室に満ちた。

日野の隣の南も小首を傾げている。なぜ日野が八十八億円で了承したのか、誰も理解できないでいる。

——差し戻しは確実だと思っていたのに……。

宇田川も不思議そうに首を傾げた。

佐藤の顔色が良くなった。青白くなっていたのが、血の気が戻ってきた。

「ありがとうございます。それではネット七十八億円、ＳＰ八十八億円で入札させていただきます」

佐藤がほっとしたように微笑(ほほえ)みながら席に着こうとした。

「佐藤君」

日野が声をかけた。

「は、はい」

佐藤が腰を浮かし気味に答えた。

「電力社は赤字になるんだね」

日野の問いかけに佐藤はわずかに首を傾げた。問われている意味が分からないとでも言いたげだ。

「いえ、これで受注できましたら大丈夫かと……」

佐藤は自信なげに答えた。

「こんなもので受注できるか！　受注できなければ電力社は赤字だ。君は電力社の我が社での位置付けが分かっているのか」

「分かって……」

「いや、分かっていない」

日野は佐藤の返事を遮って声を張り上げた。

「売上で約三割も占め、利益も電子デバイス部門と並んで稼ぎ頭の一つだ。しかしそれが赤字になるようであれば、電力社の存続をも考えねばならない。君は、最後の電力社の社長になるんだ。嘘だと思うな。私はやると言えばやる。たとえ電力社が私のホームグラウンドであってもそんなことは気にしない。君ごと、会社ごと、どこかに売っぱらってもいいんだ。赤字で置いておく意味はないからな。なんとしてもこの案件を受注して、なおかつ黒字にするんだ。それができないなら佐藤、お前、辞表を書け。チャレンジだ。チャレンジしろ。チャレンジできないＣＰなどまったく存在価値はない。クズだ。人間のクズだ。無能な奴め。もしこの案件を日山電機にでもとられてみろ。どれだけ公家集団、無能集団とバカにされるか分からない。それを思うと悔しくて悔しくて、私は泣きたくなる。お前は悔しくないのか。ネット、ＳＰともっともっとチャレンジしろ。目標はＳＰ七十億円だ。それでなおかつ電力社が黒字になるネットにするんだ。それができないなら、今すぐ辞表を書け！」

会議室に怒濤のごとき日野の怒声が響いた。

「日野君、もういいだろう」

南が思い余ったように声をかけた。

「いいことなんかありません、会長。あいつはもう一段上のチャレンジを渋っているんです。あなたのホームグラウンドのＰＣ社の赤字を埋めようなんて気はさらさらない」

日野は南を睨むように見つめた。

南のホームグラウンドはＰＣ社というパーソナルコンピュータを主に販売する部門だ。南は、ＰＣ社を再建したことで名を上げたが、ＰＣ社は再び不振に陥り、近年は赤字で苦労している。

そのため新たな収益部門を構築しようと、日野と組んでＥＥＣという原子力発電企業の巨額買収に踏み切ったのだ。

南の表情がみるみる険しくなっていく。

日野がPC社の赤字に触れたからだ。それに加えてPC社を南のホームグラウンドと言った。

南はCEO、芝河電機のトップだ。その立場の人間に特定のホームグラウンドというものはない。いわば芝河電機全体がホームグラウンドだ。

しかし現実はそうではない。PC社の不振に南は非常にこだわっている。なんとかしなくてはならないという思いが強い。そのことはこの会議の場にいる誰もが知っていることだ。

もう一度、かつての輝きを取り戻せないかと考えない日はないと南が愚痴るのを、誰もが聞いている。

――日野さん、なんてことを言うんだ。南さん、確実に怒っているじゃないか。余計なことを言うんだからな……。

宇田川の目には、南の、怒りが爆発するのをじっと耐えている表情が映っていた。

日野は、南のそんな表情を楽しむように、薄く笑い、ふいっとばかりに南から視線を外す。

そしておろおろとする佐藤に向かって「SP七十億円までチャレンジしろ。できなければ辞表を持ってこい」と言い放った。

佐藤は、もはや立っているのがやっとのようで身体をゆらゆらと揺らす。

宇田川は、このまま倒れてしまうのではないかと思い、佐藤の身体を両手でそっと支えた。

「おい、宇田川、お前は主任のくせになぜここにいるんだ」

日野の声が宇田川を襲った。

「はい、これは私の案件であります」

宇田川はすっくと立って南にはっきりと聞こえるように言った。

この自治体向け配電システムは、日山電機などと競って、ようやく入札可能の段階まできたのだ。

なんとか落札したいのは、日野ではなく、自分の方だった。そんな強い思いが宇田川の表情に出ていたのだろう。

「なにがなんでも落札したいと思っているか」

日野が聞いた。

「はい、思っております」

宇田川が答えた。

「それならもっとチャレンジしろ。分かったか」

「はい。チャレンジいたします！」

宇田川は、喉を振りしぼって答えた。

「よろしい。今日の社長月例はこれで終わる。佐藤、クビになりたくなければ、チャレンジしたSPを持って、俺のところに後から説明に来い！」

日野が、音が出るほど机を叩いた。

佐藤の身体がぐらりと揺れた。宇田川は慌てて、両手でそれを支えた。

＊

「やられたなぁ。こてんぱんだよ」

佐藤は、会議室からあやうげな足取りで廊下に出た。

宇田川は、彼の身体を支えようかと思ったが、止(や)めた。あまりにも情けないと思ったからだ。

「お疲れさま」と他のＣＰが佐藤に声をかけて、傍を通り過ぎて行く。

今日の社長月例は、佐藤が生贄(いけにえ)に差し出されたため、他のＣＰたちはさほど叱責を受けずに済んだ。そのことに彼らは安堵(あんど)している。

「明日は我が身」という言葉があるが、どのＣＰも明日のことまでわずらう余裕はない。「明日のことを思いわずらうな、明日のことは、明日自身が思いわずらうだろう」という聖書の言葉通り、明日は明日の風が吹くという思いだ。

ＣＰたち経営幹部は、社長月例での日野の罵声、それに加えて南の叱責にも耐えるためにあまり深刻に物事を考えないようになっていた。深刻に考えれば、ノイローゼになるしかない。

真面目な佐藤は、電力社が赤字にならないように入札価格を真剣に考えて提案した。しかし、理不尽にもそれは日野によって否定された。断罪されたと言ってもよい。真面目に考えるからだよ、どうせ否決されるのだから、少しは空気を読んで、日野の考えを読んで提案したらどうなのか。

他のCPは、冷ややかな視線を向けて会議室をそそくさと後にする。

宇田川は、彼らを見て、「ストックホルム症候群のようだな」と小さく呟いた。

――ストックホルム症候群……。

犯罪者に監禁された被害者が犯罪者に媚びたり、協力したりすることを言う。これは異常な環境の中で、人が生き残ろうとするための当然の反応だと精神科医は説明する。

例えば幼い子どもが母親から絶えず叱られていると、そのうちに自主性をなくし、母親の言いなりになってしまうことがある。

また異常なほどの強圧的な教祖の指導を受けているうちに、その教団内では教祖の命令が絶対的で誰も反論できなくなり、反社会的な行為さえ平気で起こしてしまう。

彼らも同じような症候群に罹（かか）っているのではないか。

芝河電機のCPら経営幹部たちも生き残るためには南や日野に媚びを売り、すり寄り、その考えに逆らわないようにするしかない。

――俺は？

宇田川はよろよろと力なく、うつむき気味に歩く佐藤の背中を見ながら自らに問いかける。

――俺は、ストックホルム症候群などには罹らない。日野を徹底的に利用して、いつかトップになってやる。言いなりになんかなるものか。愚かな羊どもめ！

宇田川は、両手を真っ直ぐ前に向け、拳銃のように構えた。

「ドンッ」

撃った。

背を見せる佐藤が、前方につんのめりそうになるほど大きく揺れた。

3

瀬川大輔（せがわだいすけ）を乗せた全日空機は滑るように成田空港に着陸した。

ミャンマー、かつてはビルマと言われた国のヤンゴン空港を昨晩出発した。約六時間半のフライト。時差が二時間半あり、今は早朝六時過ぎだ。

目覚めた時、ようやく日本に帰ってきたという嬉しさから航空機の窓のブラインドを上げた。

真白な輝きを放ちながら光が一気に差しこんでくる。まだ眠っている隣の乗客に迷惑をかけてはならないと思い、下ろそうとしたが、全部を下ろしてしまうことはできなかった。

半分ほど開いた窓から朝日に照らされた景色が見える。言葉に表せないほど美しい。緑の山々、整然と区画されたまるでモンドリアンの絵のような畑が広がっている。感動して身を乗り出す。日本を離れていた期間のことを長かったとも言えるし、そうでもないとも瀬川は思った。ミャンマーに赴任して四年の月日が過ぎていた。その間、ごく短期間しか日本に帰国していない。

＊

瀬川は、帝都大学経済学部を二〇〇二年に卒業し、芝河電機に入社した。

「大学で新興国経済を研究していました。芝河電機では、ぜひとも新興国の社会インフラ整備に貢献したいと思います」と人事部に希望を伝えた。

その希望が叶（かな）えられたのは四年前の二〇一〇年のことだった。入社以来、ソーシャル・インフラストラクチャー・システム社、ＳＩＳ社に所属していた瀬川にミャンマーに行けという命令が下されたのだ。

ＳＩＳ社は瀬川が希望していたカンパニーだ。電力流通システム、鉄道・自動車システムなど、文字通り社会のインフラストラクチャー整備に関わり合うことができる、やりがいのある仕事だった。

初めての海外勤務だ。不安はあったが、ようやく自分の希望が叶ったと嬉しかった。ミャンマーはアジアに残されたラスト・フロンティアと呼ばれ、注目を集めている国だ。

「ミャンマーは、もうすぐ軍事政権から民主政権に移行するだろう。だから今のうちに君に赴任してもらい、マーケットの可能性を探ってほしい」と人事担当が言った。

ミャンマーは軍事政権が続いている。そのためアメリカから経済制裁を受け、実質的には国際社会から国を閉ざしていた。

日本もアメリカに同調して、経済制裁に加わらざるを得なかった。そのため多くの企業がミャンマーから撤退した。芝河電機もそのうちの一社だった。

しかしアウンサンスーチー女史をリーダーとする民主化運動が激しくなり、民主化への期待が膨らみ始めていた。

アウンサンスーチー女史は、ノーベル平和賞を受賞した国際的に有名な女性だ。父親が、建国の父と呼ばれたアウンサン将軍だから、生まれた時からリーダーになるように運命づけられていたのだろう。

ミャンマーへの赴任準備に忙殺されている時「ミャンマー赴任おめでとう」と元会長の山際仁から電話があった。

山際は、二〇〇〇年に社長、二〇〇五年に会長、そして二〇〇九年に南に交替し退任して財界活動に注力していた。

山際と瀬川との間に特に個人的な関係があるわけではない。だが瀬川は入社以来、山際に目をかけられていた。

その理由は、山際が瀬川の母親と親しいからだった。

瀬川の母親は、早くに夫、すなわち瀬川の父親を亡くし、新橋で小さなカウンター割烹を営んでいた。その店へ頻繁に通っていた馴染み客が山際だった。客に連れてきてもらってから瀬川の母親が経営する店が気にいり、一人でぶらっと立ちよった。

それは社長、会長というトップの立場になっても変わらなかった。瀬川の母親が作る家庭料理というべき料理を摘みに、ビールと日本酒を少し飲んで「じゃあ」と帰って行く。特に会話を交わしたり、無理に母親をどこかに誘おうとするようなことはなかった。

山際は、仁という名の通り、穏やかで常識的な人物だ。小さな店で、誰とも会話を交わすことなく、瀬川の母親が作る料理と酒を楽しんでいた。

ある日、母親が「息子が帝大に入りました」と山際に伝えた。すると山際は相好を崩し、「それはおめでとう。その時期が来たら、お世話になります」と答えた。

た。母親は、「それはおめでとう。私の母校です。卒業したら、うちの会社に入れてください」と言った。

瀬川は、母親と山際の関係を全く知らなかった。芝河電機を志望したのは、完全に自分の意思だった。

芝河電機から内定をもらった時、母親に報告した。母親は「山際さんにお礼を言っておきなさい」と突然、真顔で言った。

「誰？　その山際さんって」

瀬川は、母親に聞いた。

「山際仁さんよ。芝河電機の社長さんじゃないの。知っているでしょう?」

母親は不思議そうな表情をして首を傾げた。今から自分が入社する会社の社長を知らないなんて信じられないとでも言いたげだ。

芝河電機の社長である山際仁のことは知っている。最終面接の際、目の前に小柄な体躯で、実直そうな男性がいたが、彼がその人だ。でもなぜ母親が彼を知っていて、そしてお礼を言わなければならないのか。瀬川は混乱した。

「なに言っているのさ」

「なにもおかしいことを言っていないわよ。山際さんはうちの店の常連さんなの。あなたが帝大に受かった時に、うちの会社に入ればいいと言っていたのよ。その通りになったのだから、きっと山際さんのお力があったに違いないからね」

瀬川は、母親が言うことに驚くとともに、それが事実なら自分は母親のコネクションで内定をもらったことになるではないか、と憤然とした。どこか釈然としない。

「母さん、なにか頼んだの」

瀬川が憤り気味に言った。

「頼むもなにも、あなたが芝河電機を受けるなんて知らなかったじゃないの」

「じゃあ、実力で受かったんじゃないか。なにもお礼を言うことはないさ」

「でもさ、面接をしたんだろ? その時、お前に合格を出してくれたんだからね。お会いしたら、『ありがとうございます』と言っておいてね」

母親とこんなことで言い争いをしてもしかたがない。あまり良い気持ちがしなかったが、瀬川は、曖昧に「わかったよ」と答えた。

後日、入社内定者を集めた懇談会が開催された。その際、瀬川は、山際のところに歩み寄り「母がいつもお世話になっております」と頭を下げた。山際は優しく微笑み、「君が女将（おかみ）さんの自慢の息子さんか。よく我が社に入社してくれたね。ありがとう」と握手を求められた。瀬川は、少し戸惑いつつもその手を握った。柔らかく、温かい手だった。

山際は、「希望部署はどこだね」と瀬川に聞いた。

瀬川は、「新興国の発展のために働きたいと思います」と答えた。

山際はにっこりと笑って、「いい志だね。新興国のインフラ整備は先進国の責任だからね」と答えた。

今回のミャンマー行きは、やはり会長を退いたとはいえ、山際の意向が働いているのだろうか。

瀬川は、山際の電話に驚いたが、嬉しくもあった。

「ありがとうございます」

〈ミャンマーだってね。働きがいがあるじゃないか。これから発展するからね。人口は約五千万人でそのほとんどが上座部仏教徒じゃないかな。仏に仕えることが人生の最高の幸せと考えられていて、国の至るところにパゴダという仏塔があるよね〉

山際は、意外なほどミャンマーに詳しい。

「私は、まだ行ったことがありませんので、勉強中です」

瀬川は正直に答えた。

〈ははは、そうかね。私は、いろいろな可能性を考えて勉強したこともあるし、実際に行ったこともあるんだ。国内に天然ガスなどの資源は豊富だが、一人あたりのGDPは、確か……、八百ドル余りでASEAN諸国でも貧しい方だね〉

「軍事政権のため、欧米から経済制裁を受けておりましたので」

瀬川は、ようやく自分の知識を披露した。

〈一九八八年だったね。軍事クーデターが起き、軍事政権が発足した年は……。それに反対するアウンサンスーチー女史は弾圧され、自宅軟禁となってしまった。こうした事態に欧米諸国は、経済制裁を実施し、そのためミャンマー経済は低迷した。欧米というのは、いつも経済制裁を行うんだ。だが、それはかえって相手の姿勢を硬化させることもある。しかしミャンマーはそれが成功した例になりそうだね〉

「はい。ようやく今年、アウンサンスーチーの自宅軟禁が解かれました。民主化が進みそうです。私もそれに期待して赴任します」

〈アメリカは、ヒラリー・クリントン国務長官を来年にでもミャンマーに派遣して、タンシュエ大統領の下で民主化に大きく舵を切らせるんじゃないだろうかね。そうなると、まあ、喩えて言えば明治維新と高度経済成長を同時に迎えるような時代になるだろう。瀬川君の頑張り次第で成果が上がるだろう〉

――明治維新と高度経済成長が同時に到来する……。

山際の言葉に瀬川は胸を震わせた。

新興国が劇的に変化する、まさにその歴史の瞬間に立ち会うことができるという嬉しさからだ。

「今、ミャンマーはラスト・フロンティアと呼ばれています」

瀬川は、やや興奮気味に言った。

〈その言い方は、なかなか魅力的だがね、私は気にいらない。どうしても先進国の視点だよ。先進国が、新興国のミャンマーに資本主義の銭儲け主義の悪徳をばら撒くような気がするんだ、その言葉を聞くとね。ミャンマーは、戦争中に日本が実質的に植民地にしたことがあったんだが、それでもとても日本に対して好意的な国だ。そのことを忘れないでくれ。一生懸命仕事をするのはいいが、いつでもその国の人の幸せを第一に考えて行動するんだ。わかったね〉

山際は、瀬川の興奮に水を差すのではなく、諭すように言った。

ミャンマーと日本は歴史的にも関係が深い。

十九世紀終わりにイギリスの植民地となってしまったミャンマーは、当時はビルマと呼ばれていたが、二十世紀に入ると独立運動が盛んになる。

その頃、日本はインドシナ半島進出を図っていた。そこでイギリスからの独立を果たそうと戦うアウンサン将軍を支援する。

日本はアウンサン将軍と、共にイギリスと戦った。そしてついにイギリスを追い出したのだが、一九四三年に日本は傀儡政権を樹立し、ビルマを支配下に置く。イギリスに代わって日本が植民地化したことに怒ったアウンサン将軍は、今度は抗日運動に転ずる。その後、日本は太平洋戦争においてビルマで三万人もの兵士が犠牲になるインパール作戦を強行するなどしたが、敗れた。

そして日本が撤退した後、再び植民地支配を実行したイギリスとアウンサン将軍は戦い、ようやく一九四八年に独立を果たしたのだ。

残念ながらアウンサン将軍は、独立の日を迎えることなく、その前年に暗殺され、三十二歳の短い生涯を終えてしまうが、今も独立の英雄として国民から慕われている。

一九八九年軍事政権は国名をビルマからミャンマーに変更した。

ヤンゴン市内の景勝地、カンドージ湖のほとりにアウンサンの像が立ち、暗殺された七月十九日は殉教者の日として休日となっている。

「はい。日本に好意的だということは聞いております。日本は、戦後も、贖罪の意味があったのでしょうか、ミャンマーへの支援を惜しまなかったからですね。ドイツ文学者竹山道雄の『ビルマの竪琴』によって親しみもありますから」

〈瀬川君の言う通りだがね、それも裏表がある。日本はアメリカが経済制裁を実行しても毎年二千五百万ドルから五千万ドル程度の人道的支援を継続してきた。だから日本のことが好きだという人が多いのは事実だ。しかしその援助が軍事政権を支えたと批判する人もいる。その代表はアウンサンスーチー女史だよ。援助が、本当に人道的なものか、それとも日本の利益のためだったかが問われるのは、むしろ民主化後ではないかな。いずれにしても自分の成果、会社の成果ばかり考えずにその国の人のためになるかどうかを考えて行動しなさい。仕事を終えて帰国してきたら、会いに来なさい。活躍を楽しみにしているからね〉

山際は電話を切った。

瀬川は、「ありがとうございます」と言い、いつまでも受話器を握っていた。

——その国の人のためになるかどうかを考えて行動しろ……。

山際の言葉をしっかりと受け止めた。

瀬川がミャンマーに赴任した年は、まだ民主化されていなかったため事務所の開設もままならなかった。ヤンゴンのホテルに住みながらリサーチしたり、人脈を築いたりというのが主な仕事だった。軍事政権の首都であるネピドーにも通った。しかしあくまで旅行者のような顔をしての行動だ。

というのは経済制裁を実施するアメリカに睨まれては、芝河電機の経営に影響があるからだ。

ミャンマーの人は穏やかな表情をしている。あまり急いでいる様子でもない。

街や村のあちこちにパゴダという金色の仏塔があるが、そこで一日中お祈りをしている人さえいる。

「軍事政権だから怖いように思われますが、街に兵隊がいるわけでもなく、夜、歩いても危険はありません」

日本のメガバンクの行員が教えてくれた。

この銀行は、アメリカが経済制裁を実施しても撤退せずに残ったという。

駐在員事務所を現地の人に管理してもらい、彼はシンガポールからミャンマーに来ていた。

「いよいよ民主化ですから。待った甲斐がありました」

彼は、民主化後のビジネスに期待を膨らませていた。

穏やかな人々、美しい景色、祈りのパゴダ……。この国が日本のように発展したらどうなるのか。人々の表情は険しくなり、美しい景色は無残に色褪せるかもしれない。山際が言った、その国の人の幸せという言葉を改めて胸に刻みこんだ。

翌年の二〇一一年に軍事政権から民主政権に政権移譲が行われた。瀬川は、表に出て活動ができるようになった。正式に芝河電機のミャンマー所長となったのだ。

「ティラワを取れ」

瀬川にSIS社から命令が来た。

ティラワとは、日本政府肝入りのプロジェクトだ。ヤンゴン郊外のティラワ経済特区。二四〇〇ヘクタール、東京ドーム約五百個分。そのうち約四〇〇ヘクタールを日本が開発し、オープンは二〇一五年の予定だ。

日本の首相が「ティラワ開発は日本とミャンマーの協力の象徴だ」と意気込んでいるとの情報だ。日本は、巨額の援助、ＯＤＡを実行する見込みだという。

軍事政権時代にアメリカの経済制裁があり、ミャンマーは経済支援の大半を中国のみに頼らざるを得なかった。

そのためミャンマーでは中国の横暴が目立つようになっていた。インド洋に臨むミャンマー西部のチャオピュー経済特区における天然ガスパイプライン敷設では、大規模な自然破壊を引き起こしたため中国に対する批判が集中した。

民主化後は、ミャンマーも中国一辺倒ではなく日本にも協力を求めるようになった。日本政府は中国への牽制の意味もあり、ミャンマーに本格的支援を開始しようとしているのだ。芝河電機は、そのことに大きなビジネスチャンスを見いだしていた。瀬川がミャンマーに赴任させられた最大の理由だった。

経済特区で最も必要な設備、それは電力だ。電力がなければ工場は動かない。芝河電機の発電設備を売りこむこと、それが瀬川の使命だ。

瀬川は、ティラワ経済特区のあるヤンゴンから南東のタニン市に自動車を走らせた。

草が茂る荒れ地が続く。牛の群れがのんびりと草を食んでいる。道路に沿って、今にも潰れそうな草と木のみで組みあげられた小屋のような家が続く。女たちが洗濯をしながら、珍しそうに自動車を見つめている。遠くには幾つもの金色のパゴダが見える。そこでは多くの人々が祈りを捧げ続けていることだろう。自動車の速度を落とすと、どこからともなく素足の子供たちが、湧き出るように走って来る。自動車が珍しいのか、それとも幾らかの喜捨を得ようとしているのかは分からない。

——ここに二十万人もの雇用を生む街が本当にできるのだろうか。瀬川は、首を傾げざるを得なかった。

自動車から降り、経済特区予定地を眺めながら、カメラを構えていた。

「芝河電機の方ですか？」

突然、背後から日本語で声をかけられた。

慌てて振りむく。そこには五十代後半とも見える、堂々とした体軀の、眉の濃い日焼けした顔の男が立っていた。スーツ姿であるところを見ると日本人ビジネスマンのようだ。この蒸し暑い国できっちりとスーツを着用して活動しているのは日本人ビジネスマンくらいのものだ。

「あっ、はい」

瀬川は、警戒心を抱きつつ、返事をした。こんな場所でいきなり会社名で呼ばれて警戒しない人間はいないだろう。

「私はこういう者です」

男は名刺を差し出した。

「日山電機の方ですか」

安心したような、さらに警戒心が増したような複雑な思いで瀬川は男を見た。

男の名刺には、日山電機ヤンゴン支店支店長倉敷実と書かれていた。

「芝河電機の方がミャンマーに来られたという情報は得ていましたが、ご挨拶もせずに失礼しました」

倉敷は、皮肉っぽく言った。

どうしてそちらが挨拶に来なかったのだという態度がありありだ。

瀬川は、慌てて自分の名刺を渡した。

ミャンマーには、以前から日山電機が進出していた。アメリカの経済制裁に日本が追従せざるを得なくなった際も、発電設備のメンテナンスを理由に撤退しなかった。

瀬川は、赴任してきた際、日山電機に挨拶をとは考えたが、いずれライバルとなるのが分かっていたため、避けていた。

まさかこんなところで会うとは思わなかった。どのように対応していいか分からない。

倉敷は、経済特区予定地の荒れ地を眺めながら「このティラワのことをどう思いますか」と瀬川に聞いた。

「どう思うかといいますと……」

倉敷がどんな答えを瀬川に期待しているのか分からず困惑する。

「私はね、ティラワは絶対に日本でやらないとダメだと思っているのです」

倉敷は強い口調で言った。

「全くその通りだと思います。同感です」

瀬川は首肯した。

倉敷は、不機嫌そうに眉根を寄せ、口角を歪めた。

「簡単に同調しないで欲しいですね。日山電機は、ミャンマーに関わり続けて半世紀以上になるんですよ。ヤンゴンの水力発電の一〇パーセントは日山電機が担っているんです。芝河電機のように経済特区ができるからって、それを分捕ってやろうというような浅ましさはないんだ。私たちはね」と倉敷は瀬川を見据えると、「この国がたとえ貧しくても、商売にならなくても、ずっとこの国の人々の生活を支えなければならないっていう一念でやってんですよ。だからティラワは日本でやらないとダメだと言ったのです。それも日山電機の手でね」と怒りをぶつけてきた。

瀬川は、倉敷の迫力に押され思わず「すみません」と答えてしまった。

倉敷は、急に笑い出した。

瀬川は、訳が分からず戸惑った表情で、笑い声を聞いていた。

「いやぁ、いきなり偉そうなことを言って申し訳ない。最初の出会いで一発かますのが私の流儀でしてね。悪く思わないで欲しい。でも直ぐに謝るなんてあなたは正直な人のようですな。ちょっと飲みませんか」

「えっ、はぁ、ありがとうございます。でもまだ午後四時ですが」

「かたいことを言いなさんな。ここはミャンマーですよ。別に昼間から飲んだって誰も咎めやしませんよ。日本人が経営する居酒屋を開けさせますから。行きましょう。私の車についで来てください」

倉敷は、そう言うと、さっさと車を走らせた。

瀬川も急いで後を追う。

車は、舗装されていない赤茶けた道を疾走し、ヤンゴン市内に戻った。

ヤンゴン市内は、民主化が進展するに連れ、日本料理屋が増えつつあるが、そのうちの一軒に倉敷を乗せた車が止まった。

「ここです。先ほどマスターに連絡しましたから入りましょう」

車から降りた瀬川に倉敷が近づいてくる。

何もかも動きがゆっくりとしたミャンマーに住みながら、倉敷はせっかちな性格なようだ。

ビルの一階にあり、入口が木のドアになっている店に入って行く。

「いらっしゃいませ」

店の調理場から、作務衣(さむえ)姿の主人が顔を出す。カウンターだけの店だが、内装も木で統一され、落ち着いた印象だ。六本木や西麻布にあってもおかしくない洒落(しゃれ)た雰囲気だ。

着物を着た若い女性店員も、「いらっしゃいませ」とお辞儀をした。アクセントから判断してミャンマー人ではないようだ。

「新しく開店したんですよ。魚は築地から空輸してくるんです」

倉敷は慣れた調子で座り、瀬川にも椅子を勧めた。

「取り敢えずビールを頼みます」

倉敷は、女性店員に告げた。

直ぐに日本の銘柄のビールが運ばれて来た。倉敷が、瀬川のグラスにビールを注ぐ。瀬川は、倉敷のグラスにビールを注ぎ返す。ミャンマーに居るとは思えない。まるで日本のカウンター割烹で飲んでいるそのままだ。

料理も日本で食べるのと全く変わらない。鮮度のいい魚を使った刺身や酢の物、焼き物などが次々にカウンターに並べられる。

お互いの自己紹介が終わった。倉敷は、会社員人生の大半を海外での発電所受注、建設に費やしたという。五十八歳という年齢から考えて、ミャンマーが最後のご奉公になると話した。

瀬川が「初めての海外勤務です」と言うと、「ミャンマーで良かったじゃない。今から発展する国で働くのが一番楽しいよ」と笑顔で答えた。

「そうでしょうか」

「そりゃそうさ。この国は急激に発展する。そのためには巨大な発電所が必要なんだ。そのために俺は頑張るんだ。電力さえ豊富になれば、あらゆるビジネスが生まれるさ。ＩＴ関係も魅力だね。ミャンマーの貧困を解決するにはＩＴの活用が絶対に必要だよ。そこに我々の商機がある。ＩＴ、交通システムなどには日山の技術が必要だからね。しかし残念だけど、おそらくこの国の繁栄は自分では見ることができない。もう歳だからなぁ。でも俺の息子や孫が良い思いをするさ。きっと日山電機が頑張ったって、この国が感謝してくれるからね」倉敷は、焼酎のお湯割りを一気飲みすると、瀬川に向き直った。「芝河電機が、俺たち日山電機が長年築いてきたミャンマーのマーケットに土足で入って来ることは許さん」

急に倉敷の目が据わる。瀬川は、苦笑して、倉敷と同じ銘柄の焼酎をロックで飲んだ。

「なんとか言えよ」

倉敷が絡んできた。

「ティラワにはガスタービン発電所を造る必要があると思うんです。ミャンマーは停電が多いですが、日本が責任を持つ経済特区だけでも電力を絶やしてはいけないと思います。なんと言っても国家プロジェクトですからね」

瀬川は、ミャンマーに来て以来、考えていることを話した。

倉敷の表情が、急に険しくなった。

「俺も同じことを考えている」

「やはりそうですか。実際、すでにミャンマー政府も日本政府もティラワに発電所を造る方向で動いているでしょう?」

瀬川は探りを入れるような聞き方をした。

倉敷は真面目な顔で頷き、

「タービン二基で百億円の発電所を造る方向だ。しかしこの国は新興国だから入札は一般競争入札なんだ。そうなればミャンマークラスのGDPの国はゼネラルアンタイド、すなわちひもつきはダメ。だから中国、韓国が徹底して安い価格を提示してくるだろうね。日本製の信頼性とかさ、過去、この国にどれだけ貢献したかなんてことは、悔しいけどなにも評価してくれない。俺は、本社にとにかく日山電機で落とさねばならないって言っているんだが、本社にはなんとしても落とせという気力、気概が感じられないんだ。赤字になるのが嫌なんだろう。このままだと安い中国などに落とされるんじゃないかと気が気じゃない。本当にうちの本社はダメだよ。何を考えているか、かいもく分からないんだ」

　と愚痴るように言った。

「ミャンマーには新参者ですが、日山電機さんに熱意がないならそのプロジェクトはうちでやりたいですね」

「パッションの問題じゃないんだ。リスクの問題なんだ。我が社は、やたらとODAを使えって言うんだよ。自分でリスクを取りたがらないんだなぁ。自社リスクでやれば、入札があったとしてもさ、絶対確実に取れると思うんだけどなぁ」

　倉敷は、無念そうに天井を見た。

　ODAとはOfficial Development Assistance の略で新興国向けの政府開発援助のことだ。

「この間、日本はNATOだって言う人に会いました。ノーアクション、トークオンリーの略ですね。口ばかりで行動が伴わないっていう皮肉です。私は以前にもその言葉を聞いたことがあります。ODAにばかり頼っていると、スピード感がなくて韓国や中国に負けちゃいますね」

瀬川は、念を押した。

「そうなんだよ。韓国や中国はさ、自社リスクで、政府高官にぐいぐいセールスするんだ。価格も思い切って下げて来るしね。でも我が社は採算に厳しくってさ。赤字になるような工事は引き受けない。とにかく新興国案件はODAをつけるってのが原則なんだ。芝河電機さんは、国内で安値で落札しているから、すごいよね」

倉敷は、酒の影響もあるのか、素直に羨ましそうに言った。

「我が社だって赤字工事には厳しいですよ。でも、ぜひその発電設備は受注したいです」

瀬川は、ライバルである日山電機の倉敷の隣に座りながら、思わず本音を洩らした。

「中国や韓国に落札されるくらいなら芝河電機さんに落としてもらってもいいやって思いにもなるなぁ」

倉敷は、グラスを満たしていた焼酎をひと息に呷(あお)った。

その後、ティラワ経済特区の発電所設備は、芝河電機が落札した。五十メガワットのガスタービン発電機二基とそれに付随する電力システムの受注だ。海外インフラ受注におけるSIS社の成果となった。

「本気で悔しそうだったなぁ」

瀬川は、倉敷の顔を思い浮かべた。

落札結果が出た後、瀬川は倉敷から呼び出しを受けた。以前、倉敷に案内された日本料理の居酒屋だ。

倉敷は、会った時からなんとなく剣呑(けんのん)な雰囲気を漂わせていた。嫌な気がした。どうでもいいような話が続き、倉敷は酔いが回り、顔を赤くしている。

「瀬川君は若いのになかなかやるじゃないか」

倉敷は、ひがんだような目で瀬川を見つめた。

「いえ、今度は運が良かっただけです」

瀬川は、倉敷の機嫌を損ねないように謙虚に答えた。

倉敷は、急に険しい表情になった。

「褒めてんじゃない。俺は、君のことを正攻法のまっとうな奴だと思っていた。しかしそれは俺の思い違い、勘違いだったようだ。本当は、ずる賢く立ちまわる奴だったんだな。君と情報交換などするんじゃなかったよ」

瀬川は言い返したい気持ちがあったが、ぐっとこらえた。

「ほら、なにも言い返せないだろう。芝河電機は天皇がいるからな。今の政権と極めて近い。きっとその辺りを動かしたんじゃないのか。俺は、芝河電機に取られたのが悔しいわけじゃない。前にも言った通りむしろ韓国や中国に取られなかっただけマシだと考えるようにしている。だが、ちゃんと正当な価格で勝負しようぜ。あれはひどい」

倉敷は、顔を歪めた。

「天皇ってなんのことですか」

瀬川は聞いた。

倉敷はせせら笑い、

「へえ、カマトトだねぇ。神宮寺魁斗天皇様がいらっしゃるじゃないのさ。あの方が、官邸を動かしたんでしょう? それで価格をあそこまで下げて、赤字だろうが何だろうが、何としてでも落札するように仕向けた。官邸も、日本企業が落札しなけりゃ面目が立たないから、芝河電機が落札してくれたことはハッピーさ。その背後には、今後のミャンマーにおけるインフラ需要に関しては、芝河電機を優先するっていう密約でもあるんじゃねえの」

と、持っていた焼酎のグラスを、カウンターに音を立てて置いた。グラスの中の氷が踊った。

「私は知りません」

瀬川ははっきりと言った。不愉快だった。政治家を使って入札結果を左右したように言われるのは心外だった。しかし、どこか倉敷に強く訂正を求める気持ちにはなれなかった。というのは、今回の落札は、瀬川の成果というわけではない、そう思っているからだ。

「君は、若いから知らないだろうけど、あの価格は、裏がないと出せないだろう」

「入札価格は極秘のはずです」

「ははは」と倉敷は大口を開けて笑った。「何を言っているんだね。君だって我が社の入札価格を知っているだろう。極めて正当な、真っ向勝負の価格だよ。バカ正直なね。それに比べて芝河電機の価格はなんだ！　バナナのたたき売りじゃあるまいし、どうしたって二基百億円はかかる案件なのに六十億で出すなんて尋常じゃない。韓国や中国の連中だって、クレイジーって言っていたぜ。あの価格の背景を説明してくれよ」

倉敷は、赤く充血した目で瀬川を睨んだ。

倉敷の言うことは当たっている。入札価格は、ぎりぎりまでSIS社本部ともめた。しかし、瀬川は赤字を少なくしたかった。赤字で受注をしても会社のためにならないからだ。コスト削減の努力は必要だが、大幅な赤字は、なんのための受注なのか分からない。赤字案件は、工事を進める意欲を殺いでしまうことになりかねない。

ところが本部から「六十億で行け。命令だ」と言って来た。「それはひどい……」と瀬川は抵抗したが、押し切られた。瀬川は納得がいかなかった。それまでは瀬川が主張する九十億円の線に対して、本部は九十五億円くらいで勝てないのかと文句をつけていた。むしろ本部の方が、入札価格の引き下げを渋っていたのだ。

瀬川としても九十億円なら日山電機に勝てると踏んでいた。ひょっとしたら韓国、中国に負ける可能性がゼロではないが、勝てる可能性も十分にあった。ところがいきなり六十億円という指示が来た。倉敷によると、その裏に政治家がいたというのか……。

「確かに赤字覚悟の受注です。でも……」

瀬川は、下唇を噛んだ。

「でも、なんだね。ティラワに関わる後の案件が、芝河電機に行くと思うのは早計だよ。たとえ官邸と天皇が握ったとしてもさ、この国はしたたかだよ。今までは已むを得ず中国一辺倒だったが、これからは違う。雲霞のごとく、我も我もと集まって来るからね。選り取り見取りってわけだよ。この国の人は穏やかだけど、政権中枢の連中は非常に商売が上手い。そのことは君もしばらくいたら分かったはずだろう。甘い期待はするなってね」

倉敷が話す度に酒臭い息が瀬川に吹きかかる。

瀬川は本部に「こんな大幅な赤字受注したからって、これからコンスタントに仕事が来るという保証はありません。このロスをどうするんですか」と文句を言ったが、それに対する答えは「命令だ」の一言だった。

「我が社には、あんな赤字受注は無理だ。俺は、我が社のことをバカだと思うよ。赤字受注をやらないといけないケースもあるんだからね。現場じゃそういうことはしょっちゅうだ。しかし今じゃ、収益重視。かたくなに正攻法で行け、それで負ければ仕方がないと言う。しかしこれはこれで正しいと思うようになってきた。何が何でも受注すればいいという時代は終わったのさ。俺は、さっき我が社をバカだと言ったが、訂正する。我が社の姿勢は、長い目で見れば、あるいは経営として見れば、正しいのかもしれない。俺は正直、君が羨ましいと思ったよ。どんなに赤字になっても受注してくれるんだからね。でもさ、会社としてはどうかな……。これからは売上を競うより、如何に利益を上げたか、独創性を発揮して付加価値をつけたかで競う時代になったんじゃないの。まあ、芝河電機さんには芝河電機さんの事情があるんだろうけど、今回のティラワの受注はやり過ぎだよ。きっと後悔する。いずれ俺の意見の正しさが分かるさ。その時、また会おうじゃないか」

倉敷は、カウンターにグラスを置くと、主人に「お勘定」と言い、勝手に割り勘にすると、帰って行った。

一方的に放り出された気がした瀬川は、一人でホテルのバーに場所を移して飲んだ。大幅な赤字価格での落札ではあるが、落札には違いない。祝杯をあげたかった。しかし楽しい気持ちにならない。自分がやったという実感がない。SIS社本部の指示に従っただけだ。これまでの情報入手活動や人脈作りはなんの役にも立たなかった。

「空しいな。俺に残されているのはロスコンの処理だけか」

瀬川は、ウイスキーを呷った。アルコールの熱が喉を焼いた。

「着きましたよ」

タクシーが止まった。芝河電機の本社前だ。

SIS社のCP、カンパニー長や事業部長、課長などに挨拶しなければならないが、きっと渋い顔をされるに違いない。

――ロスコンの処理の稟議書を書けと言われるだろう。

瀬川は憂鬱だった。自分が入札価格を決めたわけではない。言わば天の声だった。瀬川とすれば、自分の責任ではないと言いたいが、そうはならない。

ロスコン、すなわちロスコントラクトの略だが、損失が最初から分かっている案件は、損失引当金を積まねばならない。この損失はＳＩＳ社の収益を直撃する。それはとりもなおさず瀬川の給与や昇格に影響することになる。

瀬川の慰めは、山際の言葉だけだ。「自分の成果、会社の成果ばかり考えずにその国の人のためになるかどうかを考えて行動しなさい」と山際は言った。

今回の赤字での受注は、ミャンマーの人々のためになっただろうか。本当は正当なコストを認識した方が、その国のためになるかもしれない。唐突な例かもしれないが、日本は明治維新で新しく国を造る時、欧米に安値で社会インフラを発注したりはしなかっただろう。むしろ相手国の言い値だったのではないだろうか。だからこそコストを引き下げようと自前で技術を取得、開発しようと必死になったのに違いない。それが今日の日本を築いた原動力になった……。

芝河電機ビルの高速エレベーターに乗り、ＳＩＳ社のあるフロアで降りる。

ＳＩＳ社本社に入る。大勢のスタッフが忙しく働いている。誰も瀬川に目を止めない。

「瀬川大輔、ミャンマーから帰国しました」

瀬川はできるだけ大きな声で言った。一瞬、スタッフが仕事の手を止め、入口に立つ瀬川に視線を送ったが、また通常通りの仕事に戻った。

——あれ、みんな冷たいな。

瀬川は、誰もが自分に関心を持たないのに失望を感じた。

瀬川がミャンマーに赴任する頃は、もっと空気が柔らかく、温かく感じた。送別会もひっきりなしに開催してくれた。頑張ってこいと言われ、どれだけ肩を叩かれたことか。ありがたい会社だとつくづく思った。

その空気は、ずっと変わっていないと思っていた。瀬川は、この四年間、数えるほどしか帰国していない。その時の歓迎ぶりはどうだっただろうか。よく思い出せない。帰国しても瀬川は忙しく、職場仲間と飲む機会もなかった。そのため職場の空気の変化を感じなかったのかもしれない。

──俺の思いすごしだろう。みんな忙しいんだ。

課長の木内則之(きのうちのりゆき)が、手を上げて、こっちへ来いと言っている。

瀬川は気を取り直して木内の席に向かった。

木内は、同期で最も早く課長になった。まだ四十歳代の前半だ。スポーツクラブでの筋肉トレーニングが趣味とあって、がっしりした体軀だ。性格もその体軀に合わせたかのように強引だ。さらに言えば傲慢とも言える。瀬川にとっては苦手なタイプだ。

「今朝、帰国しました」

瀬川は言った。

「ちょっと来い」

木内は、立ち上がると、フロアをパーティションで区切った応接室に歩き出した。

瀬川は嫌な気分になった。帰国の疲れが、身体全体から溢れ出て来て、足取りが重い。

「ドアを閉めろ」

木内は、先にソファに座り、足を組むと、瀬川に指示した。

「はい」

瀬川はドアを後ろ手で閉めた。

「座れ」

木内の指示のまま、瀬川はソファに座った。木内は、随分不機嫌そうだ。長い海外赴任から帰国してきた者を慰労する気はないようだ。

瀬川は、なにが始まるのだろうと緊張して木内と対峙(たいじ)した。

「瀬川、お前、随分、経理部とロスコンでやりあったそうだな」

木内は、目を吊り上げて言った。

「は、はい」

瀬川は言われている意味が十分に理解できなかった。ロスコンのことはここに来るまでずっと気になっていた。

芝河電機では、工事を受注すると、見積工事収益総額を弾(はじ)き出す。これはＳＰのことだが、これが芝河電機が受注先から受け取る工事価格になる。

この価格が十億円以上、かつ工事期間が一年以上の長期にわたる場合や同じように十億円以上で工期が三カ月以上一年未満の工事であっても着工年度中に引き渡しが行われないような工事は、「工事進行基準」適用案件となる。その他にも例外はあるが、工事進行基準になると、工事の収益やコストが工事の進行に合わせて、合理的に計上されることになっている。

なぜこんなことをするのかと言えば、各決算時の収益やコストをできるだけ平準化するためだ。

五年にも及ぶ工事を受注した場合、五年後に物件を引き渡した期に収益、コストを計上すれば、大きな決算のブレが生じる。こうしたことを避けるためだ。

しかしロスコンは例外だ。当初から期末に二億円以上の損失が見込まれる工事は、それを全額、工事損失引当金として計上することが決まっている。

これは考えてみれば当然のことだ。赤字で受注した工事は何年経っても赤字であるからだ。急に黒字になることはない。もしそんなことになれば、その時に黒字を計上すればいいだけのことだ。

「経理部が困っていたぞ」

木内が顔を歪めた。

「どうしてでしょうか？」

瀬川はやっと気を取り直した。

木内の顔が不自然に歪んだ。一層、不機嫌になったのだ。鼻の穴から不機嫌という文字が飛び出すのが見えてくる。

「どうしてだって？　そんなの当たり前だろう。このミャンマーの案件はロスコンじゃねえんだよ」

木内は臭い息を吐き出し、怒鳴った。

木内は、なにか大きな勘違いをしている。そうに違いない。

「課長」

「なんだ？」

「この案件は明らかにロスコンです。もともと頑張っても九十五億円程度のネットにしかなりません。それなのにSPを六十億で出したんですよ。落札はしましたが、赤字です。どうやっても赤字です。それをロスコンに指定しないなんてありえません」

ネット九十五億円の工事を六十億円で受注すれば、三十五億円の赤字だ。これは小学生でも理解できる。芝河電機のルールでは、これは工事損失引当金を計上するロスコンに指定しなければならない。

「課長、おかしいでしょう。これがロスコン案件でなければ、なにがロスコン案件になるんですか。ロスコン申請を書きますから」

ロスコン案件は、担当者が申請を書き、カンパニー内の担当課長、担当部長、経理部で検討され、決定されるルールだが、実際は社長月例にまで上げられ、協議されることが多い。

「申請は書かなくていい。これは政治銘柄だからロスコンにはしない」

「赤字はどうするんですか」

「工事進行基準を適用して、赤字が後寄せになるようにするんだ」

「うるさい。お前は言われた通りにしていればいいんだ」

「できません。言われた通りなんて……。課長、冷静になってください。工事進行基準にはします。だけど損失を後寄せしても意味がないですよ」

「そのうち何とかなる」

木内は瀬川との論争に飽きたのか、立ち上がろうとした。瀬川が、木内のスーツを摑んだ。

「なにするんだ」

木内が怒った。

「待ってください。まだ話は終わっていません」

瀬川は強く言った。

「話なんかない。お前がロスコンにこだわるから面倒なだけだ。これはいいんだ。政治だよ、政治。お陰で受注できたじゃないか」

木内は、瀬川の手を払った。瀬川がスーツから手を放した。

「確かに受注が取れました。しかし、こんな赤字案件、私は嬉しさも、栄誉もなにも感じません。九十五億円でも九十億円でも日山電機には負けていなかったと思います」

「だが、韓国や中国には負けるだろう」

「おっしゃる通り彼らは採算を度外視しますから、負けるかもしれません」

「負けたら困るんだ。ティラワは、日本の案件なんだぞ。お前、それを韓国や中国に取られていいのか」

木内は、瀬川に殴りかからんばかりだ。

「私だって、負けたくはありません。しかし、ここまで赤字を出していいんですか。私は六十億円の入札なんて反対でした」

瀬川も負けてはいない。

日山電機の倉敷の顔が浮かんだ。

「この案件はお前の努力で取れたんじゃない。これの力だ」

木内は、親指を立てた。親指が、神宮寺か、南か、日野かは分からない。確かめる必要がある。

「神宮寺相談役ですか」

「そんなことはどうでもいい」

木内は突っぱねた。

「私はミャンマーで人脈を作り、売り込みに努力しました。ところが今回の大型案件が、突然、決まりました。私は、梯子(はしご)を外された気持ちになりました」

「お前、だから怒っているのか」

「違いますよ。そんなんじゃありません。いつからこんな風になったのですか。こんなこと、私がミャンマーに行くまではなかったじゃないですか。以前はちゃんとロスコンにしていたじゃないですか」

瀬川は顔をしかめた。

「時代は巡る、風車。変わるんだよ。とにかく余計なことを言ったり、やったりするんじゃないぞ。大人しくするんだ。分かったな。お前の為（ため）にならない」

「分かりません。絶対におかしいです」

瀬川は強い口調で言った。

「ＳＩＳ社にいられなくなるぞ。それでもいいのか。ロスコンのことは忘れろ。いいな」

木内は、瀬川の襟首を摑み、引きずるように立ち上がらせた。

「課長、間違っています」

喘（あえ）ぎながら瀬川は言った。脳裏に倉敷の顔が浮かび、「きっと後悔する。いずれ俺の意見の正しさが分かるさ」という彼の言葉が何度も蘇（よみがえ）る。

「この、バカ野郎」

木内は、瀬川を突き放すと、部屋から逃げるように出て行った。

「課長！」

瀬川は、悲鳴に似た声を上げた。

第二章　懊悩する日々

1

西麻布の交差点近くに霞町（かすみちょう）と呼ばれる場所がある。

現在は西麻布と言われるこの辺りを明治時代は麻布霞町と言っていたが、その名残なのだろう。

細い通りには、小粋な料理屋やフレンチレストランなどがひしめいているが、どの店も隠れ家的でどこかひっそりとしている。

そこでは静かに食事やアルコールを楽しむビジネスマンやキャリアウーマン、マスコミ関係者、芸能人などの姿を見ることができる。

霞町の一角の小さなビルの三階に「すゑとみ」というカウンター割烹（かっぽう）がある。真面目で仕事熱心な夫婦が営んでいるが、ミシュランガイドなどには紹介されない、知る人ぞ知る名店だ。

カウンター席はいつも満席だが、騒がしくはない。料理を楽しみながら、ひそやかに会話を交わす客を選んで受け入れているかのようだ。

瀬川はカウンター席に座り、ふぐ刺しを肴に冷酒を飲んでいた。

「久しぶりに美味いふぐを食べているよ」

瀬川は、隣に座った妻の香織に言った。

「単身赴任、本当にお疲れさまでした。今日は、私の料理より、この店の方がいいかなって思ったの」

香織は、瀬川に晴れやかな笑みを投げた。

「香織の手料理が一番いいと思ったけど、ご褒美にここの料理も嬉しいね」

「なかなか予約が取れないから、早めに頼んでおいたのよ。予定通り帰国してくれるか、ひやひやしてたわ。ねえ、ご主人？」

香織が、椀にカブの煮物を装っている主人に声をかけた。

小柄な主人は、調理の手を止め、瀬川の方を向き、「奥様は、今日をとても楽しみにされていました。腕を振るわせていただきます」と言った。

「ありがとうございます」

瀬川は、主人に礼を言い、そして香織に振り向いた。

香織とは帝都大学のテニスサークルで先輩、後輩の関係だった。

テニスと言っても本格的な体育会ではない。色々なコートでテニスを楽しもうという会で、記録よりもコートを走り終えた後のコンパという飲み会目当てだった。

香織は、都内の大和(やまと)女子大の学生だったが、友人に誘われてサークルに加入してきた。美人というより童顔で愛らしいというのが瀬川の第一印象だった。法学部に所属して弁護士になる希望を持っていた。しかしそれほど勉強に熱心には見えなかったが、今も弁護士事務所で働いている。本人は、いずれ弁護士になってあなたの生活を支えてあげるからと言っているが、今は受付などの事務を担っているだけだ。

瀬川は、サークルの幹事をしていた。あるイベントで香織も幹事になり、プランを立てたり、準備をしたり、一緒に汗を流した。

——思ったより計画的で、段取りのいい女性だ。ただ可愛いだけじゃない……。

瀬川は、香織を見直した。

この時からいつしか交際に発展した。瀬川は、あまり女性と付き合った経験がない。自分から女性に声をかけるような積極性も持ち合わせていない。

いわゆる真面目で、どちらかというと晩熟(おくて)の方だ。

逆に香織は、明るく積極的な性格だ。今から思えば、香織に引きずられるようにして交際が始まったと言えるだろう。

結婚したのは、入社して二年が過ぎた二〇〇四年だ。瀬川は、芝河電機のＳＩＳ社でインフラの国内営業に従事していた。

仲人を頼まない本当に内輪だけのささやかな結婚式だったが、主賓は、当時社長だった山際仁だった。これだけの大物を主賓に据えることができたのは、瀬川の母親の力だ。

山際が瀬川の母親の店の常連であることから、瀬川の結婚の話を聞いた際、山際が自ら結婚式への出席を願い出たという。

「仲人をしてもいいよっておっしゃったのよ」母は嬉しそうに笑いながら言った。「息子たちは仲人無しの内輪で式を挙げたいようですって申し上げたらね、だったら主賓でいいよ、だって」

「困るよ。何も報告していないんだから」

瀬川は、母の突然の話に戸惑った。社長である山際に自分のような平社員の結婚話など報告するはずがない。せいぜい直属の課長止まりだ。

「気にしなくていいわよ。こちらが無理してお願いしたわけじゃなくて、山際さんが『仲人をしてもいい』っておっしゃったのだから」

母は瀬川の慌てぶりをからかうかのように冷静に言った。

瀬川は、母の指示に従って、山際に面会を求めた。

山際は、優し気な笑みで社長室に瀬川を迎え入れると、「おめでとう」と言い、披露宴に呼んでくれるかと聞いた。

瀬川は、恐縮して、ぜひともよろしくお願いします、と深く低頭し、逃げるように社長室を出た。廊下に出た途端に汗が、きっと冷や汗だろうが、どっと噴き出たのを今でも覚えている。

「もう済んだの？」

香織が憂鬱そうな表情を見せた。

「山際さんにだけは挨拶したけどね」

瀬川は答えた。

海老芋の煮物の甘みが口中に広がる。それに反して心中にはどろりとした黒く、重いものがのしかかっているような気持ちになった。

「山際さん以外は？」

「まだだよ」

「いいの？」

「明日、行くつもりさ」

香織が尋ねているのは、「お礼参り」のことだ。

芝河電機では海外赴任や長期の海外出張から帰国した際、南会長、日野社長、そして天皇と呼ばれる神宮寺相談役に挨拶するのが習わしとなっている。

それを「お礼参り」と称している。かつては本当に感謝を伝えるものだったのだろうが、今ではやや自嘲気味な意味合いを含んでいた。海外赴任や海外出張を上が与える褒美のように考え、帰朝報告させていたのは遠い昔の話だ。

しかし、それが慣習として残っているところは芝河電機の古い体質を象徴していた。実は、山際は、相談役ではあるもののもはや社外での活動が中心であり、本社内には個室もない。そのため本来のお礼参りのルートには入っていない。

「他の人のところにも早く行かないとまずいんじゃないの？」

香織が眉根を寄せた。

「気にしなくていいさ」

「なら、いいけどね」香織も、海老芋を口に運び、「甘いわぁ。とろけるぅ」と目を細めた。

山際は都内のホテルを事務所として使っている。そこに彼を訪ね、帰朝報告した際の様子を思い浮かべた。

「お疲れさまでしたね」

山際は、瀬川と相対し、静かな笑みを浮かべて言った。

「ありがとうございます」と瀬川は答え、ひとしきりミャンマーの政治や経済の状況を説明した。

「ミャンマーの人たちは、日本人とよく似ているような気がします。耐え忍ぶとでも言うんでしょうか。軍政の中でも、笑みを絶やさず、じっと耐え、ようやく民主主義を勝ち得ようとしていますからね。やはり仏様に守られている国なんでしょうね。そんな国に貢献できるなんて、瀬川君はいい仕事をしましたね」

瀬川は、山際の称賛に「はい、まぁ……」と表情を曇らせた。

「あまりうれしそうじゃありませんね。私の耳にも入っていますが、SPのことですか?」

SPとはセールスプライスの略で、取引先に提示する価格のことだ。

「ええ、あまりにも安すぎるものですから」

瀬川は、訴えるような目で山際を見つめた。

山際は、少し考えるような様子で首を傾げ、「瀬川君は、精一杯やったのです。あまり気にしないようにしなさい。政治ということもありますからね」と諭すように言った。

「それは承知しているんですが、あまりにも安すぎます。それでロスコンにもしないといいうんです。いつからこんな会社になったのでしょうか」

ロスコンというのはロスコントラクトの略。契約の最初から赤字が確定している工事契約などのことで、それはルールに従って損失を引き当てることになっていた。

瀬川は、安値で受注することもあるのは理解していた。政治的理由も呑み込むことができる。

ミャンマーの案件のようにODA絡みでなくても民間案件でもたびたびあることだ。

本契約は安値であっても、それに付随する取引や次の案件で利益を確保することがあるからだ。

しかしロスコンはロスコンだ。きちんとルール通りに処理をしなくてはならない。

瀬川は、相手が自分のことを評価してくれている山際であるため、胸の内のわだかまりをぶつけてしまったのだ。

山際は顔をしかめた。瀬川の強い口調に驚いたのかもしれない。

「そうですか……ロスコンねぇ」

「山際相談役が社長会長をされていた時代は、きちんとけじめがついていたと思うのですが……。どうも私がミャンマーに行っている間に、会社の雰囲気が変わってしまったような気がしてなりません」

瀬川は、声の調子を落として言った。

山際の視線が動き、卓上時計をとらえた。時間を気にしている。次の来客があるのだろう。

瀬川は、立ち上がり「申し訳ありません。余計なことを言いました」と頭を下げた。

山際も同時に立ち上がり、「とにかく深く気にかけないことです。君たちが芝河電機の未来を担っているのですからね。前向き、あくまで前向きに働きなさいね。今度、ゆっくり食事でもしましょう」と再び笑みを浮かべた。

「はっ、ありがとうございます」

瀬川は、再び低頭しながら、山際の深く立ち入らない心遣いを嬉しく思いつつも、いささかの不満が生じるのを禁じえなかった。

「あなた、この香箱ガニ、抜群よ」

瀬川の前に、鮮やかな紅色のカニが置かれている。丁寧に足の身を並べられ、その下にはびっしりと赤い卵が詰められている。ズワイガニのメスだ。

香織の屈託のない笑顔。カニの身を口の中に含み、目を閉じ、鼻から抜ける香りを楽しんでいる。

――この笑顔を守るために働かねばならない。

瀬川は、香織を見つめていた。

2

「瀬川、帰ってきたんだな」

秘書室の北村からの電話だ。北村は瀬川の同期。三田大の工学部卒だが、今は畑違いと言うべき秘書室勤務だ。

「ああ、おとといだよ」

「まだ挨拶がないな。どうした?」

「いろいろ雑用に追われていてね」

「そうか……」北村は言葉を切った。「でも山際さんのところへは挨拶に足を運んだのだろう?」

北村の言葉に、瀬川の身体が固くなる。急に筋肉が収縮してしまったかのようだ。

「ああ、どうしてそれを」

瀬川は押し殺した声で聞いた。

「何言ってんだよ。俺は秘書室だぜ。相談役の日程はみんな把握してるさ。とにかく早く南さんや日野さん、それに神宮寺さんに予定を入れた方がいいぞ」

「分かってるけど、それぞれの秘書に連絡するのがさ、面倒っていうか……」

北村は南会長の秘書だが、日野や神宮寺の面談予定を入れるには、それぞれの秘書に連絡しなくてはならない。それが面倒なのだ。

「面倒くさいなんて言っていたら、それこそ面倒なことになるぞ。なんなら俺が全部、予定を入れてやろうか」

思いがけない申し出だ。

「ありがたいな。さすがに同期だ。ぜひ頼むよ」

瀬川は、弾んだ声で言った。

「わかった。明日中には無理やりでも予定を入れておく。一人五分から十分もあればいいだろう」

「ああ、そんなにいらないかな」

瀬川は皮肉っぽく笑った。

「とにかく早く予定を入れるから、お礼参りはさっさと済ますんだぞ。瀬川は、要領が悪いから気を付けた方がいい。会社、随分、雰囲気変わったから……。いけねぇ余計なことを言ったな」

「変わったって？　何がさ」

瀬川は聞き返した。

「気にしなくていい。聞き流してくれ。予定が決まったら、メールに入れておくから」

北村は、一方的に電話を切った。

雰囲気が変わったと北村は言った。何を伝えたかったのだろうか。

実は、瀬川も感じていた。帰国して本社内を歩いている時、誰も自分に見向きもしない。誰もが廊下を忙しく、うつむき気味に歩いている。声をかけるのもはばかられる。たまに知り合いに出会って「おい」と声をかけても、ちらっと一瞥(いちべつ)するだけで通り過ぎていく。ひんやりとした冷たい空気。誰もが他人など構っていられないという雰囲気だ。

――自分が気付かなかっただけで、以前からこんな雰囲気だったのだろうか？

瀬川は疑わざるを得なかった。

いや、やっぱり変わった。それは北村も認識している。以前は、廊下をこれほど忙しく歩いていなかった。立ち止まって近況を語り合う余裕があった。

瀬川が受話器を置くと、課長の木内がどこからか戻ってきた。

両腕をぐるぐると回している。歩きながら筋肉トレーニングしているんだろう。妙に表情が緩んでいる。何かいいことでもあったのだろうか。

瀬川と視線が合った。こちらに近づいてくる。にやついた表情に、瀬川はわずかに嫌悪を感じた。

帰国直後のロスコン協議のことが尾を引いている。まだ瀬川は納得していない。ミャンマーの発電機案件は、ロスコン案件として処理すべきだと考えている。

木内は、まったく瀬川の意見を聞き入れる様子はないが、時間をおいてもう一度協議するつもりでいる。このままだとせっかくの案件が薄汚れてしまう気がするのだ。

瀬川にしてみれば自分の意図と反して政治銘柄として受注が決まった。そのことも自分の長年の努力を無にされたような気がして、しっくりこない。

それに輪をかけて、ルールを曲げて経理処理されてしまうのは許せない。

なんでもハイハイと言っていれば波風が立たないのだが、瀬川は自分の中にざわめいている波をまだ鎮めることができない。

ふいに目の前にミャンマーの景色が浮かんだ。

ミャンマーの人たちは、静かなたたずまいで、感情を自分でコントロールしていた。腹立ち、苛立ち（いらだ）、悲しみ、苦しみに耐えきれなくなると、パゴダの大理石の上に座して、祈るという。

瀬川も裸足（はだし）になって大理石の上で坐禅（ざぜん）を組んだ。

隣に老女が寝そべっていた。瀬川のように型通りの座り方をしていない。いかにも自宅の居間にいるかのように寛いでいる。

「なにか悩み事でもあるのかい」

老女が聞いた。

「いえ、特に。強いて言えば仕事ですかね」

瀬川は答えた。

「兄ちゃん、そんな堅苦しい座り方なんか止めなさいよ。ここでは寛げばいいんだよ。仏様の懐にごめんなさいって抱いてもらいなさい」

老女は、笑った。歯が抜けた空洞がのぞいている。

「わかりました」

瀬川は言い、足を崩した。指先まで一気に血が流れ、しびれを感じた。無理をして足を組んでいたために血の流れがさえぎられていたのだろう。

「楽でいいだろう。私は、ここでこのまま眠るように死ぬのが夢なのさ。仏様にお願いしているから聞いてくださるだろうよ。何もかも捨ててごらん。こんなに心地良いことはない」

老女は、歯の抜けた口を開け、夢を見るような眼をして瀬川を見つめた。

瀬川は、老女の静かな微笑みを見たとき、幸せとはなにかとふいに考えさせられたのを記憶している。

日本と同じように経済成長することがこの人たちに幸福をもたらすと、瀬川は信じて仕事をしていた。

交通網を整備し、人・物・金のすべてが首都に集まるようにし、電気で街を照らし、通信、インターネットなどで人々を結びつける。それが幸福の土台になる。

新興国にインフラストラクチャーを整備することは、無条件にいいことだ。そのように瀬川は学び、今もそう思っている。

しかしそれは本当だろうか？　この老女は、そんなものはなくても十分に幸せそうではないか。

「兄ちゃんは日本人かね」

老女が聞いた。

「はい、日本人です」

「日本人は偉いね。戦争に負けたのに立派になったから」

「はい、ありがとうございます」

「あの人たちも嬉しいだろうね」

「あの人たちと言いますと」

「この国でたくさんの日本の兵隊さんが亡くなったよ。私の小さいころ、親切にしてくれたナカムラさんという兵隊さんも死んだ」老女は目を閉じ「サイタ　サイタ　チューリップノハナガ……」とたどたどしい日本語で歌った。ナカムラという日本人兵士に教えられた歌だという。

「戦争で多くの日本の兵士が亡くなったことは知っています」

瀬川は答えた。

「日本人は、いつでもどこでも働き者だ。感心するよ。でも兄ちゃん」

老女は瀬川を見つめた。

「はい」

瀬川は神妙な顔で返事をした。

「ここに来て、仏様におすがりするのもいいもんだよ」

老女は足を崩したまま、手を合わせた。


「おい、瀬川」

木内が横柄な態度を見せる。

「なんでしょうか？　課長」

瀬川は、座ったまま返事をした。

「おい、立てよ」

木内が瀬川の椅子の脚を蹴った。ガタッと固い音がした。

木内は、筋トレで鍛えた身体が自慢の男だ。脳内には大して脳みそが詰まっていないような印象を与えるのだが、それだけに力は強い。軽く蹴っただけでも瀬川の身体が揺れるほど衝撃がある。なんのために椅子の脚を蹴らねばならないのか分からない。瀬川は不快な表情をした。

「立ちましたよ」

「なんだよぉ。ちょっと蹴ったくらいでふてくされるな。ミャンマーの仏様の下で悟りを開かなかったのか」

木内は笑いながら言った。周囲で書類を作成している同僚が含み笑いを漏らした。

そこには木内はいつもこんな調子だから、いちいち腹を立てていれば疲れるというニュアンスが流れていた。

「残念ですが、仕事に追われていました」

「そうかぁ、お前、真面目だからな」木内の揶揄する目が不愉快だ。「おっと、その真面目な瀬川さんのお仕事を、日野社長に報告しておいたぞ。山川部長も一緒だ。日暮ＣＰが同席していたけど、大いに喜んでいた」

山川喜一は、瀬川が属するＳＩＳ社の部長、日暮亮介は同じくＣＰだ。

「えっ、いつですか？」

瀬川は驚いて聞いた。

「いつって今さっきだよ」

木内は平然と答えた。

「私、ここにいましたよ」

憤然とする。息が荒くなる。

「ああ、でも、別にいいだろう。お前がいなくてもさ。俺が代わりに報告しておいたぞ。日野さんも大喜びさ。日山電機に勝ったってな」

「まだ『お礼参り』にも行っていないんです」

瀬川は不服そうな目で木内を見た。

「『お礼参り』か。面倒だな。でもしゃあない。早く行っておけよ」

「日野社長には、そこでミャンマーの案件をご報告しようと思っていましたが……」

「そこは俺が代わって報告しておいたから、お前は気楽にミャンマーの不味(まず)い飯の話でもして盛り上がったらいい」

木内は、瀬川の肩を軽く叩いてどこかへ行ってしまった。

瀬川は、木内によって蹴られた椅子を元通りに直し、座りなおした。

「やられたね」

瀬川の向かいに座る同僚の近藤(こんどう)るり子が小声でささやきかけてきた。

るり子は、城北大政治経済学部出身で瀬川の同期だ。立場は同じ主任だが、国内の交通インフラなどを担当している。

小説や哲学好きの文学少女の面を持ちながら、一方でマラソンが趣味というスポーツウーマンでもある。

美人というより親しみやすい顔つきで、インテリぶったところがないので上司受けがいい。

瀬川とは、入社式で声を掛け合って以来、仲が良い。瀬川がミャンマーに行っている間は、二人で飲むことはなかったが、それまでは頻繁に飲んだり、食事をしたりしていたこともある。

「なにが？」

瀬川がささやき返す。

「そっちに行っていい？」

「ああ」

瀬川の返事とともにるり子が席を立ち、瀬川のそばに寄ってきて、空いていた隣の席に座った。

「まんず、ミャンマーお疲れさん」

るり子がおどけた調子で言った。

「なんだよ、その言い方」

瀬川がくすっと笑いをこぼす。

「大ちゃんが鬱陶（うっとう）しい顔をしているからよ」

るり子は瀬川のことを親しみを込めて大ちゃんと呼ぶ。名前が大輔だからだ。

「はいはい、気を使わせましたね」

「ダメよ。木内課長にあんまり逆らったら。あんな風だけど、日野社長のお気に入りなんだから」

「ああ、分かっているさ。同じ体育会系のノリなんだろう？」

「そうよ。それであなたの仕事をパクったってわけよね。木内課長はパクリ屋で有名なんだから」

「パクリ屋？　それなによ？　あの人、俺がミャンマーに行っている間に課長になったから、よく知らないんだよね」

周囲に聞かれないように声を潜める。

「部下の成果を全部自分の手柄にしちゃうのよ。だからパクリ屋って言われているわけ。大ちゃんのミャンマーの仕事もみんな自分の手柄として上に報告しているはずよ。みんなやられている。私もよ」

るり子が表情を歪めた。

パクリ屋とは、なんと表現していいか分からないあだ名をつけられたものだ。

芝河電機の良さは、公家風とライバル企業から陰口を言われるが、おっとりとしてノルマ達成にがつがつしていないところだと思っていた。

それなのにいつの間に上司が部下の成果を横取りしてしまうような風土に変わってしまったのか。

「俺のことは？」

瀬川は、木内が自分のことをどのようにCPたち幹部に報告したのか気になった。

るり子は暗い表情で首を振った。

「何も言ってなんかいないわよ。全部自分が、自分が、だからね」

「だってあいつ、ミャンマーに一度も来なかったぜ」

思わず声を荒らげてしまい、慌てて口をふさぐ。

「そんなこと関係ないの。自分のことだけ」

るり子は吐き捨てるように言った。

「会社の空気、変わった？」

瀬川は聞いた。

「ずっとここにいると気付かないけど、大ちゃんみたいに海外から帰ってきた人はそう感じるみたいね」

「俺、浦島太郎になった気分だよ。どうも会社の中の空気がよそよそしくてさ」

「だったら私が乙姫様になったげようか？」

るり子が笑みを浮かべた。

「よせやい。るり子の乙姫様は、余計に白髪が増えそうだから。俺がミャンマーに行っている間にいい男でも見つけて、結婚していると思ったのに……」

瀬川は、るり子を見つめた。

「ちょっとひどくない？　いい男がいないのよ。まあ、なにはともあれ帰国祝いに姥桜姫と飲みますか。また連絡するから。何人か呼んでもいい？」

「ああ、お願いする。北村なんかにも会いたいからね」

先ほどかかってきた北村の電話を思い出した。彼に「お礼参り」のスケジュールを頼んでいる。

「わかったわ。いずれにしても木内課長のことは考えすぎない方がいい。考えるだけ阿呆らしいから」

「でもさ、あのミャンマーの案件、本当はロスコンなんだよ。それを相談しようと思っている。木内課長は絶対反対って言うんだけどね。俺はおかしいと思うんだ」

瀬川は力を込めた。

るり子は、少し考える様子になり、「ロスコンかぁ。まあ、それもあまり気にしない方がいいんじゃないの。大ちゃん、考えすぎのところがあるから」と答えた。

「気にしなくていいって言ったって、ルール違反だろう?」

瀬川は、声を落としつつも気色ばんだ。

その時、「近藤!」と呼ぶ声が聞こえた。

振り向くと木内がいた。フロアの出入り口に立って、こちらを見ている。

「悪い、行くね。予定決まったら連絡するから」るり子は言い、「はーい」とやや間延びした返事を木内にして、急いで席を立った。

瀬川は、急に虚しさを覚えた。理由は分からない。先ほどまであれだけ批判していた木内に対して、すぐに反応したるり子に対する反感なのだろうか。

「考えすぎか……」

瀬川は、るり子の言葉を反芻した。

3

瀬川はSIS社の経理部に来ていた。

芝河電機には、コーポレイトの経理部に加えて、各カンパニーにも経理部がある。

ここでカンパニーの業務にかかわる経理処理を行っている。

瀬川は木内に反対されたが、ミャンマーの案件は、ロスコン案件として処理すべきだと思っていた。

九十億円以上のコストがかかるのは自明のことなのに、それを六十億円という超破格値で受注したのだ。いくら政治銘柄と言っても安すぎる価格だ。これを受注したからと言って、ミャンマーの他のインフラ案件を優先的に受注できるとは限らない。またメンテナンスで収益を補塡することも期待できない。

経理課長は、瀬川と以前、一緒に仕事をしたことがある安住洋一だ。

経理のベテランだが、一時期、営業にいて瀬川と一緒に席を並べた。

年齢は、五十代半ば。腹が出ているのが目立つようになったが、誠実な人柄の人物だ。

経理部の中に半透明のパーティションで仕切られた打ち合わせブースがある。その中で瀬川は安住を待っていた。

背後のドアが開いた。振り向くと、白髪まじりの頭をした安住がにこやかに笑みを浮かべて入ってきた。

「瀬川君、お疲れ様でした。ミャンマーでは大変だったね」

明るく話しながら、安住は瀬川の前に座った。

「はい、ありがとうございます。おかげさまで無事に帰国できました」

「香織さんも帰国を喜んだろう。一度くらい、ミャンマーに呼べばよかったのに」

安住は、瀬川の妻の香織のこともよく知っている。

「なにせ仕事に追われていましたから」

「瀬川君は真面目だからな。会社の金で家族を赴任地に呼び寄せて、旅行する奴もいるんだよ。単身は何かとストレスが多いから、目をつむっているけどね」

安住は、楽しそうに笑った。

「香織も勧めていますので、なかなか上手(うま)く調整ができませんでした。今思えば、後悔しています」

「まあ、こっちは経費が削減になってよかったけどね。さてと」安住が座りなおした。

「今日の用件は何かな」

「ロスコンのことなのですが」

瀬川は、率直に切り出した。

「ロスコンねぇ」

安住の声の調子が急に落ちた。

「ミャンマーの案件のことはご存知だと思います」

瀬川は、神妙な口調で言った。

「そりゃ知ってるさ。君のところの木内課長が、日山電機を出し抜いたって大騒ぎをしていたからね」

安住が薄く笑った。

瀬川は、少し不愉快になった。るり子の言うパクリ屋という言葉が浮かんだ。

「あの案件はロスコンとして扱うべきだと思うのですが」

瀬川は安住の表情をうかがい見た。木内が、ロスコンとして扱わないと言ったのは、当然、安住たち経理部と打ち合わせ済みなのだろう。

「そのことか」

安住は、椅子の背もたれによりかかり、伸びをするように身体をそらせた。

「木内課長はロスコンでなくていいと言われるんですが、納得がいかなくて」

瀬川は眉根を寄せた。

「木内課長が、ここに来たよ。瀬川君が帰国する前にね」

安住は、今度はテーブルに肘(ひじ)をついて身体を瀬川に寄せてきた。

「そうですか？　それで？」

「この案件はロスコンにしませんからと言うんだ。私はルールが違うんじゃないかって聞いたんだよ。そうしたら工事進行基準適用案件にするからいいじゃないですかって」

工事進行基準適用案件とは、工事の進行に合わせて、コストや収益を計上する案件のことだ。

「でもこの案件は最初から三十億円以上の赤字が確実ですよ」

「でも、これの一声で決まったんだろう」

安住は親指を立てた。

「これって天皇ですか?」

瀬川が聞いた。

「それしかないだろう。木内課長もそう言っていたよ。ティラワは、首相肝いりの案件だろう? 民主化以前は、ミャンマーは中国のやりたい放題だった。そこで民主化後は、日本はなんとかミャンマーのインフラ整備に食い込みたいと思って必死なんだ。戦前からの付き合いもあるしね」

安住は、ミャンマーに関するうんちくを語りだした。

「だから私も必死で情報を入手して、どんなSPだったら獲得できるか、必死だったんです。それが天の声で……」

瀬川は悔しそうに呟(つぶや)いた。

「仕方がないさ。韓国なんかが安値攻勢かけているからな。それに日山電機に負けるのが、うちの上はなんとしてでも嫌だったからな」

「おかげで勝ちはしましたがね」

瀬川は、やりきれない口調で言った。

瀬川は、ミャンマーで会った日山電機ヤンゴン支店長の倉敷実の悔しそうな顔を思い出した。彼が言った「きっと後悔する」という言葉もともに……。

「ロスコンのことだけどね。ロスコンにはできないって言うんだよ。まあ、三十億円から三十五億円だろ。こんな金額、赤字にしてみろよ、SIS社じゃなくてSOS社になっちまうから」

安住は、自分のダジャレに苦笑した。

「馬鹿なことを言わないでくださいよ。ルール通りにやらなくちゃ、それこそ本当にSOS社になってしまいますよ」

瀬川は真面目な顔になった。

「そんな真面目な顔で俺を責めないでよ。言われた通りに経理処理しないとさ。大変なんだよ」

安住は顔をしかめた。

「でも経理が締めなければメチャクチャでしょう」

「でもさ、カンパニーごとで収益競争している状況じゃ、うちだけが赤字になるわけにいかないんじゃない。コーポレイトの経理部がちゃんとやるさ。全体の収益状況を見てね」

経理部も屋上屋と言うべきか。カンパニーごとに置かれ、それをまとめ上げる形でコーポレイトにもある。

安住は投げやりな口調で言った。

「カンパニーでちゃんと経理処理をしなければ、コーポレイトでは何もできないでしょう?」

「仕方ない。すまじきものは宮仕えさ」

「安住さん、仕方がない、仕方がないって言わないでください」

瀬川は苛立ちを覚えた。

「おいおい、俺に食ってかかるのはお門違いじゃないの。木内課長に言えよ。まずはそちらがロスコンの申請を上げないと、始まらないだろう」

安住が不機嫌そうにわずかに唇を歪めた。

安住の言うことは正しい。

ロスコン案件は、瀬川自身が申請書を書かねばならない。それを木内や山川部長などと相談して、その結論を持って経理部と協議するのがルールだ。

こうやっていきなり経理部と直(じか)に相談するのは本末転倒、それこそルール違反だ。

「わかってます。でも木内課長がいきなりダメ出しだから、安住さんに相談に来たんです」

瀬川は情けない顔をした。

「まあ、あまり真剣に考えるなよ。芝河電機の売り上げからすれば、六十億円くらい、ちっぽけなものだからさ」

安住は、親指と人差し指を目の前で合わせて、その小ささを強調した。

瀬川は、自分の仕事にけちをつけられているようで不愉快になった。

「悪い、悪い。別に瀬川君の仕事を評価していないわけじゃないんだよ」

安住は、瀬川の表情が変わったのに気付いたのだ。

「いつからこんなルール無視になったのですか」

「ルール無視は言いすぎじゃないかな……」安住は小首を傾げ「いつからと言われると、各カンパニーがチャレンジを強いるようになってからかな。昔は、牧歌的な会社だったけど、いつまでもそんな風じゃいけないってことかな」

「チャレンジ？　昔からチャレンジって言ってますけど……」

瀬川は聞き返した。

「あれ？　ミャンマーボケ？」安住は少し驚いたように目を見張り、「日野社長も南会長も、口を開けばチャレンジ、チャレンジだよ。どこかの学習教材みたいだけどね。この一言で、ＣＰだろうが、ＧＣＥＯだろうが、みんな震えあがっている。昔みたいに、ガンバレって意味じゃなくて数字を達成できなければ死ぬくらいの強制力はあるね。そのせいでカンパニーごとの売り上げ、利益の競争が過激になっているんじゃないか。なにはともあれ経理部は営業さんの言われた通りにすっからさ。木内課長とロスコンの件は、話し合ってから出直してよ」

安住は、まるで当事者ではないかのような言い方をした。

やはり木内と話し合うべきか……、瀬川は憂鬱な思いにとらわれた。

4

瀬川は、安住のところから戻り、ミャンマー関係の残務整理をしていた。海外赴任から帰国すると、みんな落ち着くまで時間がかかる。片づけるべき雑務も多く、また気持ちもふわふわして、自分の魂が落ち着き場所を探しているような気になる。雑務に加え、これは主たる業務としてミャンマーのティラワ経済特区向け二基の発電機受注関連の書類を書かねばならない。受注経緯から、今後の納入や設置スケジュールまでだ。実際に発電機が稼働するのは、二年以上先のことなので、ミャンマーの人々に歓迎されるのは後任の役得になる。

しかしパソコンのキーボードを叩くにも、気が進まない。案件の受注が自分の思い通りに進行しなかったからだ。自分の成果とは実感できない。もやもやした気持ちが、報告書を書く意欲をなえさせていた。

「おい、瀬川！　なんてことをしてくれたんだ」

背後から怒鳴り声。驚いて振り返ると、木内が血相を変えて立っていた。

「どうかされましたか？」

瀬川は、驚いて立ち上がった。

「おい、恥かかせやがって」

木内が瀬川の肩を右手で突いた。

瀬川は、身体を揺らしながら、「何をするんですか」と抗議した。

「お前、経理部の安住に文句を言ったそうじゃないか」

「文句って……。誤解ですよ」

瀬川は、無理に笑みを作った。

「何が誤解だ。あのミャンマーの案件をロスコンにすべきだと言ったのは文句じゃないのか」

木内の饐（す）えた臭いの息が吹きかかる。顔をそむける。

幸い、周囲には人はいない。るり子も営業に出ている。

「どうしても納得できないので安住課長に相談に行っただけです」

瀬川は、木内をまっすぐに見つめた。

安住からも木内と話し合ってから来いと言われていた。どうしようかと憂鬱で気が進まない思いでいたが、木内からこうして来てくれれば好都合だ。それにしても安住が、木内に瀬川のことを、これほど早く情報提供したことは驚きだ。

「納得できないだとぉ」

木内が、眉を吊り上げた顔で迫ってくる。どうしてこんなに怒っているのだ。

「ええ、納得できません。自分が一生懸命受注に努力した案件ですので、最後の経理処理まできっちりとしたいのです。そうでないと……」

瀬川は口ごもった。

「そうでないと、どうだっていうんだ」

木内の怒りが、唾となってほとばしり出る。

瀬川は、言葉を選ぶ。言いすぎになっては木内の怒りを増幅させるだけだ。

木内は、なぜこれほど怒っているのだろうか。安住に、軽い気持ちで相談しただけではないか。そうは言うものの、この場を収めたい。

「……すみません。本来、課長に相談すべきところを安住課長に相談して、申し訳ありません。ただ、どうしてもわが社のルールからすれば、この案件はロスコンです。ちゃんと経理処理した方がいいと思います。日山電機の担当からは、赤字受注するような会社が羨ましいと皮肉られたのです。悔しくありませんか、課長」

「ロスコン、ロスコンとうるさいな。いつからそんなに教条主義者になったんだ。この工事は、なにも赤字に決まったわけじゃないだろう」

木内は、瀬川の反論をまともに相手にすることなく、ミャンマー案件を赤字じゃないと強弁を始めた。

「えっ」瀬川は、木内の言葉に衝撃を受けた。社内ではネットと呼ぶ見積工事原価総額、すなわちコストが九十億円以上も必要な工事を六十億円で受注したのだ。それが赤字ではないとはどういうことだ。

「相手は、ミャンマーなんて民主化の遅れた国だ。工事期間だってどれだけ延びるか分からない。コストだってどれだけかかるか分からない。だから赤字とは限らないんだ。これから俺たちがどれだけチャレンジしてネットを下げられるかが問題なだけだ」

乱暴な意見だ。

木内は、きちんとした見積工事原価総額、すなわちネットが算出できないから、赤字とは限らないと言っているのだ。

「まさか……、工事進行基準も適用しないということですか？　工事完成基準でやるつもりですか？」

「そうだ」

木内はふてくされたように頷いた。

インフラ工事など、高額で長期にわたる工事の場合の会計上の売上高計上基準は、以前は、工事完成基準のみだった。

これは極めて単純明快で、工事が完成し、注文主に引き渡した時点で売上高を計上するというものだ。

しかしこれでは数年にわたる工事を受注した場合、完成までは、仕掛品や未成工事支出金のみ計上されて、売上高が計上されないことになる。また工事に着手してから、突然にキャンセルされる場合などもある。

こうした事情から、工事完成基準より、もっと会社の実態に合わせた基準が必要だという意見から工事進行基準の採用が認められた。

しかしこの基準にも問題がある。見積りの正確性だ。

そのため企業会計原則では、工事収益総額、工事原価総額、決算日における工事進捗度の三要素を信頼をもって見積もらねばならないとしている。それができないときは工事完成基準を適用しなければならない。

したがって一般的には、工事期間の一年以内のもの、工事金額の小さいものには工事進行基準は適用されない。

芝河電機でも同様で金額が十億円以上、かつ工事期間が一年以上などの工事は、工事進行基準適用案件とされ、それ以外では工事完成基準適用がルール化されている。

「でもどちらの基準を採用しても赤字は赤字です。ロスコン処理して、工事損失引当金を積むのがルールです」

「そんなことお前に言われなくても百も承知だ。だがな、赤字になるかどうかは我々のチャレンジ次第だろう。どうしてそこが分かんないんだ。お前、バカか」

あまりの言い草に、瀬川の方が表情を硬くする。

「課長、バカとはなんですか」

「お前があまりにルール、ルールと言うからだ。俺がルール無視をしているかのように宣伝しやがって。前にも言ったはずだ。この案件は、ロスコンにはしない。赤字になるかどうか不明な案件はロスコンにしなくてもいいんだ」

木内の怒りの理由が垣間見えた。瀬川が、安住に相談したことを、社内ルール無視、すなわち木内のコンプライアンス違反を告げ口したと誤解したのだろう。

「課長のお考え、申し訳ありませんが、私は納得できません」

「なんだと？」

木内が顔を引きつらせている。

「ミャンマーの案件は、ロスコン案件にすべきです。私は、ティラワ経済特区の発展に寄与するために努力してきました。おかげで発電機等の受注にこぎつけることができました。この仕事への責任は最後まできっちりと果たしたいと思っています。赤字受注にならないように努めましたが、それが果たせず非常に悔しい思いが残っています。ですからきちんと赤字を計上し、それを私に埋め合わせさせてください。そこまでが私の責任だと考えます」

瀬川は、真剣な表情で木内を見据えた。

「ずいぶんたいそうなことだな。お前は、何か誤解しているだろう。ロスコンか否か、これを工事進行基準にするか否か、そんなのは俺の独断で決められる話じゃない。もっと言えば、お前がネットは九十億円だと俺に言ってきた時、『それじゃ取れんだろう』と言ったのを覚えているか」

瀬川は、ネット、すなわち見積工事原価総額のことだが、それを九十億円に設定した。

工事部門は九十五億円は譲れないと主張したが、なんとか九十億円まで引き下げさせた。

彼らは、瀬川にこれ以上のコストダウンは無理だと言ってきた。

木内に報告したところ、返事がなかなか返ってこなかった。

しばらくして確かに「それじゃ取れんだろう」と木内が言った。

瀬川は、「日山電機には勝てます」と言ったが、「取れん、絶対に取れん」と木内は了承しない。

それから再び、瀬川は工事部門との協議を始めた。ミャンマーからでは、隔靴掻痒の感を否めない。協議は難航し、停滞した。

瀬川が悶々と時間ばかりが過ぎて行くのを気にしていると、木内から「俺が話をつけるから」と言ってきた。

結果は、SP六十億円に決まり、入札価格も六十億円となった。

瀬川は、その金額を聞いた時の驚きと虚しさを今でも強烈に覚えている。

ミャンマーで情報収集に明け暮れた日々、その努力がすべて無にされたと思った。

こんなどんぶり勘定で入札価格が決まるなら、なんの努力も不要ではないか……。

悔しくて、その日は、荒れた酒の飲み方をしてしまった。

「覚えています。しかし……」

「しかしも糞もない。俺の言う通りにしたから受注できたのだ」

「違います。私の金額でも受注できた可能性はありました」

瀬川は、毅然と言った。

「可能性？　そんなんじゃだめだ。絶対に取らにゃならんのだ。それをお前は分かっていない」

木内は表情を歪めた。瀬川の予想以上の反撃に、当初の怒りは後退し、徐々に困惑の表情になりつつある。

「取るだけじゃ意味ないでしょう。利益を上げるのが仕事じゃないですか」

瀬川は、木内を見据えて言った。

「個々の工事でいちいちつっかかるのはお前にとって得策じゃないぞ。このままＳＩＳ社で働きたいのならな」

木内が、吐き捨てる。

「私を脅すのですか」

瀬川は、木内に迫った。

「何を言ってるんだ。現実を説明しているんだ。入札価格六十億円は俺が決めたんじゃない。政治銘柄だ。もっと言えば、ちゃんと受政会議を経ているんだ。俺も苦労したんだ。そこで天の声が降りて来たら、どうしようもないだろう」

木内は怒りを抑え、ついに懇願するような表情になった。

瀬川が、これほどまで抵抗するとは予想していなかったのだ。

多くの管理者というのは部下を誤解している。怒鳴ったり、権力を振りかざせば、羊のようにおとなしく従うと思っている。

ところが中には、圧力をかけられればかけられるほど、抵抗を増していく、言わば扱いにくい部下もいる。

その部下は、普段は従順で、ややおとなしめなのだが、自分のプライドを傷つけられることに耐えられなくなった場合に豹変する。

瀬川は今、そんな状況に陥っていた。

「私の、私の、ミャンマーでの数年間はいったい何だったのですか？　天の声でひっくり返されるほど軽いものだったのですか」

身体の中から憤怒が沸き起こる。瀬川は、それが爆発するのをなんとか抑えていた。

木内の困惑が深くなる。表情から怒りが消え、たじろぎ、怯み始めた。

「仕方がないだろう。俺だって、この案件をなんとか獲得したいと思ったんだ。お前の努力に応えるためにな。だから努力したんだ。その結果、あの入札価格になった。今、SIS社は大変なんだ。一億でも二億でも売り上げを確保しないといけないんだ。それにティラワは首相絡みの案件になっちまった。落とすわけにはいかない。お前も、外地から本社詰めになれば分かるさ」

木内が声を落とした。

「悔しいです」

瀬川は拳を強く握りしめた。もやもやしていた気持ちの原因は、この屈辱感だったのだ。

「まあ、俺も強く言い過ぎた。お前、お礼参り、まだだろう?」

「はい、今、秘書室に調整してもらっています」

「そうか……」木内は、関心があるのかないのか曖昧な返事をし、「そうだ。こんどの受政会議に出席してみるか」と聞いた。

受政会議とは、受注政策会議の略だが、この会議は、受注を決裁する会議だ。

SIS社ばかりではなく、芝河電機の各カンパニーでは、一件の受注金額が五十億円以上で、カンパニーの経営に大きな影響を及ぼすような案件は、カンパニー長であるCPの決裁案件なのだが、それに先立ち受政会議に付議される。

ここではCP、カンパニー副社長、総括責任者、法務、経理などスタッフ部門の各部長のほか、CPが指名するカンパニー社員が出席する。

カンパニーの営業における最重要会議と言ってもいい位置づけだ。もっともこの上に社長月例があるのだが……。

そのほかにもSIS社の各事業部ごとに必要に応じて受政会議が行われる。

瀬川は、芝河電機の会議の多さに辟易(へきえき)することがあった。

海外にいると、それがよく分かる。

ミャンマーで早く決断しなくてはならない案件がある時、本社に電話をすると、返事は「会議にかけるから」。その後は、なしのつぶてだ。一向に回答が来ない。数日、ある時は数カ月後、「回答はまだか」と迫ると、「まだ会議中」との返事が返ってくる。

韓国人ビジネスマンにこのことを愚痴ると、彼は「日本はスローカンパニーだね。韓国はファストカンパニーだよ」と皮肉っぽい笑いを漏らした。

日本は、決断が遅く、韓国は速い。これが海外案件での受注力の差になっているという。それは事実だ。韓国企業は、現地への権限移譲が進んでいるため、かなりの部分が現地の決断と責任で進められる。いちいち本社に伺いを立てることはない。彼は最後に電話をかける真似をして「瀬川はいつも東京に電話するからね」とからかった。

本社の対応のあまりの遅さ、「会議中」の返事に頭に血を上らせた瀬川は、「もう、いい」と電話を切り、独断で行動し、事後報告に切り替えたこともある。

命令違反の行為なのだが、不思議なことにそれに対しては特に問題にされることはなかった。

会議の多い会社に業績が好調な会社はないと言われるが、芝河電機は、何かにつけて会議を行う。それによって責任の所在をはっきりさせているのならいいのだが、瀬川には会議の多さは、その逆のような気がしてならなかった。

「出席する資格はないですが」

「いいよ。俺が、なんとかするから。お前も本社で生きていくなら、受政会議でもまれた方がいい。俺の立場も少しは分かるだろうからな。その受政会議に付議される案件をお前に任すかもしれないから……。会議スケジュールは、イントラネットの予定表を見てくれ」

木内は、思わせぶりな言葉を残して、再び、どこかに行ってしまった。

木内に抱いた憤怒はまだ収まっていない。木内は、恫喝から懐柔に転じたのだろうか。尊敬できない上司がよく使う手だ。最初は、脅し、そのあとで優しくする。これで部下を虜にできると考えているのだろう。

しかし瀬川の憤怒は収まらない。それをどこに向けるべきかと思いながら、木内の後姿を見つめていた。

5

秘書室の北村が「お礼参り」の調整をしてくれた。

順序は、神宮寺相談役、南会長、日野社長だ。社内序列を外さないように配慮してくれている。

彼らの出社は早い。朝八時半から順に三人の大物トップをまわらねばならない。持ち時間は一人五分ずつ。挨拶をして、少しミャンマー情勢を報告すれば、それで終わりになる時間だ。

これくらいの時間ならなんの準備も不要だと、普通は思うだろう。帰ってきました、お疲れさま、これで二、三分は済んでしまう。

しかし時間が短いだけに、要領よく話を進めるには、何を言い、何を言わないか、ちゃんと事前に準備しておく必要がある。昨夜は遅くまでその準備をしていた。

「うまくやれよ。お礼参りが終わったら、一緒に飲もう」瀬川は北村の言葉を思い浮かべ
ほど
早く、嫌なことは終えて、心地よい酒を飲みたいものだ。

瀬川は、自宅を出ようとした。

「ネクタイ、曲がっているわよ」

香織が呼び止めた。

「いいよ、このままで」

電車の時刻が気になる。

瀬川は、そのままで飛び出そうとした。

「だめ。ちゃんとしないと。男が戦いに赴くのにだらしない恰好じゃ、負けちゃうわよ」

香織が真剣に言う。

「負けるって……」瀬川は困惑した。「喧嘩をしにいくわけじゃないよ」

「喧嘩じゃないけど、今日は偉い人に会うんでしょう。そういう場合は、まず形から入らないとね。最初の印象で、ダメ出しされるわよ」

香織が、瀬川の首元に手を伸ばし、ネクタイを直す。

「はい、これでいい。しっかりね」

香織が、ぽんと瀬川の胸を叩く。

「頑張ります」

瀬川は、おどけた調子で敬礼した。

電車の中で、タブレット端末を開き、経済新聞を読む。

「あっ、出てる」

経済面のページに「**芝河電機、ティラワ経済特区の発電機受注**」の見出しが掲載されている。

それほど大きな記事ではない。

ティラワ経済特区の事業は、日本とミャンマーとの関係強化の試金石で、絶対に失敗できない案件。そのため今回の芝河電機の受注成功の意義は大きい。ミャンマーは中国と関係が深く、日本政府は、それに対抗するべく民主化したミャンマーへの投資をさらに進める方針だ。

記事の概要だ。

瀬川は、自分の仕事が評価されたような気持ちになり、嬉しくはあったが、一方で、なぜ一言、新聞記事になることを自分に言ってくれなかったのか不満を覚えないでもなかった。

タブレット端末を鞄(かばん)にしまい、目を閉じる。眠気が来たわけではない。ミャンマーでの日々を思い浮かべていたのだ。

夕焼けの茜色に染まった空に、林立する黄金のパゴダ。その荘厳な景色に身震いがする。パゴダからパゴダに続く細い道。赤茶けた道を、黄色い袈裟に身を包んだ僧侶の列が続く。周囲には、尊敬の目で僧侶を見つめながら、手を合わせる貧しい人々の群れ。

人間の幸せとは何か。ミャンマーは、中学生か高校生に戻り、思春期の悩みのようなことを考えさせられる国だ。

社会人になると、忙しさに翻弄され、人生にまともに向き合うことはない。時間だけが、目の前をあわただしく過ぎていく。

人生とは何か、人間の幸せとは何かなどと考えるのはビジネスには不要なことだ。ビジネスとは、いかに効率よく金を儲けるか、それだけに目的が集約されている。そこに疑問を挟む余地はない。

人間の幸せという曖昧な概念は不要だ。その曖昧さを金に変えることでクリアにするのがビジネスだとも言える。

しかしミャンマーにいると、瀬川のビジネスマンとしての考え方に揺らぎが生じてくる。

確かに日本に比べると、ミャンマーの人々は経済的に貧しい。しかし彼らが僧侶に手を合わせている姿を見ていると、本当は豊かなのではないかと思うことがある。

ティラワ経済特区に、日本の投資でビルが建ち並び、交通網が整備され、多くの人が忙しく行き交う。その姿を想像して、瀬川は、ふと疑問に思う。それが豊かさであり、人間の幸せなのだろうか。

――それは経済成長を果たした日本の傲りです。経済的な豊かさが、幸せにつながるのは事実です。ミャンマーの人は日本のような豊かさを求めているのです。

そんな声が聞こえないわけではない。

しかし、それでも、本当にそうなのかと思う。その声は本当のミャンマーの人たちの声だろうか。実は、ミャンマーの人の姿を借りた日本の政財界人の声ではないだろうか。

電車の窓から見えるのはビルばかりだ。電車の中には、早朝から、体を押し付け合う混雑の中で苛立ちを抑えて、ただひたすら耐え続ける男女の群れ。経済成長で、日本が失ったものは多いが、それは得たものとの差し引きで果たしてプラスだったのだろうか。

「俺は、いったい何を考えているのだろうか。こんな感傷に浸っていたら、社外の競争にも、社内の競争にも負けてしまうじゃないか。疲れているのかなぁ」

瀬川は、ひとりごちた。

もっと気持ちを鼓舞しなければ、「お礼参り」に支障を来してしまう。

電車から人混みに押し出される。駅から外に出ると、東京湾からの海風を遮断するかのように高層ビルが林立している。

瀬川がミャンマーに赴任している間にこの辺りの景色は一変してしまった。ただ広いだけの埋め立て地だったのに、今ではニューヨークのマンハッタンのように空が小さく見えるほどビルが高さを競いあっている。

芝河電機の本社の前に来た。

「このビルも売っちまったんだな」

瀬川が見上げている本社ビルは、二〇〇八年に売却された。看板だけは芝河ビルだが、大家はまったく違う会社だ。

変わったのは、周囲の景色だけではない。芝河電機という会社も変わってしまったのかもしれない。

以前は、もっと親しみがあったように感じていたが、今は、どこかよそよそしい。そしてとげとげしくさえある。かつては木内のような激しさで怒りをぶつけてくる上司はいなかった。

「さて行くとするか」

瀬川は、自らを鼓舞して、ビル内に入った。早朝なので本社ビルロビーはまだ閑散としていた。

エレベーターに乗り込むと、一気に三十六階にまで運んでくれる。そこに秘書室がある。北村が待っていてくれるはずだ。

「俺が、露払いを務めてやるから」

北村が、神宮寺などのトップへ案内をしてくれる手はずになっている。

エレベーターのランプが三十六階で点灯した。

ドアが開く。秘書室は、廊下を右に曲がったところだ。時間は、八時十五分。北村との待ち合わせ時間、ちょうどだ。

秘書室の前に無人の受付コーナーがある。秘書室は、ドアの奥にあり、外からは遮断されている。コーナーには受付用のタッチパネルが設置してあり、秘書室員名や訪問目的にタッチすると、相手が出てくる。

タッチパネルのキーをキタムラアツシと叩く。画面に人の形の映像が現れ、「北村です」と呼びかけてきた。

「瀬川だ。いいかな」

「ああ、大丈夫だ。今からそっちへ行く。そこのソファにでも腰かけていてくれないか」

瀬川は、北村に言われるまま、コーナーに配置されている来客用のソファに腰をかける。

「北村の奴もすっかり秘書っぽくなったのかな」

北村とは入社研修で一緒になって以来、付き合うようになった。

北村は、工学部出身だが、理科系にありがちな理屈っぽさはなく、さわやかなスポーツマンという印象だ。

北村の結婚式の司会を瀬川がやり、瀬川の時には北村が司会を務める仲だった。しかしここしばらくは会っていない。瀬川が海外赴任になったことが原因でもあるが、中堅社員になり、お互い多忙を極めるようになってきたためだ。

北村が、秘書室勤務になった辞令を社内ネットで知った時は、正直に言って驚いた。それも南会長秘書だと聞いて、驚きはさらに増した。

北村からは、秘書室に配属されたことについて特に連絡はなかったが、役員のミャンマー訪問時などに北村が直接、瀬川に連絡をしてくることがたびたびあった。

役員のアテンドのためだ。その時、「どうだ、秘書室は?」と瀬川が聞くと、それほど弾まない声で「まあ、まあだな」とあまり気乗りしない返事をした。

北村は、秘書室なんかより営業でばりばり活躍する方が向いている気がする。

俺、嫉妬しているのか、と瀬川は思う。秘書室勤務が芝河電機のエリートの条件であることは間違いないからだ。

「またせたな」

北村がドアを開けて現れた。

瀬川は、すぐに立ち上がり「この度は世話をかけたな」と軽く頭を下げた。

「いいよ、そんなこと。取りあえずミャンマー勤務、お疲れさまでした」

北村が笑みを浮かべた。

昔と変わらないように見えるが、ふとした表情に影が差すのは、思い過ごしだろうか。

「楽しかったよ。日本に帰ってくると、却(かえ)って違和感を覚えてね」

「まるで浦島太郎って気分か? 向こうで随分、乙姫様にかわいがってもらったとか?」

北村がにやりとする。

「よせやい、そんなことしたら女房に三下り半を突き付けられるさ」

瀬川が笑う。

「話は、またゆっくり聞こうか。さっそく神宮寺さんの部屋に行こう。三十九階だ」

北村がエレベーターに向かって歩く。

「ずいぶん上だな」

瀬川は北村の後に続きながら言った。

「ああ、四十階はパーティなどの会場しかないから、実質、最上階だな。仕方がないさ。天皇だから」

「他の南会長や日野社長も同じ階なのか？」

「いや、その一階下の三十八階さ。同じフロアにはいたくないんじゃないの」

「三十九階を独り占め？　すげえなぁ」

瀬川は思わず若者言葉になる。

「役員食堂や特別食堂や会議室などがあるけどね」

北村が答える。エレベーターに乗り込み、三十九階の表示を押す。

すぐに到着した。ドアが開く。

「わあ」

瀬川は思わず声を発した。

北村が振り向く。笑ってはいないが、どことなく得意げだ。

「ここは初めてか」

「ああ、驚いたよ。エレベーターホールから絨毯（じゅうたん）かよ。それも真っ赤な……」

まるで国会議事堂の中のように廊下に緋色の絨毯が敷き詰められている。それが行きつく先に天井まで届くような重厚な木のドアが見える。

北村が歩き出す。

「あそこが天皇、いや神宮寺相談役の部屋なのか？」

瀬川は、恐れを感じながら聞いた。

「ああ、そうだ」

北村は振り向きもせず、こともなげに言う。

歩くたびに足が絨毯に沈み込む感覚がする。

「贅沢だな」

瀬川が呟いた。

「こけおどしさ。持ち時間は五分だけだ。次があるから、要領よく報告するんだぞ」

「わかった」

瀬川は、思わず唾を呑み込んだ。神宮寺相談役の部屋に行くまでのこの雰囲気を、北村はこけおどしの一言で片づけた。

前を歩く北村の背中から虚無感が漂い出ている気がした。しかしそうではなく北村が言った意味は、客に対して、最初から威圧的に出て、交渉を有利に運ぶ戦術に過ぎないということかもしれない。

ドアの前で北村が止まった。スーツの襟と裾を正した。瀬川もそれに倣う。

北村が、ノックをする。木に吸い込まれるような重々しい音が響く。

ドアを開ける。北村が力を込めているのが分かる。

「秘書室、北村です。ミャンマーから帰国しました瀬川大輔さんを案内してまいりました」

北村が、部屋の中に向かって声をかける。

足がすくむ。開かれたドアの前でたたずむ。一歩が出ない。完全に気圧(けお)されている。

「瀬川さん、お入りください」

北村が言う。

促されても足が動かない。固まってしまった。身体が硬直しているのだ。頭は冷静なのだが、ドアの向こうに影としか見えない執務机があり、その背後に光が輝く東京湾の景色が広がっているはずなのだが厚いカーテンで視界は遮られている。

「こけおどし」

北村がささやいた。

「ああ」

ようやく息を吐き、一歩、足を進める。

執務机に向かっている人影が動く。あれが神宮寺相談役に違いない。

その人影に向かって歩く。北村は、ドアを閉め、その場に立っている。

床を歩く靴音が、まるで雷鳴のように聞こえてくる。錯覚だとは、わかっているのだが、瀬川の心臓の鼓動と共鳴して、音が増幅されている。

部屋の中は、薄暗い。神宮寺の姿も表情がよく見えない。

歩みを進めると、ようやく人影に表情が映りはじめた。初めて会う神宮寺。天皇と呼ばれる男。南会長も日野社長も彼の前では子供同然。相談役に過ぎないのに、トップ人事をすべて握っている。なぜここまで権力掌握に成功したのかは、誰も知らない。謎だが、掌握していることは事実であり、謎ではない。

身体つきは、病的なほどやせぎすで、骨ばっていて、華奢(きやしゃ)な印象だ。しかし視線はたじろぐほど鋭い。鷹(たか)のような目が瀬川を見つめている。

「SIS社の瀬川大輔です。ミャンマー駐在、ありがとうございました。無事に帰任することができました」

瀬川は声を張り上げ、そして深く低頭した。

「そんなに固くなる必要はない」

顔を上げた。神宮寺の視線の鋭さは変わらないが、表情に柔らかさが出て、うっすらと笑みを浮かべているようだ。緊張がわずかに緩む。

「ティラワの発電機受注獲得、おめでとう。君の活躍がなければ、日山電機や韓国勢に負けていたらしいね。金一封ものだ。よくやってくれた」

ややかすれた声だが、しっかりとした口調で、一語一語、瀬川に塊のように届く。

身体が震えた。喜びでだ。木内が自分の成果だと上に報告したのではなかったのか。当然、それは神宮寺にも届いていると思っていた。

ミャンマー案件は政治銘柄だ。今、目の前にいる神宮寺の天の声で、瀬川が考えた九十億円のＳＰが、六十億円となって受注に成功したのだ。

瀬川は冷静になった。

「はい。おかげさまで受注に成功しましたが、相談役のお力のおかげです」

これは追従（ついしょう）なのだろうか。ただの儀礼なのだろうか。言わなくてもいいことなのだろうか。

「そんなことはない。君の成果です。ミャンマーの発展に貢献することを期待する。引き続き頑張ってください」

神宮寺の視線が、瀬川の背後、入口のドアのそばに立つ北村へと動いた。

引き下がれという合図なのだろう。

「ありがとうございます」

ふたたび深く頭を下げると、まるで儀仗兵（ぎじょうへい）のようにくるりと振り返り、歩みを進めた。

北村の姿が見えた。はるか遠くにいるようだ。

「おつかれ」

ようやく辿（たど）り着くと、笑みを浮かべて北村がささやいた。瀬川が廊下に出ると、「失礼いたします」と北村は言い、ドアを閉めた。

「おい、疲れたぁ。でも褒められたのは気分がいいぞ」

瀬川は言った。

「しっ」

北村が、ドアの向こうを意識して、唇に指を当てた。

瀬川は、まずいという表情で口をつぐんだ。

「喜ぶのは、終わってからにしろ。さあ、次に行くぞ。一階下だから階段で降りようか」

北村は、神宮寺の部屋のすぐ近くにある非常階段の鉄製のドアを開けた。中に入ると、ずっと下まで無機質な灰色の階段が続いている。

「非常階段もすぐ近くにあるんだな」

瀬川は感心したように言った。

「無意味だけどね」

北村はあっさりと言った。

「どうして？　非常の事態に助かるじゃないか」

「こんな高い階から降りているうちにくたびれて火にまかれるね。偉い人は高いところじゃなくて、低いところにいるべきだよ。これは経営にも通じるんじゃないか。雲の上からじゃ下界の経営はできない」

北村は急ぎ足で階段を降りながら言った。

「へぇ。秘書室のお前が、随分、皮肉っぽくて批判的だな」

瀬川は、意外に感じた。北村は、それに対して何も答えず「さあ、次」と言い、三十八階のドアを開けた。

このフロアには絨毯はない。他のフロアと同じ見慣れた景色だ。淡いブルーの色調の床に、木目の美しい木の壁が続いている。

瀬川は、神宮寺で緊張の全てを使い切ったのか、もはや落ち着いていた。

「ここだ」

南会長の部屋の前に立った。

「北村、お前、会長の秘書だな」

「そうだよ」

「どんな人だ？」

「ばか、今さら聞くな」

北村は、瀬川の質問を無視してドアをノックした。

瀬川は、ごくりと唾を呑み込み、気持ちを引き締めた。

北村はドアを開け「秘書室の北村です。ＳＩＳ社の瀬川大輔さんをご案内しました」と言った。

「おお、入れ」

部屋の中から、太い声が聞こえた。

瀬川が部屋の中に入ると、大柄な男が執務机から離れ、近づいてきた。

南には会議などで会ったことはあるが、直接話すのは初めてだ。こんなに大柄だとは気づかなかった。

「ご苦労様、ご苦労様」

大柄な身体から発せられるのは太く、響くような声だ。顔も大きく、威圧感がある。南は、両手を差し出し、握手を求めてきた。

「ティラワの案件は、上手くやってくれたな。木内から報告があったが、苦労をかけた。しかし、日山電機に一泡ふかすことができたのはいい気持ちだ。なあ、北村」

南は、瀬川の手をつかみながら、背後にいる北村に声をかけた。

「はい、その通りです」

北村は、あまり熱のこもらない声で言った。

「お陰様で受注を取ることができました」

瀬川は、早く握手から解放されることを望んでいた。そして南の「木内から報告があった」という言葉が気に障っていた。木内は、どんなに得意げに報告したのだろうか。

「君もよくやってくれたようだが、もう少し高く受注できればよかったな。六十億円だろ」

やや苦り顔で言い、ようやく握手の手を放した。

「はい、申し訳ありません」

なぜ謝らないといけないのか、と思いつつもつい言葉に出てしまう。

「まあ、いい。受注が取れたことを評価しよう。後はチャレンジだ。木内の報告だと、赤字にはならないということだから、よくやっているじゃないか」

南の野太い声が、瀬川の頭の中に響き渡る。赤字にはならない？　いったいどういう根拠なのだ。

「赤……」と瀬川は思わず身を乗り出して、南の言葉に反論しそうになった。

その時、背後にいた北村が瀬川の腰の辺りを軽く叩いた。振り向くと、北村が眉間に皺（しわ）を寄せている。その表情を見て、瀬川は言葉を呑み込んだ。

「引き続き頑張ってくれたまえ」

南は、眼鏡の奥の鋭い目で、瀬川をひと睨（にら）みすると、踵（きびす）を返した。

「ありがとうございます」

瀬川は、突然、身体を翻した南に取り残されたような気持ちになりながらも、深く低頭した。

「さあ、行くぞ」

北村が小声で言う。それに促されて、南の部屋を出る。

「さっき俺の腰を叩いたのは、なんの合図だ」

瀬川は聞いた。

「余計なことは一切、言うなという合図だ。次でも気をつけろ」

北村は渋い顔をした。

瀬川は、「赤字受注」と言いそうになった。北村は、それに気付いたのだ。

「会長は赤字じゃないと思っている。それは正しくない」

瀬川は憤慨した。

「それが余計なんだ。経営はすべて正しさが支配しているとは限らない」

北村は突き放したように言った。

「どういう意味だ」

「どういう意味でもいい。その通り受け止めたらいい」

北村は、エレベーターホールを挟んで反対側の部屋の前で止まった。ここが日野社長の部屋だ。

「とにかく余計なことは慎めよ。『お礼参り』だからな」

北村が釘を刺した。

瀬川は、渋々、頷いた。

北村がドアを開け、「秘書室北村です。SIS社の瀬川大輔さんをご案内してきました」と言った。

「入れ」

中からぶっきらぼうな調子の声が聞こえた。

瀬川は、部屋の中に入った。

北村は、ドアの近くに立ち止まったままだ。南の時のように瀬川とともに奥に入ってこない。南の秘書であり、日野の秘書ではないからだ。

日野は椅子に座ったままだ。背もたれに身体を預けて、腕組みをしている。

「君か。ミャンマーでティラワを担当したのは」

「はい」

「木内から聞いた。なんとか日山電機に勝ったそうだな」

木内は、日野に報告したと言っていたが、南、日野の両トップに報告したようだ。

「はい、お陰様で。ありがとうございます」

瀬川は頭を下げた。

「なにがありがとうございますだ。あんな安値で取りやがって。あれならだれでも取れるだろう」

日野は、ふんぞり返ったままだ。まるで怒鳴りつけるかのような言い方だ。

「あれは……」

瀬川は、反論したいと思った。あの価格は、天の声によって決まった政治銘柄ではなかったのか。それは日野も承知のはずだ。承知していないのは自分の方だ。

「木内や山川が赤字にはしないというから了解したが、いくら首相肝いりの案件だからと言ってもだな。あの価格はない。絶対に赤字にするな。チャレンジするんだ。チャレンジして黒字にできなければクビも覚悟しろ。分かったな」

山川とは、山川喜一部長のことだ。日野は、あの六十億円というSPは納得していないのだろうか。

「は、はい」

瀬川は戸惑いながら返事をした。

「その頼りない返事はなんだ。赤字にしてみろ。ＳＩＳ社は潰すからな。とにかくチャレンジだ。なんとしても赤字にするな。分かったな」

日野は、組んでいた腕を外し、瀬川を指さした。

「無理です」

瀬川は思わず口走った。

「なんだとぉ」

日野の視線がきつくなった。

「赤字だと申し上げています。ロスコンにすべきです」

瀬川は心臓が破れるほど、強い鼓動を感じた。

「ロスコンだと」

日野が背もたれから背中を起こし、身体を乗り出してきた。

「お前、何を言っているのか分かっているのか」

「はい。あの受注は、工事部門とネットをぎりぎりまで調整しましたが、私が提示しようとしたのはＳＰ九十億円でした。それ以下にはならないと言われましたが、突然、ＳＰ六十億円で受注しろと本社から指示がありました。政治銘柄だと……。社長もてっきり承知だと思っておりました」

瀬川は、やばいと思った。日野が承知というのは言う必要がないことだ。今、日野はミヤンマー案件の赤字を問題にしているからだ。

「俺が承知だというのか。首相に媚びを売る奴が、なんとしてでも落札しろとうるさかったから、已むを得なかったというのか」

日野が、執務机を離れ、瀬川に近づいてきた。熱を帯びた怒りが伝わってくる。後ろに下がりたくなるが、身体が動かない。

「あれは政治銘柄だと言われましたので、仕方なく……」

瀬川は、反論しつつも弱々しく呟いた。

「政治銘柄などあるか。『ビジネス　イズ　ビジネス』という言葉を知らないのか。俺たちが戦っているのは世界のトップ企業だ。奴らに勝つには、収益を上げなくてはいけないのだ。政治銘柄であろうとなかろうと、ロスコンなどもっての外だ。木内も山川も、絶対に赤字になりませんと言った。死んでもいいからチャレンジするんだ。言い訳は許さん。分かったな」

日野の顔が、目の前に来た。すごい迫力だ。鼻息が顔に吹きかかる。

「む、無理……」

「なんだとぉ。今、なんと言った？」

日野の顔が赤らむほど膨らんでいる。

瀬川の背後で、床を叩く音がした。北村が靴で床を蹴っている。もう、時間だという合図だろう。助け船だ。

「がんばります」

瀬川は言った。

日野の顔が急に緩み、瀬川の右腰を強く叩いた。

「何事もチャレンジだ。チャレンジ。それを忘れるな」

日野が言った。

「はい、失礼します」

瀬川は、強い口調で言い、低頭した。そして北村に従って、逃げるように日野の部屋を後にした。

瀬川の背後でドアが閉まった。北村が瀬川を見つめている。口元が歪んでいるのは、笑っているのか、それとも嘆いているのだろうか。

「おい、日野社長、どうかしてるぞ」

瀬川は、声を潜めながら言った。

「どうかしているのは、日野社長ばかりじゃない。みんなどうかしている」

北村は醒(さ)めた口調で言った。

「どういうことだよ。それにあの恫喝とチャレンジ。あれはいったいなんだ」

「あの人のいつものやり方だよ。恫喝して怯えさせ、何も反論できないようにしてから、猫なで声になって宥(なだ)めすかすんだ。ちなみに本当に猫好きだがね」

北村が笑った。瀬川は笑えなかった。

「日野社長は、政治銘柄など認めないというスタンスなのか。だったら六十億円なんかで受注しなければよかったのだ」

「違う」

北村はきっぱりと否定した。

「なにが違うんだ。首相に媚びを売る奴というのは神宮寺相談役のことだろう。相談役の言う通りにするのが面白くないという言い草に聞こえたぜ」

瀬川は、日野の言葉を復唱していた。

「日野社長も南会長も、神宮寺相談役に逆らうなんて考えていないさ。お前が進めていたミャンマーの案件は最終的には、相談役の一言で決まったんだ。SP金額までは指示していないが、なんとしてでもわが社で落としてほしいという意向を受けてのことさ。どっちが相談役の意向に沿うことができたのか、競っているだけだよ。南会長は、赤字にしないというSIS社の説明を鵜呑みにした方が得策だと思っているだけ。日野社長は、赤字にさせないと恫喝しているだけ。どっちもどっちさ」

北村は、やや投げやりに言った。

「それじゃどうしたって赤字工事にはできないじゃないか」

瀬川は、木内がロスコン申請することをあれだけ強硬に拒否した理由を垣間見た気がした。

「お前がミャンマーに行く前の芝河電機はどうだったか知らないが、ここ数年、とにかく売り上げを伸ばせ、利益を上げろだけだよ。チャレンジ！　チャレンジ！　戦略もなにもあったもんじゃない。現場の疲弊は、ここに極まれりって感じだ」

「北村、お前も疲れているのか」

「ああ、大いに疲れている。なんだか未来が見えなくてさ。まあ、こんなことを言っても仕方がないけどね」

北村はエレベーターホールの方に歩き始めた。

「実は、俺も悩んでいることがあるんだ」

瀬川は言った。

「当ててやろうか」

北村がにやりとした。

「当ててみろよ」

瀬川は煽（あお）るように言った。

「ロスコンにするべきではないかと思っているんだろう？　あのミャンマーの案件を」

「そうだ。当たり。俺は、おかしいと思っている。ルールを曲げすぎだ。以前は、こんなことはなかったと思う。目先の数字にとらわれていたら、絶対に間違いを起こすと思う」

「お前は真面目すぎる。さっきも俺が慌てて止めなければ、ロスコンにすべきだと日野社長と議論になっていたかもしれないだろう。やめとけ。無理なんだから。お前の言う通りにしていたらＳＩＳ社は赤字になって、本当にお取り潰しになってしまう。だれも幸せになりゃしない。もうその議論はするなよ。お前にとばっちりがくるだけだ」

北村が真剣な顔で言った。先ほどまでの投げやりな雰囲気は消えていた。

「でも……」

瀬川は納得できない様子で唇を歪めた。

「俺は、同期として忠告する。絶対に、上のやることに文句をつけるな。お前のためにならない。今は、誰もが、数字を追うのに必死なんだ。自分の頭の上を飛ぶ数字をね。それは会長も社長も変わらない。そんな時にルールだ、規則だ、と言っていると、KYと言われるぞ」

「ルールを守れって言うのが、KYだって？　空気を読めない？　空気なんか読んでたまるか。そんなおかしなことがあるか」

瀬川は、むきになって北村に反論した。

エレベーターが到着し、ドアが開いた。

「この議論は、また場所を変えてやろう。いいな。海外勤務の疲れがまだ取れていないだろうから、ゆっくりしたらいい。頭を冷やして余計なことをするな」

北村が、瀬川の肩を軽く叩いた。エレベーターが秘書室のある三十六階に止まった。

「じゃあ、また連絡する。香織さんによろしくな」

北村は、エレベーターを降りた。瀬川は一人になり、どうしようもなく虚しさを覚えていた。

北村が以前とは変わってしまったように思えたからだ。素直さが消え、精気がどことなく失われ、性格も複雑になっている。それに投げやりな雰囲気を漂わすのも気になる。秘書室勤務が彼を変えたのだろうか。

「まあ、確かに……あいつのアドバイス通りに少し頭を冷やすかな。仕事がやりにくくなってもつまらん」

瀬川は自分に言い聞かせた。

エレベーターがSIS社がある十階に到着したことを告げる表示ランプを灯(とも)した。

面倒な「お礼参り」から瀬川が戻ったとき、見慣れぬ男が瀬川の席に座り、るり子と親しげに話している。

「そこは私の席だけど」

瀬川は男の背中に言った。肩の筋肉が盛り上がり、いかにも逞(たくま)しさを感じさせる背中だ。

「お帰り」

男が、振り返った。夏でもないのに日焼けした顔は、満面の笑みだ。太い眉と黒々した瞳が、まるで少年のように勢いを感じさせる。

「なんだ宇田川じゃないか」

宇田川と呼ばれたのは、瀬川の同期の宇田川哲仁。電力社の主任だ。

「『お礼参り』お疲れさま。あんな面倒なこと、俺は絶対にやらないね」

顔中、はち切れるような笑みを浮かべて、宇田川は握手を求めてきた。

瀬川が、その手を握る。ボートで鍛えたと言っていた手は強く、皮が硬い。

「相変わらず言いたい放題だな。俺だって、あんなことやりたくないよ」

瀬川は、笑顔の中に、しかめた表情を載せて言った。

「るり子と話していたんだけど、帰国の祝いをやらないといけないな。都合のいい日をいくつか教えてくれよ」

「わかった。連絡する。まあ、宇田川のことだ。期待しないで待っている」

「なに言ってるんだ。ちゃんとセットするからさ」

宇田川は、にこやかに言った。宇田川や秘書室の北村は、出身大学こそ違うが、たまたま新人研修で一緒になり、関係を保っている。

三人の個性が違うこと、そしてそれぞれが配属されたカンパニーも違うことなどが、関係の維持に役立っている。

これが同じカンパニーだったら、ライバルとして競い合うことになっていたかもしれない。そうなると、関係維持は難しい。

「それはさておき、瀬川、あまりこだわるのはよした方がいいぞ」

急に宇田川が真面目な表情に変わった。

いったいなんのことを言っているのだろうか。瀬川には、宇田川の真意が分からない。

「なんのこと？」

瀬川は首を傾げた。

わるなよ」

「ミャンマー案件のロスコンのことだよ。決まったことは変えられない。いつまでもこだ

「どうしてそれを？」

宇田川は、カンパニーが違う。それなのにどうしてミャンマー案件がロスコンにならなかったことや、それに対して瀬川が異議を唱えていることを知っているのか。異議と言っても正式な場所で提案したわけではない。木内と言い争っただけなのに……。

「地獄耳なんだよ」

宇田川は、耳を指さし、にんまりとした。「いずれにしてもロスコンにしないか、するかは高度に政治的な判断を要するんだ。ミャンマー案件は金額も大きいから、その判断を先送りしているわけさ。だからこだわるなって。瀬川は真面目だからなぁ」

「俺がこだわっているって誰から聞いたんだ」

噂話のように他人のことを話すのは許せない。瀬川の言葉がきつくなった。

「まあ、むきになるなって」

宇田川が苦笑した。

「教えてくれよ。他人のことを陰でペラペラ話す奴は許せないから」

「陰で話しているわけじゃない。気にするな。同期としてこだわるなって注意しているんだ」

宇田川の話は意味不明だ。瀬川の陰口ではないという。では誰がそんなことを話すのだ。

「これから本社で生きていくわけだ。海外じゃないからな。本社っていうのは、噂が人を殺しも生かしもする。いい噂が立てば生きられるし、悪い噂が立てば殺されてしまう。そんなところだ。噂に汲々(きゅうきゅう)として働くことはないが、それでも余計な面倒は避けた方がいい」

「はっきり言ってくれ」

瀬川は、宇田川のもってまわった言い方に苛立ちを覚えた。

「北村さ。さっき電話があった。瀬川が『お礼参り』を済ませた直後だ」

宇田川は、神妙な表情になった。瀬川は、北村という名前を聞いて衝撃を受けた。つい先ほど別れたばかりだ。

「どうしてあいつから電話があるんだ」

瀬川の表情が強張(こわば)る。

「お前、日野社長に、ミャンマー案件はロスコンにすべきだと詰め寄ったっていうじゃないか」

宇田川は瀬川を見つめた。

「詰め寄ってなんかいない。日野社長が、あの案件は赤字だという意味の話をするからだ」

「北村が心配していたのは、日野社長に、黒字にするのは絶対無理だと言ったことだ。案件をロスコンにすべきだともね。日野さんっていう人は、赤字を承知していても赤字のまま終わらせることは許さないんだ」

瀬川は、日野が絶対に赤字にするなと言っていたことを思い出した。

「チャレンジってことか。あれはなんだ？　あれさえ言えば、赤字が黒字になると思ってんじゃないか」

瀬川は、日野を揶揄するように言った。すると宇田川は真面目な顔で「そうかもしれない。あの人、体育会系で単純だから、部下が途中で諦めるのが嫌なんだ」と言った。

「諦めるとか、そういう問題じゃない。赤字案件は赤字として認識しなければおかしくなるんじゃないか。その上で経営を考えればいい。もっと黒字の案件を獲得するとかね」

瀬川は、まっとうな理屈を言った。

宇田川は、苦渋に満ちた表情で「瀬川の言うことは正しい。俺はこれ以上は何も言わない。俺の方こそ、余計なことを口にした。忘れてくれ。だがとにかく本社の中では余計なことを言ったり、余計なことにこだわったりするなと言いたいんだ。それが生き残るただ一つの方法さ。こんなことを俺が言うのもおかしいが、俺たちが偉くなったら、また変えよう。それまでの辛抱だ。睨まれるな、それだけ。じゃあな、また連絡する。帰国祝いの日程だけくれよ」

宇田川は、出会った時のような明るい笑みを浮かべて立ち去った。あの笑顔は作られたものに違いない。瀬川は、宇田川が、しばらく見ない間に変わってしまったようで寂しくなった。以前は、もっと単純で、分かりやすい人間だったのにという思いを止めることができない。

「あいつ変わったな」

瀬川は呟いた。

「さあね、もともとかもよ。日野社長にかわいがられているから、それで心配になったんじゃないの」

るり子が大儀そうに言った。

「どういう意味？」

瀬川が聞いた。

「北村さんから連絡があったって言っていたけど、実は日野社長からもあったんじゃないかって思うの。だから慌てて来たのよ。大ちゃんのことが心配になってさ。その意味ではいいとこあるじゃん」

「まさか……」

日野が、瀬川のロスコン発言のことで宇田川に直接、それもこんなに早く連絡するだろうか。瀬川は、困惑とも驚きとも評すべき顔になった。

「それがまさかじゃないのよ。日野社長は電話魔でさ。思いつくとすぐに電話して指示をするの。それも担当者に直接ってことが何度もあるのよ。それでみんなビビっているってわけ」

もしるり子の言うことが本当なら、日野は瀬川のロスコン発言を不愉快に思ったのだろう。だから同期である宇田川に注意をしておけと命じたのだろうか。まさかとは思うが、本社では戸惑うことばかりが多い。自分で好きに判断できた海外生活が無性に懐かしくなってくる。

「ありがたい忠告だと思って、気をつければいいんだね」

瀬川は、るり子に言った。

「そうよ。なにせ大ちゃんは、浦島太郎だからね」

るり子はくすっと笑った。えくぼが見えた。

6

ＳＩＳ社の広大な会議室に、日暮ＣＰや山川部長、そのほか経理などのスタッフが集まって、ＳＩＳ社の受政会議が行われている。会議室には緊張感がみなぎり、発表者の声以外は、私語もしわぶきもない。

瀬川は木内の隣の席に座っていた。木内からは、特別に参加させているのだから、余計なことは一切言うなと何度も釘を刺されている。本社に戻ってきてから、いったい何度、「余計なことを言うな」と言われたことだろうか。余計なこととはなんだろうか。アイデアをひねり出すノウハウ本を読んだことがある。余計なことを言ったり、やったりしなければアイデアは出てこないと書いてあった記憶がある。「余計なことを言わない」会社になれば、硬直化して死を迎えるのではないだろうか。

受政会議にかけられているのは、東京都の通信システム案件だ。事業部の担当が、説明している。

「というわけでしてネットの見積りは、八十五億円となります。今、工事部門とコスト削減を詰めておりますが、どのように努力いたしましてもこれが限度かと存じます。いかがいたしましょうか」

担当は無表情で淡々と説明する。あまり熱意は感じられない。担当が、日暮ＣＰにちらりと視線を送った。正面から見つめるというのではない。どこか警戒でもするかのような視線だ。

「どのように努力してもというのは本当かね。もっと努力できるだろう。いかがいたしましょうかと私に聞くのが受政会議の目的なのか。自分たちではどうしたいというのが会議の目的ではないのかね」

日暮ＣＰの声が大きくなった。さも機嫌が悪そうに眉をひそめている。担当の熱意があまり感じられないのに業を煮やしているかのようだ。

「はあ、申し訳ございません」

「謝るのは誰でもできるんだ。君も子供の使いじゃあるまいし、目標ネットはどのあたりに置くつもりなのか」

担当と日暮ＣＰというＳＩＳ社最高権力者との間だけで会話が交わされている。だれもがその会話を聞いているだけで余計なことを挟まない。

「はあ、今のところ、やはり目標ネットも八十五億円が限度かと思いますが……」

自信なげに言う。

「おいおい、なにを話しているんだね。その金額は目標じゃないだろう。取りあえず出してみた数字にすぎんのじゃないかね。それじゃ受注は獲得できんだろう。できるというのか」

日暮は担当課長の名を呼んだ。担当の回答では満足できないのだ。

突然、名指しされた課長は、動揺していた。担当と日暮ＣＰとのやりとりを眠りながら聞いていたのだろうか。

「はっ、努力します」

とっさに答えた。

日暮ＣＰの表情が変わった。怒りが表情に現れている。

「努力だと？　君は、何を努力するんだ。この案件を獲得する気はないのか」

怒声になった。

「いえ、獲得する気はございます」

汗がにじみ出している。

「当たり前だ。獲得する気がなくて受政会議にかけるな。どれくらいにするんだ。チャレンジしろ。チャレンジが足りない！」

日暮CPもチャレンジと言う。日野ばかりか、芝河電機のトップたちはなにかにつけてチャレンジと言うのが癖になっているのか。

「はっ、それでは……」

担当課長が苦しそうな表情で書類を繰り始めた。そして担当となにやら小声で打ち合わせをしている。

瀬川は、成り行きを息をひそめて見守っていた。

瀬川が、取り組んだミャンマー案件は九十億円のネットだった。それが六十億円まで引き下げられ、SPも六十億円で応札することになった。あの案件も、この受政会議にかけられたのだろう。

「それではネットの見積りは、コミットメント値は八十億円、それでさらにチャレンジ値は七十八億円ということでどうでしょうか?」

苦しそうに担当が声を絞った。

瀬川は耳を疑った。

いったいなんの数字を議論しているのだろうか。つい先ほどまでどれだけ努力をしてもネットは八十五億円にするのが限度だと言っていたではないか。

その舌の根も乾かぬうちに八十億円や七十八億円という数字が出てくる。コミットメント値、チャレンジ値とはいったいなんのことだ。ネットは、工事部門と詳細に検討して見積もっているはずだ。少なくとも瀬川はそうしてきた。ぎりぎりまで議論を重ねて見積りの精度を上げる努力をしてきた。確かに工事にかかわる見積りの正確性を期するのは難しい。しかし、難しい中でも正確性を維持しようとするのが現場の仕事であり、責任だ。

「チャレンジ値が七十八億円か。それでは入札価格はどれだけにするんだ」

日暮CPが聞いた。

「はあ」と担当は、頼りなげに息を吐いた。「ネット八十五億円の際は、九十三億円で入札する見積りで案件を上げさせていただきましたが、コミットメント値八十億円、チャレンジ値七十八億円となりますと、入札価格は、八十三億円ではいかがでしょうか？」

また担当が、日暮CPをうかがうように見つめた。

「君ねぇ、そのいかがでしょうかというのは止めてくれないか。自分の考えというものはないのか。私にばかり頼るんじゃない！」

日暮CPの口調に苛立ちが含まれ始めた。

「申し訳ございません」

担当と担当課長が同時に頭を下げた。

経理部門などは何も発言しない。担当事業部が工事部門と慎重に検討したネット、すなわち見積工事原価総額は八十五億円だ。

実際にそれだけ必要なのだろう。それが今や、チャレンジ値として七十八億円にまで下がってしまった。コミットメント値八十億円とは、受政会議でコミットメント、確約するネットコストの金額、さらに努力してチャレンジするのは、チャレンジ値の七十八億円だ。

なんなのだ、この数字の遊びは。コミットメント値もチャレンジ値も、いわゆる鉛筆をなめた値だ。本当に信頼すべきは、工事部門と担当部門が真摯に検討したネット八十五億円ではないのか。

最終的に八十五億円から七十八億円にコストが下がるわけだが、いったいその差額七億円にどんな根拠があるというのだろうか。

「バナナのたたき売りじゃあるまいし……」

瀬川は思わず呟いた。

隣の木内が、その呟きを聞きつけて「しっ」と注意した。

以前はこんなことはなかった。工事部門の力が強く、ネットを算出するのに苦労した記憶がある。ネットを抑えればいいというものではない。

工事の品質にもかかわる重大なことであり、むやみに抑えられない。材料や下請けにしわ寄せをすればするほど、完成品の品質が低下するからだ。これは長い目で見て、芝河電機にとって不利益になることは間違いない。こんな考え方で仕事をしていたのだが……。

「まだまだだな。この価格では獲得できない。東京都の案件は、なんとしてでも獲得しなければならない。これをきっかけに大きな広がりが期待できるからだ。もう一段、チャレンジしてもらいたい。私の希望としては、入札価格七十二億円にしてもらいたい。ネットのチャレンジ値は七十億円以下にしろ。それくらいは可能なはずだ」

日暮CPの発言に、会議室内にため息が漏れた。

「なんだ！」日暮CPが怒鳴った。「今、ため息をついたのは誰だ！」

出席者は、全員が一斉に顔を伏せた。

「課長」瀬川は、小声で木内にささやいた。

木内は、瀬川に罵声を浴びせていた時の面影はなく、表情に疲労が滲(にじ)んでいた。

「なんだ？」

うつろな目を瀬川に向けた。

「入札価格七十二億円ってどういう根拠なんですか？」

瀬川は声をひそめつつも、強い調子で聞いた。

「知らねえよ。俺に聞くな」

木内は、投げやりに言い、瀬川と視線を合わせない。

「間違いなく赤字受注ですよ。ロスコン案件じゃないですか」

「うるさい。黙っていろ」

木内は、憎しみがこもったような目で瀬川を睨みつけた。

この受政会議とはいったいどういう位置づけなのだ。カンパニーの最高の意思決定機関であることは間違いないのだが、ネット八十五億円がまったく根拠なく日暮CPの一言でどんどん引き下げられていく。コスト管理はいったいどうなっているのか。瀬川は、怒りで身体が震えた。

ミャンマー案件で工事部門と何カ月も何日も何時間もやりあった。時には怒鳴り合った。

一円でも十円でもコストを下げられないか、の攻防に神経をすり減らした。他国や他社の入札情報を入手するために奔走した。ミャンマーの官僚と酒を飲み、情報の入手に努力した。一歩間違えば、贈賄容疑で逮捕される可能性さえあった。苦労をするのは、その先に喜びがあるからだ。ミャンマーの人たちの利益と芝河電機の利益にぎりぎりのところで折り合いをつけるための努力、それがプロジェクトを担う醍醐味だ。

——あんなに苦労してコスト計算をし、ネットを算出していた自分はいったいなにをしていたのだろうか。

「もういちどステアリング会議でネットをもんでくれ。その結果で再協議だ。大いにチャレンジするんだぞ」

日暮ＣＰが言った。

ステアリングとは、ハンドルなど車の方向を変える舵取り装置のことだ。これもネットやＳＰなどと同様に芝河電機の特殊用語で、ネットを引き下げるために舵を切るのだ。

ステアリング会議は、事業部長の下で開催され、プロジェクト部門のスタッフや工事部門の技師長などが出席する。

その会議でネットの再検討をし、日暮ＣＰが望むような入札価格七十二億円に無理やり適合させるのだ。

「これじゃハンドルがブチ切れますよ」

瀬川は木内に強い口調で言った。

「うるさいと言っただろう。余計なことを言うな」

木内は顔を歪めた。

「誰だ！　そこでごちゃごちゃ言っているのは！」

日暮ＣＰが瀬川を睨み、声を荒らげた。

周囲の視線が、一斉に瀬川に集まる。

「だから言わんこっちゃない」

木内は、恨めしい目で瀬川を睨んだ。

瀬川は、木内の視線を無視して、立ち上がっていた。なぜ立ち上がってしまったのかは、分からない。無意識だった。

いや意識していたのかもしれない。ここで何かを言わねばならないという切羽詰まった思いだ。この会議に参加している幹部たちは、誰もが「余計なことを言わない」という合意の中にいる。日暮ＣＰがどれだけ理不尽なことを言おうと、誰も何も言わない。

なぜなのだろうか。言えば、何かが変わるはずなのに。しかし言わなければ何も変わらない。

瀬川はミャンマーから帰国以来、とにかく余計なことは言うな、考えるな、口出しするなと言われ続けていた。それは大変なストレスでもあった。

おかしい。このままでは芝河電機はおかしくなる。誰も何も言わない。おかしいことにはおかしいと言わねばならない。

どう考えてもネットが異常だ。ネット八十五億円の案件を七十二億円で入札したら、十三億円の赤字ではないか。子供でもできる計算だ。ミャンマーの案件は、ぎりぎりのネット九十億円の案件が六十億円になった。三十億円などという途方もない赤字受注だ。それを誰も問題にしていない。ただ受注の数字が上がればいいのか。

「なんだ、何か言いたいことがあるのか」

日暮CPが、突然立ち上がった瀬川に少し戸惑いながら聞いた。

「おい、瀬川、座れ、座るんだ」

木内が、スーツの裾を引く。慌てふためき、これ以上ないほど動揺している。

瀬川の額に粘っこい汗がにじみでて額を伝う。それが一滴、目に入る。痛い。心臓の鼓動が、高鳴る。視線は、日暮CPに据えられ、動かない。いったい何を言おうとするのか。言わねばならないこととは何か。なんのために言うのか。芝河電機が、このままだとダメになるなどと思っているのは、瀬川、お前だけではないのか。みんな日常に流され、平和に暮らしているじゃないか。なぜ、それを乱すのだ。

「お前、何をぼんやり突っ立ってんだ。言いたいことがあるならさっさと言え」

日暮CPが怒声を発する。

瀬川の息が荒くなる。唇が乾く。口を開けようにも上下の唇が癒着し、はがそうとすると痛い。ようやく唇を引きはがした。

余計なことをしなければ、芝河電機も自分もダメになる。瀬川は、自分に言い聞かせた。

「おかしいと思います」

弱々しく、消え入りそうにも拘(かかわ)らず瀬川の声が会議室の空気を激しく震わせる。

「なんだと……」

日暮CPが、射すくめるような鋭い視線で瀬川を見つめる。

会議の出席者が、唖然(あぜん)とした顔をしたかと思うと、全員で示し合わせたように俯(うつむ)いた。

会議室には異様なほどの緊張感が充満している。その中で、瀬川は、強烈な孤独にひりひりとした痛みを感じていた。

「瀬川！」

木内の悲鳴のような声が聞こえる。

第三章　内部告発者

1

「経営監査部勤務を命ず」

瀬川は、辞令を見つめていた。

経営監査部は、社長直轄で芝河電機の経営全般を監査する部だ。

経営が法令を守って行われているか、社内ルールに従って経営されているかなどをチェックし、社長に報告するのが役割だ。

現在、たいていの企業ではコーポレイト・ガバナンスが重視されている。企業統治などとこなれない言葉に翻訳されているが、ようするに会社が正しく経営されているかを監視することだ。

このコーポレイト・ガバナンスを担うのが経営監査部だ。もしも会社に不祥事が発生した場合は、すぐにこの経営監査部が機能していたのかどうかが問われることになる。

しかし実際、日本企業には不正経理などの不祥事が多いことを見ると、多くの会社で経営監査部が機能していないことが分かる。

「お前、経営監査部行きだぞ」

木内は、瀬川が辞令をもらう前に言った。

「えっ。なんですか、それ」

瀬川は驚いた。

「なんですかもないだろう。恥かかせやがって。日暮CPは富士山噴火並みに怒っているぞ」

受政会議で日暮CPに逆らったことだ。

「懲罰人事ですか。それでSIS社の営業を外すんですか」

「馬鹿野郎。人事に左遷なしって知らないのか。ちょっと休ませてやろうという俺の親心だ」

木内の「休ませてやろう」という言葉に経営監査部の位置づけに対する本音が垣間見える。

経営監査部は、企業経営において不祥事や非効率が放置されていないかを監視し内部統制を強める重要なセクションなのだが、この内部統制がこなれない日本語であるように、経営監査の重要性は日本の企業に定着していないというのが実際のところだろう。

芝河電機において経営監査部はカンパニーやコーポレイトのあらゆる部署を監査する権

限を持っている。しかし実はあまり機能してはいない。

表向きは、内部統制に力を入れていると説明しているが、それは建前に過ぎない。

芝河電機は、瀬川が辞令を受けた経営監査部と監査委員会が、主体的に内部統制を担っている。

経営監査部は、監査委員会と協力して経営をチェックする。しかし、監査委員会の委員長には長くＣＦＯ（最高財務責任者）を続けた人物が就任することが慣例化しており、言葉は悪いが泥棒に会社を監査させているようなもので、経理の不正を指摘できるはずがない。

もし仮に経理上の不正が判明したとしても、それは監査委員会委員長である元ＣＦＯがかつて指示したことだ。自分が指示した不正を自らが指摘できる勇気のある人物などいるはずがない。

また五人の委員の内、三人が社外の人材で企業経営者や学識経験者などだが、芝河電機と長年、良好な関係を続けてきた人物ばかりでチェック機能があるとは思えない。こんな人物たちで構成される監査委員会が経営監査部から監査報告を受けたとしても、これは不適切だと指摘するのはなかなか難しい。

また経営監査部は社長直轄組織だ。外見的には大きな権力を持っているように見える。これも見せかけだけとの評判だ。

そもそも利益至上主義の経営者が、その考えに水を差すような監査結果を喜ぶはずがない。ということは社長直属にしておいて社長の意のままに監査する機関ということになるのではないだろうか。

例えば「利益を確保できない仕事は受注すべきではない」と監査結果を提出したとしよう。しかし被監査部門に「長年の付き合いのある取引先の仕事だ」とか「別の仕事で利益を上げるから、これは利益がなくても許して欲しい」とか説明されたら、経営者は、その監査結果についてこう言うだろう。「現場の声をよく聞け」と。

そもそも利益にしか関心のない経営者が監査報告に関心を持つはずがない。

経営監査部は非プロフィット部門、またはコスト部門と呼ばれ、できればない方がいいと思っている経営者が多い。

利益追求、すなわち金儲け（かねもう）けには、可能な限り邪魔が入らない方がベスト。経営者はアクセルを踏みたがる。それにブレーキをかける経営監査部は目障りでしかない。

多くの会社は内部統制の充実やコンプライアンス体制の強化などと言っているが、それらは口先だけだ。こんなものにコストをかけていたら、金は儲からない、株主を納得させられない……。それが経営者の本音だ。だから企業不祥事がなくならない。

こんな経営監査部の実情を芝河電機の社員ならたいていの者が承知している。

だから経営監査部への発令の場合、コーポレイトやカンパニーの組織を横断的に観察する一年程度の経営監査部研修なら大歓迎のエリートコースだが、瀬川のように正式に部員としての発令なら「ご愁傷さま」という声が聞こえることになる。

「休めか……、くそっ」

瀬川は悔しさに腹を抉られるような思いをしながら、木内が言った一言を呟いていた。

経営監査部は左遷だ。少なくとも瀬川には、そう思えた。木内の言葉もそれを裏付けている。

人事に左遷なしと言われるが、実際には左遷はある。営業など、収益を稼ぎ出す部門は花形だ。目立つし、その後の昇進も早い。

しかし、経営監査部は地味で目立たない。他の部署からは、忙しいのに邪魔するなという目で見られている。そのため出世競争から脱落した人物が、配属されることが多い。瀬川のような若手が正式な部員として配属されることは滅多にない。

「さあ、飲もうよ。大ちゃん」

同期の近藤るり子が、酔眼で瀬川を見つめる。

俺のどこが間違っていたというのだ。瀬川は、受政会議でSIS社のCPである日暮亮介に逆らってしまった瞬間のことを思い出しては腹立たしく思っていた。

「俺、何も悪くないぜ」

「悪くない、悪くない。大ちゃんはさ、正義感で余計なことを言っただけ。まあ、飲みなさい。人間、到るところ青山ありでっすよ」

るり子が酒を勧める。かなりのピッチで酒を飲んでいる。

「でもあまりにもひどいからさ。黙っていられなかったんだ。後悔はしてない。でもそれでなんで経営監査部かってんだ。俺に営業、やらせろよ」

瀬川も杯に注がれた酒を一気に空けた。

ミャンマーからの帰国祝いとして同期のるり子が呼びかけ人となり、会を開いてくれたのだ。北村と宇田川は、おっつけ駆けつけることになっている。今は二人だけだ。

場所は、虎ノ門にある昔ながらの居酒屋「花たろう」だ。ここなら会社の人は来ないからというのが、るり子の店を選択した理由だ。

老舗の居酒屋で、日本酒が充実している。摘みは刺身など季節の魚から、コロッケまである。テーブル席しかないが、サラリーマンで満員だ。北村と宇田川が間もなく合流する予定だが、それまでに瀬川はるり子と二人で出来上がってしまいそうだ。

「後悔していないんだったら、ぐじぐじしないの。せっかくのさぁ、帰国歓迎会が大ちゃんの慰め会になっちゃうじゃないのさ」

「慰めなんか、いらない。俺は自分の信念に基づいて意見をしたんだ。みんなが黙っていることのほうが異常だよ。なぜルール通りにやらないんだ」

「おう！　上等、上等。その意気。そうだ！　ルールを守れ。車は左、人は右」

るり子が杯を高く上げる。

瀬川が日暮ＣＰに逆らったのはロスコンについてだ。

自分自身が関わりあったミャンマーの案件は、明らかに赤字案件なのにロスコンが見送られている。同じように受政会議で議題となった通信システム案件もネット八十五億円の案件が、コミットメント値とか、チャレンジ値とか勝手につけられた名前でまるでバナナのたたき売りのように瞬く間に価格が引き下げられていく。必ず赤字案件になるだろうがロスコンは見送られるに違いない。瀬川はやりきれない思いがした。

——このままではいけない。会社がおかしくなる。なんとかしなけりゃ。

瀬川は、ルールを勝手に捻じ曲げる日暮CPの行為を見過ごすわけにはいかなかったのだ。

言わば、義俠心に突き動かされたと言えば恰好がいいが、怒りが昂じて、ふいに立ち上がってしまったというのが真相だった。

「結構、はっきり言ったそうじゃない。噂になってるわよ」

るり子が言った。

「興奮してさ、何を言ったか覚えていないんだ。ただ流れの中でロスコンのルールをご存知ですかって聞いたんだ」

瀬川は言った。

「ロスコンは」といきなり瀬川の頭上から声が聞こえてきた。見上げると、宇田川と北村がにやにや笑っている。

「おお、待ってたぞ」

瀬川は言った。

「ずいぶん、派手にやってくれたなぁ。その挙句が経営監査部送りか」

宇田川が、瀬川を励ますつもりなのか、笑みを絶やさず、はっきりとした口調だ。

「俺が答えてやる。ロスコンとは、工事進行基準の適用有無に拘らず当期末において二億円以上の損失発生が見込まれること、かつその損失額を合理的に見積もることができる案件は、翌期以降の損失見込額を受注工事損失引当金として計上する」

北村が真面目な顔で言った。

「俺が次を引き取る。ロスコン案件の抽出は、大幅な損失発生が見込まれた時点で、工事部などから正確なコスト見込額の回答書等関係書類を入手し、損失額が二億円以上となる場合、関係書類を営業部、または管理部長に回付する。後は経理担当が、きちんと管理すればいい。要するに損失、すなわち赤字工事は、ほぼ自動的にロスコン案件として受注工事損失引当金を計上し、経理部では漏れがないように管理しなくちゃならない」

瀬川が、酔いを醒まそうと目を大きく見開いた。

「ルールはその通りだ。しかし実際は、自動的にロスコンにはならない。事実上、ＣＰの承認を得ないと工事損失引当金の計上なんかできない。当然、その引当金計上の必要性を裏付ける見積工事原価総額、すなわちネットの変更もできない。ということは……」

宇田川が、瀬川の顔を覗き込んだ。

「ってことはさ、誰も好き好んでロスコン指定などしない。ＣＰの顔色を窺ってさ。君子危うきに近寄らずってことさ」

瀬川が宇田川を睨んで言った。

「さあさ、難しい顔をしないで乾杯しよう」

るり子がビールで満たされたグラスを高く上げる。

その声に応じて北村と宇田川が席に着いた。

「しかし、やっちまったなって感じだな。気持ちは分かるけど。結構激しかったって聞いてるぞ。CPにロスコンのルールを知ってますか、だもんな」

宇田川が一気にグラスのビールを飲みほした。

「日暮CPは、机を叩いて怒鳴ったそうだな」

北村は、半分ほど飲み残したビールの入ったグラスを、鬱陶しそうな顔をしたままテーブルに置いた。

「ああ、顔を真っ赤にしてさ。貴様、ロスコンのルールだと！　誰に口をきいているんだ、SIS社を潰すつもりかと大声で怒鳴って、机をどんどん叩くんだ。あれじゃ手の骨にひびが入っていると思うぜ。赤字にしたらどうなると思っているんだ。今期の収益にはまだ十二億円も足らんのだ。お前ら！　って」と瀬川は人差し指を伸ばし、宇田川たちをひとわたり指さした。「俺にコミットしただろう。山川部長、どうなんだ！　赤字にしないと言っただろう！　どうするんだ、コミットメントをどうするんだ！　アイデア出せ。あの野郎がって、今度は俺を指さして、赤字にしろと言っているんだ、いったい誰に向かって言っているんだ、お前ら全員、首だ！　絶対に赤字は許さん。もし赤字にしたら全員切腹だ！　だよ。俺、この人、おかしくなったんじゃないかと思った。山川部長なんか、卒倒しそうになってさ。木内課長も真っ青。俺は、何がそんなに日暮CPの怒りを引き起こしたのか、あまり理解できなくて、黙ってしまった……。とにかく驚いた。いつからこんなになったんだ？」

「まあ、いつからって言われてもさ、いつものこととしか言いようがないね。仕方ないさ」

北村は醒めた口調で言った。

「俺んとこの部長なんか、頭に十円禿を作っちゃったぜ。それに黒マジック塗ってんだ。バッカみたいだろう」

宇田川が笑いながら、マグロの刺身を口にぽいっと放り込んだ。

「大ちゃんは、ミャンマーに行っていたからさ。浦島太郎なんだよね。雰囲気に慣れるまで少し頭冷やしたらいいよ」

るり子が、口角を引き上げるように薄く笑った。

「おいおい、どうしたんだ。俺は何か変なことを言ったか。頭なんか冷え冷えだぞ。俺は、ルール通りやったらどうかって言っただけだぜ。それがどうして怒鳴られ、左遷されなくちゃいけないんだ。いまだに納得できない。俺は悪くない」

瀬川は三人の牙がすっかり抜かれて、大人しくなった様子に憤慨した。

「瀬川は悪くない。でもさ、左遷、左遷と言うもんじゃない。瀬川らしくない。経営監査部は経営全体を客観的に見るいいチャンスじゃないか。研修制度もあるんだからさ」

　北村が言った。

「慰めは嬉しいけどさ。俺は研修生じゃない。北村は、俺のことを悪くないって言ったけどさ、だったら誰が悪いんだ」

　瀬川が聞いた。

「さあな、時代かな？」

　北村が、瀬川の視線を外した。

「なんだそれ？　時代ってなんだよ」

　瀬川が食って掛かる。酔いが回っている。

「まあまあ瀬川、ちょっとの間、我慢すりゃいいんだ。俺、社内では日野社長の子飼いって言われているしさ、北村は南会長の秘書だ。だから必ず営業に復活させてやっからよ。一に我慢、二に我慢、三、四がなくて五に我慢だ」

　宇田川が、瀬川のグラスにビールを注いだ。

「馬鹿にするな。俺は、俺の信念を貫くから。お前らの力なんか借りない」

　瀬川は、ぐいっとビールを飲んだ。

　怒ったようなことを口にしたものの、心配してくれているのが伝わり、嬉しくもあった。しかし思いは複雑だった。慰められれば慰められる程、憂鬱になり、気持ちが落ち込んで行く。それに加えて現状に甘んじている彼らに対しても怒りが込み上げてきてしまう。

ん ね」

「大ちゃんは、大ちゃんだものね。入社の時から新興国の支援のことを熱く語っていたも
んね」

　るり子が懐かしそうに呟いた。

「そうだったな。俺なんかなんとなく入社したんだけど、瀬川は特に熱く未来を語ってい
たよな。俺も引きずられてさ、一緒に、新興国支援だ、社会インフラの整備だって語り合
った……。あの頃は、どうしてあんなに未来が明るかったのだろうな」

　北村が、沈んだ顔つきで俯いた。

「おいおい、秘書室でエリート風を吹かしているのにさ。そんな湿っぽい言い方はないん
じゃないの。北村なんか前途洋々、未来はパッパッと明るいだろう？　なにせ南会長の風
に吹かれているんだからさ。俺は、日山電機だけには負けたくない。それをモチベーショ
ンに頑張っているんだ。体育会の悪いところだけどさ。とにかく勝つことに執念を燃やし
ている。だいたいさぁ、今までうちはぬるま湯、過ぎたんじゃないか。公家と言われても
仕方がないさ。瀬川は驚いたかもしれないが、多少、怒鳴ったり、喚いたりしたほうがい
いんだ」

　宇田川が強い口調で言った。

「そういうところはあるよね。確かにぬるま湯だったもんね」

　るり子が、さも物分かりがよさそうに頷き、たくあん漬けを音を立てて齧った。

「るり子はさ、結構、評判いいじゃないか」

瀬川もたくあん漬けを摘んだ。

「なに言ってんのよ。女がこんな古い会社で働くのは苦労するのっ。案件を役員に説明に行くとさ、露骨に『女の担当で先方は納得してるか』って顔、すんだからさ。馬鹿にするなってんだ。こっちは並みの男より働いて、成果を上げてるっていうのにさ。ほんと、役員のほっぺたを張り倒したくなっちゃうからさ」

るり子が悔しそうに顔をしかめて、グラスの日本酒を半分ほど空にした。

「それってガラスの天井か？」

宇田川が知ったような顔をした。

「ガラスもガラス、強化ガラスね」

るり子が鼻で笑った。

「いずれにしてもさ」と宇田川がビールに満たされたグラスを持ちあげた。「無事に瀬川が帰国したことを祝おう。そして俺たち同期がいつまでも仲良く、力を合わせてさ、芝河電機の未来を明るくしようぜ。なにせ〝光る光る芝河〟だもの。改めて乾杯だ」

「昔のＣＭソングまで出しちゃって笑えるね。ははは、宇田川君は社長向きよ。いつでもまとめちゃうんだから」

るり子が笑顔で日本酒のグラスを上げた。

「瀬川、大丈夫だ。心配するな。俺たちがいるからな。腐るんじゃないぞ」

北村が、瀬川を強く見つめて、ビールの泡がこぼれそうになったグラスを持ち上げた。

「でもさ、お前ら、本当にこれでいいのか。俺はさ、見ざる、言わざる、聞かざるを決め込んでいるお前らの方が心配になってきた」

瀬川は、胸のつかえを吐き出すように言った。グラスを持つ皆の手が止まり、一瞬、押し黙った。瀬川は凍(い)てついたような空気を察して、苦笑した。

「余計なことを言って悪かった。お前らに当たり散らしても意味ないよな、ありがとう、みんな。頑張るからさ」

瀬川がグラスを握った。そこに宇田川が、なみなみとビールを注ぐ。瀬川は、泡立つビールを見つめていると、何故か、頬を涙が伝った。改めて悔しさがこみ上げてきたのだ。

2

「経営監査部はですね」と課長の谷原秀介(たにはらしゅうすけ)がまったりとした口調で話し始めた。「業務分掌規程にはコーポレイト、カンパニー、関連会社などの監査を行います。業務の適切性を主に見ます。コンプライアンスに関しては法務部と、会計、経理に関しては経理部などと協力して、仕事を進めてまいります。監査結果は、月二回、監査委員会に報告をいたしまして、ご指導を仰ぐことになっております。部員は四十四名でしたかね。でも十名は研修生です。彼らはここで芝河電機の各セクションの実態を見て、学習し、キャリアを磨くことになります。瀬川さん、あなたは違いますよ」

谷原の目が、ねっとりとした光を帯びた。

谷原は五十代前半だ。瀬川の記憶ではPC社にいたのだが、営業で取引先と問題を起こしたため、経営監査部に飛ばされた。

それ以来、このポストを死に所のように考え、居座っている。確か在籍十年にもなるはずだ。同一部署に長くいること自体、監査の指摘になるはずなのだが、おかしなことだ。

経営監査部の部長の志津野隆は、日野のバリバリの子飼いだ。志津野は日野社長と同じ城北大出身者で、秘書室や人事部、企画部などコーポレイトの管理部門を歩いてきた。

日野が社長になると同時に経営監査部の部長になった。噂では日野が監査部門を牛耳るために投入した人材だと言われている。

だから志津野の前では、日野の批判はタブーだ。どんな話も筒抜けになっており、もし一言でも日野の耳に入ると、即座にもっと左遷されてしまう。

谷原は、志津野が日野の子飼いであることを知っており、絶対に逆らうことはない。

眠ったような目で、一見、穏やかでぼんやりとしているが、根暗で粘着質な性格をしているという噂を耳にした。「瀬川さん、あなたは違いますよ」という言い方に、他人の思いをささくれ立たせるところがある。

谷原には「瀬川に気をつけろ」とでも回状が回っているのだろうか。

「ええ、私は研修生ではありません」

「お話はいろいろ伺っております。ここでは騒ぎを起こさないでくださいね。私が迷惑しますのでね」

谷原のねちねちとした言い方に瀬川は、強く奥歯を噛みしめた。

「ほほう、険しいお顔をされましたね。それがいけないんです。あなたの悪いところは、その顔ですね。言わずもがなですが、笑顔が大事です。監査もね、厳しい顔で指摘するだけじゃダメなんです。笑顔でね、その指摘を実際の業務に反映してもらわねば、何にもならないでしょう？」

「分かりました。気を付けます。ところで私はどうすればいいですか」

「さしあたってはカンパニーの監査をやってもらいましょうか。ＰＣ社の監査を近々行いますので、そこのチームに入ってください。チーフを呼びますからね。ちょっと待っててください」

谷原は立ち上がって、部屋を出て行った。

「ちっ、いろいろ話を伺っていますってか。すっかり札付き社員になってしまったなぁ」

瀬川は、ぽつりと呟いた。「倉敷さんはどうしているかな」

日山電機のヤンゴン支店長の倉敷実のことを思い出した。彼はまだヤンゴンにいるんだろうか。

破格の安値で発電設備を受注したことを後悔するだろうと彼は予言したが、その通りになってしまった。結局、あの案件が切っ掛けで経営監査部に左遷されたことを伝えたら、倉敷は何を言うだろうか。因果応報？　それとも塞翁が馬？

「さあ、お入りください」

谷原が、白髪交じりの中年の男を連れて、入ってきた。

顔つきは険しい。というよりも憂鬱そうだ。陰気な人物。それが第一印象だ。

「長妻政治さんだ。ベテランだよ。経営監査部十五年。生き字引だ。彼が君のチーフだ。よく教えてもらうようにね」

谷原は、そう言うと「じゃあ、あとはお願いしましたよ」と言い、部屋を出て行った。

長妻は一言も発しない。険しい表情のまま谷原を見つめている。

「瀬川大輔です。お世話になります」

無言で俯いたままの長妻に瀬川が挨拶をした。

「長妻です」

ようやく口を開いた。

「今から何をすればいいでしょうか？」

瀬川は聞いた。

情けないと思う。発令されて、やる仕事のことを聞かねばならないという、なんとも言えないやるせなさだ。今までなら、何年先までもの仕事が詰まっていた。それをこなすだけでも大変だったのだが、それでもそのことが喜びだった。ところが今は、砂漠に一人立っているようで、どちらに歩いていいのかさえ分からない。道を尋ねる人もいない。

それに……と改めて長妻を見た。こんな精気のない男と一緒に働かねばならないのか。

そう思うと、憂鬱さが倍増してくる。

「聞いているぞ」

長妻が上目遣いで言った。

「何をですか？」

瀬川は、長妻に質問したが、答えは分かっている。日暮ＣＰに逆らったことだろう。もううんざりだ。そんな気持ちが顔に出ているのだろう。

「ミャンマーの発電機導入案件でロスコンを主張したそうじゃないか」

長妻が確認を取るように聞いた。日暮ＣＰとのバトルのことではなかった。

――何を聞きたいのか。

「ええ、私がミャンマーで手掛けた案件です。明らかに赤字案件でしたので、まず引当金を積むべきだと思いました。当然のことを主張したまでです」

「受け入れられなかったんだな」

「ええ、直属の課長からも否決されました」

長妻は、考えるような表情になり、言葉を控えた。

「芝河電機は腐りつつある。まだ完全には腐っていないが」

長妻は深刻そうに言った。

「どういうことですか」

腐るなどという思いがけない言葉が飛び出したことに瀬川は驚いた。

「なんでもない。ただの個人的な感想だ」

「個人的な感想では済まされません。長妻さんは監査を長く続けてこられている。この芝河電機に何か大きな問題が起きているんですか」瀬川は長妻に迫った。「実は、ミャンマーから帰国してからというもの違和感がぬぐえないんです。以前と違う会社になってしまったような気がして……」

「さあな、芝河電機は芝河電機だ。変わらない。ずっと前から、そしてこれからもな」

長妻の目が暗く沈んでいる。

「腐りつつあるという言葉の真意を教えてください」

瀬川はさらに迫った。

長妻が、瀬川の目をじっと見つめた。

「監査を無視する会社は滅びる。俺は、そう思っている。なにも監査に長くいるからそう言うんじゃない。俺の実感だ。監査は会社の医者みたいなものだ。医者のアドバイスは、一応耳を傾けるものだ。そうじゃないか」

長妻が同意を求めてきたので瀬川は「その通りです」と答えた。

「医者のアドバイスを聞き入れて、その上で、納得ずくで医者の意見とは別の健康法を取り入れてもよい。しかし、端(はな)から聞き入れないんじゃどうしようもない。俺が言いたいのはそれだけだ。おいおい分かってくる。後程(のちほど)、PC社の監査については説明する。俺がチーフで、お前と何人かでチームを作って監査に入る。いいな」

長妻は立ち上がった。

「分かりました」

瀬川は答えたものの、実際は何も分からない。欲求不満だけが残った。おいおい分かるとは、何が分かるのだろうか。芝河電機が腐っていることが分かるということなのか。

長妻が振り向き、瀬川を指さした。

「俺は、この芝河電機に誇りを持っている。瀬川も誇りだけは失うな。監査ってのは、誇りを守る仕事なんだ。少なくとも俺はそう思っている」

瀬川は、突然、浴びせかけられた誇りという言葉を十分に受け止められず、戸惑った。曖昧な笑みを浮かべた。

「まあ、いい。おいおい分かるさ」

長妻は、同じ言葉を繰り返し、俯き気味に部屋を出て行った。

瀬川は、部屋を出て行く長妻の後姿を見ながら、この白髪交じりの男に興味を抱きつつあることに気付いた。いったい何者なのだろうか、この男は……。

3

PC社は、南会長のホームグラウンドだ。このカンパニーの業績を回復させた功績で社長、会長への道を拓(ひら)いた。

ＰＣ社は、電力社やＳＩＳ社などに押され気味だが、今でも芝河電機の顔であることには違いない。

「エレクトロニクスの芝河電機」として消費者に馴染みがあるが、それはＰＣ社が販売するパソコン、ノートパソコン、そしてテレビなどのおかげだ。売上高が一兆円もある巨大カンパニーだ。

この巨大な組織をたった四人で監査する。部員は長妻と瀬川等三人、もう一人は研修生の香山哲也だ。

経営監査部は社長直轄組織。社長は、日野。すなわち監査レポートは日野に直接手渡されることになっているが、実際は、監査委員会に監査レポートが報告され、その場に出席している日野がそれをざっくりと読んでいるだけではないのか。もし日野が、監査レポートの内容について経営監査部から直接に詳細な報告を受けているならロスコンのルールを平気で曲げてしまうようなことが横行するはずはない。瀬川は疑問に思っていた。

目の前で長妻が監査方針をチームに説明している。

経営監査は、期初に監査方針やスケジュールを監査委員会とともに決定する。それに従って監査を実施する。時には社長からの直接的な指示によって監査することもあると規定されているが、余程、問題が起きなければ期初のスケジュール通りに行われる。

経営監査は、最近は、コンサルティング的になってきたと言われる。経営の問題点をぐいぐいと抉り、摘発するというような、いわば社内検察のようなことはしない。

主に法令遵守や経営方針にしたがって経営が行われているかなどを監査する。経理などにはあまり突っ込むことはない。関心がないというよりも、そうした分野に詳しい人材を配置していない。経理に詳しい人材は経理部に属している。経営監査部には経理を監査する能力がないのが実態だ。経理の監査は事実上、経理部が行っていることになっている。

「というわけで今回の監査は、前回指摘事項のフォローだ。だからそれほど大変なことはないだろう。特に香山君は研修生だからいい勉強になると思う」

長妻が、相変わらず陰気な表情で香山に視線を送った。

香山が軽く低頭した。

過去の監査で指摘した事項を改善しているかをチェックするというのだ。

「ただし経営監査部には権限はない。もし改善に問題があったとしても強制力はない。何度も同じような指摘をしていると気付くと思うが、イライラせず、問題があれば私に言ってほしい。君たちの立場で権限外の余計なことに首を突っ込むなよ」

長妻が自分の方に視線を向けたように瀬川は感じた。

――余計なことに首を突っ込むな。俺に言っているのか。

「いろいろ大変でしたね」

香山が瀬川に言った。

香山は、電力社に属したまま経営監査部研修生として配属されていた。瀬川よりも三年ほど若手。童顔だ。

「なんのことかな」

瀬川は厳しい視線を送った。

「あっ、いえ、なにも……」

香山は動揺し、慌てて視線をそらした。

うんざりだ。瀬川は思った。ロスコンを主張したことや日暮ＣＰと争ったことなどは、もはや知らない社員はいないのではないだろうか。

そんなにレアなケースなのだろうか。自分以外にも上司に文句を言う社員はいるだろう。まさか、誰もいないってことはないだろう。そんなに従順な社員ばかりになってしまったのか。その方が恐ろしいではないか。それでは社畜の群れではないか。

「ねえ、香山君、監査ってのは不備を見つけることだよ。見つけたら君はどうする？」

瀬川は、からかうように小声で聞いた。

「皆さんに相談します。もちろん、瀬川さんにも」

香山は真面目な様子で答えた。

「みんなが相談に乗ってくれなかったら？　僕も無視したら？」

「部長に相談します」

「君の意見は、どういう意見なの？」

「私の意見ですか」

「そうだよ。不正を発見したら自分でその不正を解決する気持ちにならなければ、誰に相談しても意味ないだろう?」

瀬川の問いかけに香山は返事に窮したように顔をしかめた。

「君の意見はないの?」

「そんな不正を発見しないように期待しています」

香山は恨めしそうに瀬川を見つめた。

「そうだね。余計なことを見つけないようにしたいものだね」

瀬川は鼻先で笑った。

「さあ、みんな決められた担当ごとにインタビューから始めるんだぞ。何か困りごとがあれば私に必ず言ってくるように」

経営監査は各担当などのインタビューを中心に実施される。

瀬川は、長妻の案内でPC社へと向かった。香山は、瀬川の後に無言で従っていた。

4

彼に会ったのは、PC社の監査に入って二日目のことだ。

彼の名は、山田秀則(やまだひでのり)。極めて普通の名前で、その名前の通り外見も、やや腹が出てきた普通の中年男だった。

表情がやや緩み気味で、鋭さも勢いもない。瀬川は一見して「仕事ができない」という印象を受けた。

　山田はPC社で製造、販売しているパソコンの部品調達の現場の責任者だった。

「どのような仕事になるんですか？　山田さんは……」

　インタビューは通常通りに始まった。

「私の仕事ですか？」

　山田は、目を細め、相手を見定めるような目つきになった。

「ええ、担当業務を教えてください」

「そんなことも事前に調べてこなかったのですか？」

　山田は抑揚のない声で言った。瀬川を見つめる目が淀んでいる。

　瀬川は、山田の無作法な態度にむっと腹立たしくなった。

「事前に調べています。あなたは部品供給の各ベンダーから部品を調達するチームのチーフですね」

　ベンダーとは部品を供給してくれる取引先会社のことだ。

「そうです。その通りです。分かっていることは聞かないでください」

　山田は急に苛立った表情を見せた。

　無表情からの突然の苛立ち。情緒が安定していないのか。

「私は監査に来ているんですよ。そんな不貞腐れた態度は止めてくださいませんか。仕事を邪魔していると思っておられるんですか」

瀬川はきつく言った。

「仕事の邪魔だなんて言っていません。監査そのものが無駄だってことです。何も変わりゃしないんですから」

山田は先ほどよりももっと険しく苛立ちをあらわにした。

瀬川は山田の顔をじっと見つめた。

変わらないとはどういうことなのだろうか。彼の無作法とも見える態度の背後に何があるのだろうか。少し心が動いたが、インタビューを予定通り進めようと思う。

「意見は伺っておきますが、監査のインタビューを続けます。いいですか?」

予定の人数をこなさねばならない。山田にばかり関わってはいられない。

「一つ、伺っていいですか?」

山田が、やや落ち着きを取り戻した。

「ええ、なんでしょうか?」

瀬川は気が進まないが、山田に質問を促す。

「あなた、瀬川さんですよね。日暮CPに逆らったんですね。それで経営監査部に飛ばされたんでしょう」

人の様子を覗き見るような目。瀬川はうんざりだった。どこに行ってもこの話が付きまとう。

「その話はもういいです。私のことを話す気はありません」

瀬川は怒りを覚えた。

自分の評判はいったいどうなっているのだ。ミャンマーなどの過酷な海外現場で戦ってきたことなど一顧だにされず、二言目には日暮CPに逆らった男だ。もういい加減にしてくれ。

「すみません。興味本位で聞いているんじゃないんです」

山田が、急に神妙になった。いよいよ情緒不安定だ。先ほどまでの不貞腐れた態度が一変している。肩を落とし、やや疲れた感じもする。

「興味本位でなければなんですか？」

「あなたが信用できる人かどうかということです」

山田の言葉に、瀬川はどの様な反応をするべきなのか理解できず、戸惑う。

「おっしゃっている意味が分かりませんが……」

「ああ、そうですね」山田は、小さく頷き、「どういう気持ちで日暮CPに文句を言ったのですか。ぜひ答えてください」と強く言った。

「どういう気持ちって……」瀬川はその時の気持ちを思い出すように小首を傾げて「あなたに言う必要はありますか」

「ぜひ聞かせてください」

山田は必死な口調だ。何かに追い詰められているようだ。

「許せなかったんです。それだけです」

瀬川は答えた。

「許せない、って言いますと」

山田が身を乗り出し気味になった。

なぜこの男は、これほどまでに私の行動に関心を持つのか。その表情は真剣味を帯びてきている。単なる興味本位のようには思えないが……。

「その前に私がミャンマーで仕上げた案件があったのですが、明らかに赤字案件で、引当金を積まねばならないのに、先送りというか、ロスコンにはしないとルール無視で結論づけたのです。それでひと悶着ありましてね。その時の許せないというか、腹立たしい気持ちを引きずったまま受政会議に出たんですが、そうするとそこでも入札価格が適当にダンピングされる。赤字になるのが分かっているのに赤字がスルーされ、誰もロスコンにするべきとは言わない。ルール通りロスコンにして、黒字になれば引当金を崩せばいいだけでしょう？　なぜそんなことができないのか。それに対して誰も何も言わないのか。だんだん許せない、悔しい、腹立たしい……」

瀬川は一旦、言葉を切った。「よく考えてみると、悲しくなったのかもしれません。一生懸命にやった仕事が最後の最後で汚されたような気になって……。私自身の仕事へのプライドを傷つけられたと言うか、甘いですね、私も……。昔は、もっとおおらかな会社だったのになぁって思うとね。あの時も日暮ＣＰは『チャレンジ、チャレンジ』を連呼していました。うるさく感じました。山田さん、まさか盗聴器はありませんよね」瀬川は苦笑した。

　山田は、瀬川の話に聞き入っていた。神妙を通り越して深刻な表情だ。

「盗聴器が設置されているという噂もあります」

　山田がぼそりと言った。

「まさか」

　瀬川は驚いた。

　山田の表情は笑っていない。冗談ではなさそうだ。

「それくらい社員を信用していないんです。私の変な質問に丁寧に答えていただき感謝します」

「山田さんは、どうして私のことに関心があるのですか？」

「それは……」山田は目を伏せた。「今は勘弁してください。ただこれだけは信じてください。私は芝河電機を愛しています。誰よりも……」

　瀬川は、山田は何か大きなものを抱えているような気がした。その大きなものを吐き出させないといけないのではないか。

「山田さん、何か心配事があるなら伺いますよ。私でよければ」

「ありがとうございます」

　山田は丁寧に頭を下げた。

　山田の第一印象は「仕事ができない」だった。その印象は変化した。人は見かけだけではない。彼は、何かを真摯に考えている。そのことをどこかで引き出さねばならない。それも監査の重要な仕事だ。

「では山田さん、私の方から質問させてもらっていいですか？　今回の監査はフォローアップです」

「あっ、はい。どうぞ」

「山田さんはＳＩＰＣの窓口でもありますね」

ＳＩＰＣは、芝河国際調達会社（Shibakawa International Procurement Corp.）の略だ。

「はい」

山田の表情が微妙に強張ったように見えた。

「各部品ベンダーからＳＩＰＣが調達してＯＤＭ先に送るんですね」

ＯＤＭとはオリジナル・デザイン・マニュファクチャリングの略で芝河電機の要請に従って、芝河電機仕様の製品を設計、開発、製造する会社のことだ。芝河電機の場合、台湾のＯＤＭを使っている。そのためＳＩＰＣも台湾にある。

「その通りです」

「私、よく分からないんですが、二〇〇九年、二〇一一年、二〇一三年の監査で同じような指摘がなされているんです。ご存知ですよね」

瀬川は、事前にＰＣ社の監査レポートを数年分読んでいた。そこで奇妙なことに気付いた。

いくら監査は指摘するだけで、改善を強制する権限がないとはいえ、社長直轄の組織だ。何年にもわたり同じ指摘をされ、それが改善されないのは、社長の権威をないがしろにしていると言えるのではないか。

その指摘を山田に伝えた。

「二〇〇九年にはですね、バイ・セル取引に関して恣意的な操作がなされないようにPC社で適正な内部統制が働く仕組みを構築する必要があると指摘され、その改善策を具体化するようにと要望しているんですね。ところが二〇一一年にも、バイ・セル取引による在庫の適正在庫日数は五日だが一〇年十二月末の残高は一カ月分となっている、それにマスキング価格の縮小が望ましいとも指摘している。私は、こうした取引に詳しくはないので教えてください。まずバイ・セル取引とはなんですか？」

「バイ・セル取引は、SIPCがPC部品を各ベンダーから購入して、ODM先にマスキング価格で有償支給し、部品の支給を受けたODM先がPCを製造し、そのPCをSIPCに納入するという一連の取引を言います」

山田は滞ることなく説明した。要するに、バイ・セル取引とは部品を仕入れ、下請けのODM先に製造させ、また買い取るという取引のことだ。

「分かりました。ではマスキングとはなんですか」

「マスキングは、ODM先への部品供給価格です。部品の調達価格を秘匿するために一定価格を上乗せしています」

「なるほどね。コストっていうのは、他社にはもちろん、ＯＤＭ先にも知られてはいけないってことですね」

「ええ、そうです」

山田が口元を強張らせている。緊張しているようだ。

「二〇一三年にも指摘をしているんですが、曖昧でね。バイ・セル取引においてＯＤＭ先の在庫は三日程度と以前指摘した五日より短くなっているんですが、その利益は製品として売り上げが立つまで未実現利益とすべきという指摘に対して、そちらは監査法人から影響は小さいから問題ないと言われているんですね、そう答えてお終(しま)いになっている。ということはバイ・セル取引でＯＤＭ先に上乗せしたマスキング値差をＰＣ社の利益にしているってことですね」

マスキング値差とはＯＤＭ先に供給している価格、すなわちマスキング価格とベンダーから調達した価格との差のことだ。

要するに仕入れに上乗せした価格のことだ。これをＰＣ社は利益計上している。これは本来的な利益と言えるのだろうか。

単に仕入れ値を秘匿するために上乗せしただけの金額であり、製造された製品を買い取る際には買い取り価格にも上乗せされているため、仕入れと買い入れで調整され、ゼロになってしまう。

「バイ・セル取引についてはあまりお詳しくないんですね」

山田が上目遣いに聞いた。瀬川の真意を探るような目つきだ。

「ええ、もしよければ、もっと詳しく教えてください」

山田はごくりと唾を呑み込んだ。なぜかものすごく緊張しているようだ。

「私も教えて差し上げるほど詳しいとは……」

山田が言葉を濁した。

「山田さんが詳しくないってことはないでしょう」瀬川は山田の緊張をほぐすために少し笑った。「それじゃあ、お聞きしますよ。あのですね。二〇〇九年の指摘にある恣意的な操作というのはどういうものですか？　バイ・セル取引は、一般的に行われている取引ですよね。とりたてて珍しいわけでもありません。それなのに過去に三回も指摘をされているのは不思議だと思いました。ましてや恣意的とは。なにが恣意的なんでしょうね」

「さあ、恣意的という意味は分かりません。私は監査じゃないんで」

山田の目が泳ぐ。動揺し始めている。

「分からないってことはないんじゃないですか？　山田さんは、仕入れ先のベンダーとSIPCとの間を取り持っているんでしょう？」

「私は、SIPCが必要としている部品を調達しているだけです」

「ではなぜ適正在庫が、三日か五日か分からないですが、こんなもの数日でいいんでしょう？　それなのにどうして一カ月にもなるんですか？　今はそれ以上になっている。一カ月を超えていますよ。在庫期間が一カ月以上っていうのは、やはりおかしい」

瀬川は山田を見つめた。

山田は瀬川の視線を避け、「私は要請を受けて、必要とされる量を仕入れているだけです」とかたくなに言い張る。

「分かりました。それじゃ二〇一三年の監査レポートにある、未実現利益にすべきとの指摘はどういうことですか?」

「分かりません。指摘されたのは監査でしょう。でもそれは公認会計士の先生が、現状の経理処理で問題ないと言われています」

「ところで山田さんは、先ほど私のことを信用できる人間か否かと聞かれましたね。だから私は正直に自分の思いをお話ししました。でも山田さんは、私の評価をおっしゃいませんね。私は信用できますか? できませんか?」

瀬川は、山田の方へ身を寄せるようにして聞いた。

山田は、身体をやや反らし気味にし、表情は苦しそうな笑みを浮かべている。

「信用したいと思います。この会社で公の会議で上司に逆らう人を見たことがありません。それで失礼なことをお聞きしました。すみません」

山田は、頭を下げた。

「よかった。では信用してください。それなら山田さんの思いを私に話してくださいませんか」

瀬川は、穏やかに見えるよう笑みを浮かべた。山田の屈託を吐き出させたい。そう思ったが、山田は暗い表情で黙ってしまった。

「では、山田さん、私が独り言を言いますね。会社の経営って、きわめてシンプルだと思うんです。この芝河電機だって巨大企業ですが、きわめてシンプルです。材料を仕入れて、製品を作って販売する。営業利益は、販売価格と仕入れ価格の差額です。そこから諸々のコストを引いたら経常利益になる。たったこれだけのことです。私は、ロスコンについても同じだと思っています。確かに赤字覚悟で取引を取らねばならないことはあります。しかし、それはおかしいんですよ。一方が赤字を出し、もう一方が黒字を出しているような取引関係が長続きするはずがありません。双方が利益を分け合うことが正常な取引です。そう思いませんか?」

「そう思います」

山田は、ようやく口を開き、ぎこちなく頷いた。

「私ね、ミャンマーで出会った日山電機の支店長の言葉が忘れられないんです。お前の会社はいいな。そんな安値で入札できて。でも必ず後悔するよって……。その言葉通り、今では本当に後悔しているんです。安値で入札をしたことが、本当にミャンマーの人のためになっているのかどうかってことです。適正な競争があってこそ、品質の高い仕事ができるんですからね」

瀬川は、自分の過去を反省するかのように苦笑した。

「瀬川さんは会社の経営はシンプルでなくてはいけないとおっしゃいましたが、我が社は、シンプルじゃないんです。このままじゃいけないと思っていますが、私には勇気がありません」

　山田が深刻な表情で瀬川を見つめた。

「どういうことですか？」

　瀬川は聞いた。

「監査委員会も公認会計士もみんなグルなんです。誰もが問題の異常さに気付いているのに見て見ぬ振りをしています」

　山田は何かに取り憑かれたような目付きになった。

「詳しく話してください」

　瀬川は山田に迫った。動悸が高まる。まさか監査二日目でこのような場面に遭遇するとは思わなかった。山田は何を語るつもりなのだろうか。

　膝に置かれた山田の拳が小刻みに震え出した。

「怖いんです。私には、こう見えても幼稚園に入ったばかりの小さな子供がいます。上は小学六年生です。まだまだこの会社で仕事をする必要があるんです」

　山田は激しい口調で言った。

「山田さん、あなたが何をおっしゃっても私は秘密にしておきます」

　瀬川は宥めるように言った。

「あなたが秘密にされても、私が何かまずいことを言ったということは、ばれてしまいます。そうなると私は、私は、会社にいることはできません」

「そんなことはさせません」

瀬川はきっぱりと言った。

「ありがとうございます。私、芝河電機が好きです。しかし間違っていることは間違っています。このままでは子供に私の仕事を誇ることはできません」山田が瀬川を睨むように見つめた。目が赤く充血しているのは、興奮のためか、それとも涙を堪えているのだろうか。「このPC社は、南会長の最も大事にしているところです。ここを踏み台にしてトップになられたのですから。でもそのトップになられた方法が……」

山田が口ごもった。

「その方法が、どうしたのですか」

瀬川は身を乗り出した。

山田が、意を決したような顔になり「不正と言い切るとまずければ不適切な方法だとしたら、どうでしょうか」と言った。

南は、PC社立て直しの実績で社長、会長に上り詰めた。

その方法が不正だというのか。瀬川は思わず唾を呑み込んだ。

「ほら、あなたも事の重大さに気付くと震えがくるでしょう。私も同じです。CPにたてつくのとは違います。南会長を追い落としかねないことです。私もあなたも殺されますよ。それでも真相を聞きたいですか」

山田の目が、熱を帯びたようにぬめり、光っている。

悪夢を見ているようだ、と瀬川は思った。

目の前にいる、一見、茫洋とした山田は悪魔なのか。

もし、ここで山田の話を聞くのを諦めたらどうなるだろうか。すると山田は、自分のことを卑怯者と馬鹿にするだろう。では、山田の話を聞くことにすると、それが本当に南会長のスキャンダルにつながる内容だったら、どう扱うのか。

ふと研修生の香山のことを思った。あいつならどうするだろうか。みんなに相談するだろうか。面倒なことは見ない、聞かないようにするだろうか。

芝河電機には神宮寺という天皇がいて、その下で南会長と日野社長が壮絶な派閥争いをしているとの噂がある。

南会長と日野社長は、お互い表面は良好さをなんとか保っているが、陰では激しく罵り合っているという。南会長は、他の社長候補を押しのけて日野を社長にした。それにも拘らず原発企業のＥＥＣ（イースタン・エレクトリック・カンパニー）などの買収に伴う業績不振が続くと、南会長が日野社長の手腕に疑問を持ち始めたのが今の確執の原因だと言われている。社内では、どちらが優勢なのか量りかねている様子で、大きな問題にならなければと固唾を呑んでいるのが実情だ。

もし、山田の話が南会長を追い落とす日野社長派の画策だったとしたら……。

瀬川はまじまじと山田を見つめた。「山田さん、あなたは信用できる人なのですか」と、喉まで出かかっているのをかろうじて抑えていた。

5

「もうこの話は止めましょう。お互い苦しくなるだけです。忘れてください。不正、不適切などという言葉を使ったことも忘れてください」

山田の瀬川を見つめる目に光がなくなった。

「いえ、詳しくお聞かせください」

瀬川はまんじりと目を見開き、生唾を呑んだ。瀬川は山田の話を聞くことを選択した。山田の告白を聞いた以上、尻込みするわけにはいかない。聴取した先に何か展望があるわけではない。しかし放置するわけにはいかないではないか。

山田が、ふっと気を抜いたような笑いを漏らした。

「本気ですか。瀬川さんに迷惑がかかるだけです。私の思い過ごし、いや、考え過ぎですよ」

「でも……、聞かせてください」

瀬川は身を乗り出した。

「止めましょう。気になさらないでください」

「でも……」

「私の話を聞いて、それでどうなさいますか？」

山田は顔を突き出し、怒った顔で瀬川を睨んだ。

「問題を解決します」

山田に試されているような気になってきた。迷いが生じる。聞いてしまって後悔するかもしれないが最早、手後れだ。引き下がれない。

瀬川は、山田の視線に対抗するように表情を引き締めた。

山田が、視線を外した。

「山田さんの指摘されようとする問題を解明し、経営改革に生かします。それが監査の役割です」

「瀬川さんの立場が危うくなってもですか？」

皮肉っぽい笑みを浮かべる。

「私の立場？　そんなことを考えたことはありません。私をそんな男だと思わないでください。正義を行わねば、会社って駄目になるでしょう？」

ここまで強気で断言するほど瀬川は自分のことを強い人間とは思っていない。しかし自分を値踏みするような口振りに腹立たしさを覚えれば覚える程、言葉だけが強くなっていく。

日暮ＣＰに逆らった話を聞いたのは、間違っていることは間違っていると言える人間かどうか確かめたかったのだろう。

「正義……。久しぶりにそんな言葉を聞きましたね。この会社では死語になっていますけどね」山田は表情を陰らせた。「瀬川さん、本気で言っているんですか」

「ええ、本気です。私は、絶対にロスコンなどのルールを曲げるのを許しません」

私に何を言わせるのか。これ以外、言うことがあるか。私にどんな行動をとらせたいのか。

「瀬川さんの強い思いは分かりました。よく考えさせてください。監査の質問を続けますか? もし止めるなら、私、帰ってもいいですか」

山田が疲れたように肩を落とした。

「質問を続けます。もし不正が、あるいは不適切な行為が行われているのであれば、それを黙っていることは罪だと思います。よく考えてください。私は、待っていますから」

瀬川は、落ち着いた口調で言った。山田と会って、まだ十数分しか経っていない。その間の山田の感情の起伏の変化は驚くべきものだ。余程の迷い、屈託、懊悩があるのだろう。

「さあ、質問を続けてください」山田は、まるで憑き物が取れたかのような顔になった。

「わかりました。質問を続けます。先ほどのバイ・セル取引についての監査指摘事項について、再度お伺いします」

「どうぞ」

山田は瀬川に視線を合わせないで言った。

「先ほども申し上げましたが、二〇一一年三月二十三日の監査報告に『バイ・セルによる在庫の適正在庫日数を大幅に超過し、一〇年十二月末には、一カ月分に相当する在庫日数となっている』『マスキング代金残高、一〇年十二月は二百五十四億円だが、その増減は、期間損益へ大きな影響を与える。そのためマスキング価格を縮小させることが望ましい』との指摘がなされています。この指摘は完全に無視といいますか、履行されていませんね。監査部長宛にCPから『一一年九月末の残高計画は二百三十五億円だが、一四年三月末までに正常化する』と改善計画が出されていますが、それにも拘らず一一年三月末には三百三十五億円になっています。残高計画から百億円も増えているわけです。結局一一年九月末は、残高が四百十七億円にも膨らんでいる。計画比百八十二億円も増加しているんです。それでまたCPは、経営監査部に改善計画として『一一年十二月末には残高三百億円、一二年三月末には残高二百五十億円、その後は年間百三十億円削減する』と言っていますが、改善されないで現在も残高が三百四十億円以上もあります。どういうわけですか？　改善計画を無視しているんでしょうか」

「私には分かりません。言われた通りに仕入れているだけです」

山田は無表情に回答した。

「分からない？　どうして分からないんですか？　こんなに在庫がいるんですか」

「必要なんでしょうね。生産が好調ですから」

「好調？　確かにここ数年売上高、利益とも好調ですね。しかしそれでも監査結果をあまりにも無視し過ぎじゃないですかね」

瀬川は顔をしかめた。

「もし問題視されるならCPとの面談で指摘されればいいんじゃないですか？　私のような下っ端は言われた仕事をこなすだけです」

山田の表情は重く、絶望感が滲(にじ)みでている。

不正という言葉を使って何かを伝えたいと思ったのだが、その言葉を呑み込んでしまった。

それは瀬川への信頼が十分ではなかったからなのか。それとも彼自身の覚悟が足らないからなのか。

瀬川は、やや俯き気味の山田を見つめていた。

もし山田が、本当に何か不正を告発したら、どう行動したらいいのだろうか。正面から受け止めることはできるだろうか。

瀬川は、監査報告書を見つめた。

ＰＣ社の業績にはおかしなところは見えない。二〇一〇年から九千億円、八千億円、七千億円と、売上高は昨今のＰＣ不況を反映して減少しているものの、利益は七十億円、百十億円、八十億円と堅調だ。

売上高が減少すれば、在庫も漸減するはずなのだが……。

山田が窓口を務めているＳＩＰＣが各ベンダーから購入した部品をＯＤＭ先に売却するに当たり、マスキング価格で売却することは理解できた。

購入価格とマスキング価格の差であるマスキング値差は、いずれODM先から完成品をSIPCが買い取る際に相殺されることになっている。

在庫が増えている、減らないということはSIPCに無理に部品を買わせているということか。なんのために……。

それにしても経営監査部もこれだけ何回も同じような指摘をしながら、それが改善されないにも拘らず、全く厳しく指導していない。それもおかしいことだ……。

「ねえ、瀬川さん」

山田が暗い目を瀬川に向けた。

「なんでしょうか？」

瀬川は少し身構えた。

「カンパニー制って無責任な制度ですね」

「えっ、どうしてですか？ 我が社の制度が問題ですか」

「だって各カンパニーが何をやっているかなんて誰も関心がないじゃないですか」

「でもそれぞれのカンパニーに売上高や収益の責任を持たせるためのカンパニー制ですから、むしろ責任を強化するための制度ではないのですか？」

「本気でそう思っておられますか？ 瀬川さんはSIS社に所属されている時、SIS社以外のことを考えたり、知ろうとしたりされましたか」

山田は瀬川を値踏みするように見つめた。

「そう言われてみれば……、でもそのためにコーポレイトがあるんじゃないですか」

「コーポレイト？　現場を知らない、現場を見ないコーポレイト官僚どもに何が分かるんですか。彼らは、カンパニーのＣＰのご機嫌を取るだけじゃないですか」

山田は吐き捨てるように言い、口を歪めた。

「山田さんの言われたような面がありますね。カンパニーは、自分のカンパニーのことしか考えていないですね」

「局あって省なしと官庁は言われますね。我が社もカンパニーあって会社なし、ですよ」

山田は腰を浮かした。「もういいですね。私への質問は、そのままＣＰにでもぶつけてください。ああ、それから……」

「それから、なんですか？」

「いずれ私の覚悟が分かりますよ」

山田は不敵な笑みを浮かべた。

「覚悟……」

瀬川は、意味が分からず、ただ山田の言葉を繰り返した。

6

「山田、ちょっと来てくれないか」

部長の杉下学が呼んでいる。

どうせろくでもないことだろう。杉下の表情は、とてつもなく暗い。

「どうされましたか？」

「お前、どこに行っていた？」

「監査部のヒヤリングです」

「ああ、監査が入っているからな。あんなものに時間を潰している暇はないんだ。一緒に来てくれないか」

杉下が慌てた様子で言った。

経営監査部の瀬川とひとしきり深刻な話をしてきた後だ。あんなものと断じられたことに気分を害すること、甚だしい。

ＰＣ社の部長である杉下にとって経営監査はその程度の位置づけなのだ。

「どこへ行くんですか」

「ＣＰのところだ。緊急だ」

「何があったのですか」

緊急事態とは何が起こったのだろうか。

「行けば分かる」

杉下は不機嫌に表情を歪めた。怒っているようにも見える。

山田は、黙って杉下の後ろに従った。

瀬川のことを思った。あの男は信用できるだろうか。そのことだけが気になっていた。思わせぶりなことを話してしまい、彼を混乱させてしまったのではないだろうか。いずれ彼に頼ることがあるかもしれない。

杉下の背中を見た。前のめりになって早足で歩いている。ＣＰの部屋に行くのに、そこまで急ぐ必要があるのか。杉下の背中に向かって山田は「あなたはなんのために、誰のために働いているのですか」と、口に出して問いかけたくなった。

絶望……。もはやこの芝河電機に明るい未来を感じることができない自分が、とても恨めしい。

「おい」

杉下が、突然、立ち止まり振り返った。

「は、はい。なんでしょうか」

山田は慌てて我に返り、返事をした。

「お前、監査の連中に余計なことを言わなかっただろうな」

杉下の視線が険しい。

「はい。何も……」

山田は視線を落とした。

「それならいいが、あいつらはなんの役にも立たないことを指摘するだけだ。適当にあしらっとけばいいからな。最近、妙な噂を耳にしたんだ」

杉下は、山田と並んで歩き始めた。

「妙な噂とは？」

「ＰＣ社の実情について内部告発しようとしている奴がいるって噂なんだ」

杉下の目がぬらりと光った。山田は心臓が止まりそうになった。

「へえ」

これが精いっぱいだった。

「驚いただろう。聞いたところによると、わざわざ外線から法務部のコンプライアンス担当に『ＰＣ社で不正が行われている』という通報があったっていうんだ。『あなたは』って聞いたが、それだけでプッツンと切れたそうだ。それで今回の監査になったっていうんだがな」

息を呑んだ。こんどは心臓が、早鐘のように打つ。電話をしたのは自分だ、と山田は思った。

何の決意もなくコンプライアンス担当に電話してしまった。思い付きというより思い余っての行動だった。耐えられなくなってきていたのだ。ＰＣ社の現実と自分の汚された仕事に……。

「今回は通常監査じゃないんですか」

山田は平静を装った。

「通常監査さ。間違いない。決して異例じゃない。これは単なる噂だ。まあ、気にするな。

山田が電話するなんて思っていない。もし今の話が、噂じゃなく本当なら許せないけどな」

目の前にＣＰ執務室のドアが見えた。

山田は、体の芯から震える思いだった。

悩み抜き、酒の勢いを借り、不正について誰かに言いたくて、コンプライアンス担当に連絡した。

通報者の秘密を守るというホットラインだ。相手は弁護士か誰かなのだろう。通報者からの連絡を受け、密かに調査をする建前になっている。だから誰が連絡したか、通報者の秘密は絶対に守られるはずだ。

本当に守られていると言えるのか？　しかし誰か社員から通報があったことは、当事者であるＰＣ社の幹部が知っている。ということは通報があったという情報が漏れているのだ。

もし、あの時、名前を告げていたら、きっと名前も漏れていたに違いない。

通報者の秘密が漏れてしまうようでは、誰が利用するというのだろうか。

杉下が、わざわざ私に通報があった事実を伝えたのは、私を疑っているからなのか。ひょっとしたら名前が知られているのではないだろうか。

一気に不安が押し寄せて、脂汗が滲みだす。

杉下がＣＰ執務室のドアを開けた。

「あっ」

思わず声を発し、山田は口を塞いだ。

日野がこちらを見ている。社長の日野がいるとは、想像もしていなかった。

頑丈そうな体をソファの背もたれに居丈高に反らしている。

「お待たせしました」

杉下は、腰を折り曲げるようにして部屋に入った。

山田も頭を下げて後に続いた。

ああ、そうか。今日は、社長月例か。その流れでここに来たのか。それにしてもなぜ……。

「お疲れさま」

CPの加世田欣也が渋い表情で言った。杉下は、加世田と同じソファに座った。山田は、杉下の座るソファの背後に立つことにした。

まさか社長の目の前に堂々と座るだけの度胸はない。

加世田は、真面目で気の小さい男だ。会長の南がCPを経験したことがある、名門と言われるPC社を任されながらも、どこかびくびくした感じがある。

身体つきも日野に比べたら一回りも細い。貧弱に見える。顔つきも細い目で周囲を窺うような素振りをすることがあり、薄っぺらな印象を与える。

口癖は「どうしようか、どうしようか」。業績が低迷するたびに部下に、どうしようかと尋ねるために「どうしようかCP」と部下から揶揄されていた。

しかしイライラした際の怒りは恐ろしいものがあった。

去年の七月のことだった。山田は、加世田が日野にぺこぺこと頭を下げているのを見ながら、四半期ごとの業績を検証する報告会の後のCP執務室でのやりとりを思い出していた。

この期は業績が最悪だった。実際の見込みは約二百億の営業損失。しかし、それでは社長月例で南や日野に締め上げられるため、チャレンジをして営業利益を約三百五十億円プラスし、最終的には約百五十億円の上期営業利益を見込んでいたのだが、日野からさらなるチャレンジを要求され、五十億円のプラス、すなわち約二百億円の営業利益を求められていた。

チャレンジする約三百五十億円の営業利益かさ上げさえ、実現見込みがないのにその上にさらに五十億円のプラスだ。

山田は、その数字が加世田の口から出たとき「血迷ったか……」とひとりごちた。杉下や他の幹部たちも「もう無理です」と嘆いた。

すると加世田が、突然、立ち上がり、貧弱な身体をまるで弓のようにしならせたかと思うと「貴様ら！　俺に、日野社長に土下座させるのか」と怒鳴ったのだ。

あの身体のどこからこんな声が出るのかと不思議なほど、大きな声だった。

その場にいた山田は、驚いて首をすくめた。

「CR前倒しをしろ」

加世田は命じた。

CRとはコスト・リダクションの略だ。コストを減少させること。同じような用語にCDがある。コスト・ダウンの略。文字通りコストを引き下げることだが、CRは下請けメーカーやODM先と交渉して調達、購入価格の引き下げを要求することを意味している。

それを前倒ししろというのだ。すなわちCR前倒しとは、翌期以降の調達価格なのでまだODM先などと合意に達していないにも拘らず、合意したものとして調達、購入価格の引き下げを計上して、利益を操作することだ。

要するに数字だけを操作することになる。

山田は、「ダメです」という言葉が口から飛び出しそうになったが、ぐっと呑み込んだ。苦しかった。

杉下は、幹部たちの顔を見て、仕方がないなという表情になった。そしてSIPCの窓口である山田に顔を向けた。

山田は、目を見開き、首を横に振った。もう少し杉下に抵抗してもらいたいと思ったのだ。

「やれ」

杉下は、厳しく、しかし悲しそうな目で、山田を見つめるとぼそりと言った。

山田は、抵抗を諦めた。ＯＤＭ先に翌期以降の価格未決定のまま、部品の押し込み調達を無理強いした。

ＣＲ前倒しとは名ばかりで、部品メーカーから翌期以降の必要量を調達し、マスキング価格でＯＤＭ先に無理やり引き取らせた。

そして調達価格とマスキング価格の差であるマスキング値差を当期の営業利益として計上した。

加世田は、日野が与えたチャレンジ目標である約二百億円の営業利益を達成し、貧相な顔に満面の笑みを浮かべた。

異常だ……と山田は思った。そんな見せかけの利益は、期が変わればすぐにはがれてしまう。ＯＤＭ先からの製品を購入した際に利益として計上したマスキング値差は調整し、落とさねばならない。その時、営業利益は急落するではないか。

山田は、そのことを杉下に言った。杉下は、面倒くさそうな顔になり、「その時は、また同じことをやるだけだ」と答えた。

山田は杉下の絶望した表情が無性に悲しくなった。

一度手を染めると、そこから抜け出ることができず、どんどん深みに入っていくのが経理上の不正だ。

しかし、これを不正と認識していたらさすがの加世田も「不正をやれ」とは指示をしないだろう。

誰も不正だと認識しないように自分の頭の中を作り変えていたのだ。たまたま期末に余分に買ってもらっただけではないか。

不正ではない。単なる調整なのだ。いずれ帳尻は合わせるのだから……。

「こんなことはどこのカンパニーでもやっている。いや、期末に付き合いのあるところにちょっと余分に仕入れてもらうなんて、どこの会社でもやっているビジネス上の常識じゃないか。新聞社にだって押し紙と言って、新聞配達の会社に余分に新聞を仕入れてもらうことがあるそうだぞ。どこの会社も辛いときは、武士の情け、相身互いだ」

加世田は山田たち調達部門の幹部に言った。営業利益を達成した際、喜びなのか、安堵なのか分からないが、顔をほころばせていたが、あの帳尻合わせはいつ行うのだろうか。


「君たちはやる気があるのかね」

日野が野太い声で恫喝する。

加世田は深刻そうな表情のまま、何も言わない。杉下も沈黙している。

「社長月例をなんだと心得ているんだ。他のカンパニーがあれだけチャレンジしているのに、君たちがやる気を見せないから、全体が沈んだ空気になってしまったではないか。このPC社は、南会長のホームグラウンドだぞ。それがあのやる気のなさはどうしたっていうんだ。君たちは、私を馬鹿にしているのかね」

日野は、話しているうちに徐々に興奮し、冷静さを失ってきたかのように顔が赤らんでくる。

やはり社長月例の流れでここに集まったのだ。

よほどPC社の業績見込みが気に入らなかったのだろう。

昨今、PCなど売れるわけがない。かつて芝河電機は、PCで一世を風靡したのだが、今は昔だ。PC社でも音響やカーナビなどPC以外の電子関係製品に手を広げてはいるが、いま一歩、ブレイクしない。

「申し訳ありません」

加世田が頭を下げた。

「加世田君、君は、もう少し見込みのある人間だと思っていたのだが、私の目も曇ったものだ。がっかりだよ。同期の他のCPたちに後れを取っているね」

日野が、嫌味たらしく畳みかける。日野は、運動部出身でさっぱりしていると思いきや、一旦、怒り出すとねちねちとしつこい。また逆らうと、そのことをいつまでも根に持つ。猫好きで有名だが、猫でもこれほど執念深くはないだろう。

「がんばったのですが……」

加世田のか細い声。

「がんばった？　よくもそんなことがぬけぬけと言えるものだ。結果だろう、結果。ビジネスは、結果だ。社長月例で、気のない報告をしやがって、チャレンジを忘れたのか。チャレンジだぞ」

「はあ、申し訳ありません」

加世田の声が、どんどん小さくなる。

「謝れば済むってもんじゃない。どうするんだ。営業損失二百億円なんて認められると思っているのか。他のCPが全員チャレンジしてるのに、加世田、お前だけがチャレンジしていないんだぞ」

日野は、チャレンジという言葉を繰り返す。

山田の耳には、もう何も聞こえなくなってきた。勿論(もちろん)、加世田の声も……。チャレンジ、チャレンジ。芝河電機のトップは、二言目にはチャレンジと言う。他に言葉を知らないのか。もう少し実態に即した言葉があるだろう。

PC社は、その期、営業損失二百億円が見込まれていた。それを八十億円程度改善すると加世田は、社長月例で報告した。日野は、それに対して「全くダメだ。やり直しだ。チャレンジしろ。黒字にするんだ」と激しい口調で言った。

社長月例では、PC社の計画修正の結論が出なかったため、日野は自ら加世田の部屋にまで赴いたという訳らしい。

「なんとかします」

加世田は消え入りそうに言った。

「なんとかするってどうするんだ」

日野は容赦ない。

「黒字にします」

「いつまで」

「はあ、なんとか」

加世田が口ごもる。

日野が、苛立ちを隠せないまま立ち上がった。

「君に三日やる。それで百二十億円改善しろ。君が約束した八十億円の改善と合わせて二百億円の改善チャレンジだ」

「二百億円！」

山田は思わず口に出した。

「何か言ったか」

日野が目を剝いた。

「いえ、なにも」

山田は震え声で答えた。日野に逆らってはこの会社で生きていけない。

「三日もあれば十分だ。七十二時間、四千三百二十分、二十五万九千二百秒だ。これだけあれば君たちのような無能な人間でも二百億円ぐらいなら稼げるだろう。どのようにやるかは、明日、報告しろ。分かったな」

日野は、加世田を指さした。

それまでソファに座っていたが、その指にはじかれたように加世田と杉下が立ち上がった。

「明日だ。明日までにどうやるか報告しろ。もしチャレンジできないなどと言ったらPC社をなくすからな。その時は、君たちも一蓮托生、PC社と運命を共にするんだ。私は本気だぞ」

日野は、大股で歩き、部屋を出て行った。

加世田と杉下が、腰を九十度に折り、日野を見送った。

山田は、つっ立ったまま日野の後姿を眺めていた。心の中で、殺してやりたいと呟いた。もしもこの心の声が聞こえるなら聞こえた方がいいと思った。

「あぁ」

杉下が、大きなため息をついた。

「どうしようか」

加世田がいつものどうしようかCPになった。

「仕方がないですね。山田もいますから、やらせますよ」

ちらりと山田に視線を送る。

「そうだな。仕方がないな。日野さんにあれだけチャレンジと繰り返されたら、やるしかないだろう。三日で二百億円の改善か……。どうしようか」

加世田が口癖を繰り返した。

「止めましょう。どうして止めると言えないんですか」

山田は、意を決したように憤然と言った。

加世田と杉下が、あっけにとられた様子で山田を見た。

「何言っているんだ」

杉下が不快感を顔に顕わにした。

「三日で二百億円もの営業利益って、そんなものできるわけがありません。今までCR前倒しやODM先への押し込みでいったいどれだけの利益のかさ上げをしてきたと思っているんですか。マスキング値差が埋められず、どんどん在庫は溜まり、ODM先からの購入分では調整できないまでに利益の水増しが増えています。どれだけの借金があるか私でさえ分からないほどです。これはもう調整のレベルを超えて不正経理です」

借金とは、水増しした利益の社内隠語だ。

山田は言い終わると、足に震えがきた。

なんてことを口に出してしまったのか。相手はCPではないか。

脳裏に経営監査部の瀬川と名乗っていた男の顔が浮かんできた。瀬川も訳も分からず日暮CPに逆らってしまったと言っていたが、山田は、その時の瀬川の気持ちが分かった気がした。瀬川に会ったせいでこんなことを口走ってしまったのか……。

もう限界だ……。そんな思いだ。これ以上、仕事への俺の誇りを汚さないでくれ。これが本音だ。

「おい、山田、お前、何を言っているか分かっているのか」

加世田が目を細め、冷酷な表情になった。

「申し訳ありません」

山田は言った。

「お前は、言われた通りの仕事をしてればいいんだ。余計なことを考えるな」

「は、はい」

ひたすら頭を下げた。

「杉下」加世田は、杉下に向き直ると「すぐに関係者を集めて日野社長の意向に沿うような損益計画を立ててくれ。どんな手段を講じても構わん」

「分かりました」

杉下が返事をした。山田を一瞥(いちべつ)した。不安な目つきだ。

「山田、いいな、できるな?」

杉下がいたわるように言った。山田の動揺する思いに気持ちを寄せているのだろう。

「……ODM先とは、すでに価格、部品販売量とも交渉が完了しています。今からバイ・セル取引を無理強いするのは困難と思われます」

山田は、辛うじて答えた。反論したわけではない。事実を伝えるのは自分の役割だ。台湾のODM先とは、すでに価格、販売量を交渉、決定済みだ。急にCR前倒しの押し込み販売をするわけにはいかない。今までもさんざん無理強いをしてきた。もしも彼らに三日で二百億円の利益を上乗せした価格で部品を調達してくれと頼んだら、彼らは目を丸くして、きっとこう言うだろう。You are crazy（ユー・アー・クレイジー）！と……。

「無理だと言うのか」加世田が怒りでくぐもった声になった。爆発寸前だ。「どうしようか、杉下」

「山田、芝河トレーディングや芝河インターナショナル広州があるだろう。あいつらなら子会社だ。文句を言うことはない」

杉下は、芝河電機の調達部門の一翼を担う一〇〇％子会社を挙げた。

利益水増しのために部品の押し込み販売はできるだけ子会社を使わないようにしていた。ODM先なら先々製品の購入が控えており、それで水増し分を調整することができる。また芝河電機の子会社ではないため、無理強いにも限度があり、利益水増しにおのずと歯止めがかかる。

しかし一〇〇％子会社を利用した場合は問題が多い。子会社であり、歯止めがかからない。親会社の意向だと言えば、無理強いが可能だ。子会社であれば、調達価格が漏洩（ろうえい）したとしても問題はない。そのためわざわざマスキング価格で販売する必要がない。それなのにマスキング価格で調達させることには全く理屈がない。まさに利益水増しのためだけだ。最大のネックは、それらの子会社は調達するだけで製造はしない。マスキング価格で大量に調達した部品をいったいどうすればいいのか。そんな高価格な部品は、どこのODM先も買ってはくれない。そうなると在庫が無限に溜まり、やがて不良在庫となる。

こんなことは杉下は百も承知だ。それでも子会社を利用しようと言っているのだ。

「彼らは抵抗すると思います」

山田は杉下に言った。今までも子会社に利益水増しのための押し込みをやろうとしてトラブったことを杉下は、よもや忘れてはいまい。

「私がやれと言っても抵抗するというのか」

加世田が、山田を睨みつけた。

「はぁ、以前、かなり抵抗され、諦めたことがあります」

山田は必死の思いで答えた。

「どうしようか、山田は、無理だと言っているが」

加世田が杉下に判断を求めた。

「今、ここから芝河トレーディングの瀬古社長に電話します」

杉下は、スーツのポケットからスマートフォンを取り出した。

「善は急げだ。そうしてくれ」

加世田が、ようやく頬を緩めた。

杉下は、スマートフォンを操作し、耳に当てた。

「瀬古社長につないでくれ。緊急だ」

相手が出たようだ。

少しの間ができた。

山田は、気が遠くなるような気分に陥った。今、自分がどこで何をしているのか分からない。

いったい自分は何をしているのか。誰のために働いているのか。なんのために働いているのか。単に利益を水増しするためだけに知恵を絞っているのか。

振り払おうとしてもいろいろな雑念が湧き上がって来る。

「杉下です。瀬古社長、緊急でお願いがあります」

杉下は落ち着いた様子で、言葉を選んだ。

すぐに二百億円の損益対策を講じなければならないこと。損益対策と表現したが、利益の水増しだ。

「そこをなんとか。無理は承知です」

杉下の表情が歪んだ。瀬古が抵抗しているのだ。

「は、はい。これは、ＰＣ社の加世田ＣＰの指示だと考えていいかって……」

杉下が加世田に視線を送った。加世田は表情を歪めながら、しぶしぶ頷いた。

「当然です。加世田ＣＰのご指示です」

杉下が答えた。

「ちょっとお待ちください」

杉下が、スマートフォンを耳から外した。「今回の指示が、きわめて緊急かつアブノーマルであることを承知されているのか。ＰＣ社および芝河トレーディングの会計処理に疑義を持たれ、後日、会計監査で問題にされる可能性があるが、そうしたリスクを覚悟の上での指示なのか、と聞いています」

「ちょっと貸せ」

加世田は手を伸ばし、杉下からスマートフォンを奪うように取り上げた。

「加世田だ」

加世田は、苛立った口調で言った。

「そうだ。すぐに実行に移すんだ。私の指示だ。分かったな」

加世田は、目を吊り上げ、興奮した様子でスマートフォンを杉下に渡した。

「どいつもこいつも無責任な奴ばかりだ。自分のことばかり考えていやがる」

「承知しましたか？　瀬古社長は？」

杉下が、恐る恐る聞いた。

「当たり前だ。ダメだと言うはずがないだろう。私が、電話に出てくるとは思わなかったようだ。驚いていたよ」加世田は薄く笑い、山田に近づいた。「山田、お前、もうこの調達の仕事は無理なようだな。仕事を変わるか。それともあの窓から飛び降りて死んで自分の無能さを詫びるか。どちらかを選べ」

加世田が貧相な顔を山田に近づけ、右手で窓を指した。

山田は、唖然とした顔で、少しの間、加世田を見つめていたが、ゆっくりと頭を回し、加世田の右手が指す方向に視線を移した。

大きなガラス窓の向こうに、波の静かな東京湾の海が見える。海は穏やかで、午後の太陽に照らされた海面が美しく輝いていた。

山田は、あの海の底に沈むことができれば、きっと深い眠りにつくことができるだろうと思った。

「山田の処分は、杉下、お前に任せる。少なくとも私の視界からは消してくれ」

加世田が激しい口調で言った。

「ええっ、了解いたしました」

杉下は驚き、身体を反らし気味に返事をした。

「何がおかしいんだ！」

加世田が急に大声を上げた。

山田は、知らない間に薄く笑っていたのだ。

「こいつ、俺を笑いやがった……」

加世田が憎しみを込めて呟いた。

7

監査が終了した。たった三日の監査でこれほどの巨大なカンパニーの何が分かったというのだろうか。

過去の監査結果をただなぞるだけの監査。実施する方もされる方も緊張感からは程遠い。

問題点を見つけるよりも問題点を問題ではないと、お互いで合意するために監査をしているようなものだ。

瀬川が、なにかしらの問題点を突っ込むと、それは会計監査で了解されている、公認会計士がオーケーしていると答えるだけだ。多くを語ろうとしない。

監査部チーフの長妻に不満を漏らしたが、彼も「それでいいんだ」と取り合おうとしない。

経営監査部の監査とは、ただの評論家の論評に過ぎないのではないか。そう思うと虚しさがこみ上げてくる。

ただ一つだけ、どうしても引っかかったことがあった。山田のことだ。山田が言った「不正」という言葉。あれをもっと追及すべきではなかったのか。山田が、背負っていたと思われる、何か大きな悩みを取り除いてやる必要があったのではないか。

自席で瀬川は書類の整理をしていた。

「いやあ、なかなか勉強になりましたね」

研修生の香山が近づいて、声をかけてきた。

瀬川は、顔を上げた。

「勉強になったの」

「ええ、ＰＣ社に知り合いもできて、監査は有効でしたね。私にとって」

にこやかに言う。

「知り合い？」

瀬川は首を傾げた。

「ええ、とても親しく話しました。特に加世田ＣＰは有能な方ですね。見かけはちょっと暗いですが」香山は、慌てて左右を見渡し「暗いなんて余計なことを言いましたね。誰も聞いていませんね」

「君は加世田ＣＰをインタビューしたのか」

瀬川は、ＣＰインタビューを任されていない。なぜ研修生が、という思いになる。

「ええ、長妻さんの隣に座っていただけなんですがね。加世田ＣＰから、君は研修生なのかって聞かれまして。ハイって答えたら、所属はどこ？　電力社です。こんな会話で親しくなりました。頑張れって声をかけていただきました」

香山は経営監査部研修を社内人脈作りに利用しているだけなのだ。腹立たしい。

「それでなにか問題点は指摘したのか」

「ええ、まあ、そこは長妻さんが」

香山は適当なことを言った。

「長妻さんは何を質問されていたんだい」

「もっぱら業務における人事配置とか、目標達成に向けてのモチベーションの保ち方などでしたね」香山はちょっと考える風な様子になった。「バイ・セル取引についてお聞きになっていましたね」

「バイ・セル取引について聞いていたのか。なんて質問していたのか教えてくれ」

瀬川は関心を持った。

香山は、余計なことを言ってしまったという顔になった。

「バイ・セル取引なんて私が所属している電力社でもやっていますからね。取り立てて珍しいことでもありませんよ」

「電力社でもやっているの？」

「たいした額じゃないですけど、電力社で使うちょっとした部品などはこっちで仕入れた方が安いことがありますからね。それにバイ・セル取引でCOを使えばね。まあ、困ったときの調整弁になりますからね」

香山は軽い調子でCOと言ったが、瀬川には理解できない。

「そのCOって僕には分からないんだけど」

「分からないんですか」香山が少し驚いた。「そうか……、瀬川さんはミャンマーに行っておられたからですね。じゃあ、ここ数年で使われるようになったのかな」

「少なくとも僕がミャンマーに行く前は聞いたことがないよ」

「COっていうのは、キャリー・オーバーの略ですよ。損益調整することです。ほんのちょっとしたことですよ。気にすることもないです」

「例えば？」

「例えばですか？」香山は上目遣いになり、「ちょっとした経費の先送りとかですよ。期ずれさせるだけなんで本当はなんの意味もないんです。だってその期はなんとかなりますが、翌期には調整しないといけないですからね」

「なるほどね。それをCOと言っているのか」

「うちの会社ってやたらと隠語が多いですよね。COとかCRとか」

「ああ、そうだね」

「私、あまり多用するのはどうかなって思いますね」

香山が渋い表情になった。

「どうして？」

瀬川は小首を傾げた。

「あれを使っていると、罪の意識が薄れてくるんです。英語のせいですかね。COも損益調整、利益水増しって言えば、ドキッとするでしょう？　だけどCOって言った瞬間になんだか分からなくなる。そう思いませんか」

「まあ、そうだな」瀬川は、香山の問いかけは無視して、「長妻さんは、そのCOについて聞いたのか」

「ええ、チャレンジでカンパニー社員が疲弊している気がすると言っていましたね。あまりプレッシャーをかけすぎると、無理なCOがまかり通ることになりはしないかって……」

「加世田CPは、それに対してなんて答えたの？」

「注意するとだけおっしゃいました。経営監査部の監査って経理面にもっと突っ込んだ方がいいんじゃないですかね、人材を入れて。ちょっとその辺が甘い気がします。経理部が、あるいは公認会計士が、適切だと言っていると言われればそれでお終いですからね。会社の問題って、経理処理に全部表れるじゃないですか？　儲け過ぎても損が出ても、経理処理は成績表ですから」

香山が指摘する経営監査の問題は、瀬川もその通りだと思った。研修を人脈づくり程度にしか考えていないと思っていたが、意外だった。見るべきところは見ている。

「研修報告に、そのアイデアを記載したらいいんじゃないか」

瀬川は香山を励ますように言った。

「そう思いますか。よかったぁ。瀬川さんに賛成してもらえば自信になります。研修報告に加えます」

香山が弾んだ声を上げた。

ふと見ると、向こうから長妻が近づいてくる。なにやら厳しい顔つきだ。

瀬川は、まだ悩んでいた。山田のことだ。山田が何か大きなものを背負って悩んでいることは事実だ。それを長妻に報告すべきかどうか決めかねていた。躊躇する理由は、長妻に全幅の信頼を置いていないからだ。もし山田が、ＰＣ社で不正が行われていると漏らしたことを長妻に告げた場合、それがＰＣ社の幹部に伝わったら大変なことになる。まさか長妻が漏らすことはないだろうが、それでも心配になる。

そうは言うものの山田の言葉を自分一人で背負うには重い。山田が瀬川にそのことをふと漏らしたのは、CPに逆らった勇敢な社員として尊敬してくれているからなのだ。だから余計に重い。

「瀬川、ちょっと来てくれるか」

長妻が立ち止まった。ここまで来て、香山と一緒では話せないことなのか。

「なんでしょうか」

瀬川は怪訝(けげん)そうな顔で長妻の傍に行った。

長妻は、香山に背を向けるような姿勢で、「君は、山田秀則という社員にインタビューしたな」と聞いた。

瀬川はドキリとした。なぜ長妻の口から山田の名前が出るのだろうか。

「はい。どうかしましたか？」

「なにか変わった様子はなかったか」

長妻の目がジロリと瀬川を見つめた。

「変わった様子……」

瀬川は、長妻の言葉を繰り返した。警戒した方がよさそうだ。長妻は探ろうとしている。

山田に何かが起きたに違いない。

「気づかなかったか」

疑い深そうな目だ。

「はあ、何も」

一応、とぼけてみる。長妻の反応を見る。

「そうか……」

長妻の肩の力が抜け、表情が緩んだ。

「どうかしたのですか？」

「君のインタビューの後、会社からいなくなった」

長妻がぼそりと言った。

「えっ、はぁ？　どういうことですか？」

「いなくなったんだよ。会社から。あのインタビューの後、会議があり、気分が悪いと言って早退したらしい。それから会社を無断欠勤しているんだ」

長妻が深刻な表情になった。

「家に引きこもっているんじゃないんですか」

「そう思ってPC社の人間が自宅に連絡したのだが、自宅にはいない」

「いない？」

「女房によると、インタビューのあった翌日、出勤の際に、今日は泊まりかもなと言ったそうだ。その日から帰っていない。時々、残業で会社の近くのホテルに泊まることがあったらしいが、三日も、こんなに長くなんの連絡もないのはおかしいと思って会社に相談しようとしていたところだそうだ」

「どうしたんですか」

「どうしたもこうしたもない。失踪だ。大事に至らなければいいが」

長妻の言う大事とは「自殺」を意味しているのだろう。

「ＰＣ社では何か失踪の原因を摑んでいるのですか」

瀬川は、山田のインタビュー時の様子を思い浮かべた。山田は、感情の起伏が激しく、何かを言い出そうとしたり、またすぐにそれを引っ込めたりと目まぐるしく変化した。大きな悩みがあったに違いない。それを山田は不正と表現したが……。

「特に思い当たることはなかったと言っていたが、瀬川が直近では二人きりで話したから、何か気が付くことがなかったかとＰＣ社から聞いてきたんだ。本当に何も気付かなかったか」

長妻は瀬川の表情の変化を見逃さないようにと視線を据えた。

瀬川は考えた。山田には悩みがあったようだと長妻に言うべきか。長妻の鋭い視線と瀬川の視線が合った。

瀬川は眉根を寄せ、口元を歪めた。喉元まで、インタビュー時の山田の様子、そして不正という言葉が出かかった。しかし、こらえた。何も詳しく分からないなかで軽々に言うべきではない。山田の言う不正を追及する覚悟があるのなら、別だが、今の瀬川にその気力はない。

「何か思い出すことがあれば、なんでもいい、話してくれ。社員の悩みを聞くのも経営監査の仕事の一つみたいなものだからな」

「はい、分かりました」

長妻は、会議があると言ってどこかへ立ち去った。

「何かあったんですか」

香山が、興味深そうな様子で聞いた。

「社員が一人、失踪したらしいんだ」

「ああ、そうですか」香山は関心がなさそうに、「ストレス社会ですからね。消えてなくなりたくもなりますね」と言い、自分の席に戻って行った。

山田はいったいどこへ行ってしまったのだろうか。失踪の原因は、やはりあの「不正」という言葉にあるのだろうか。

瀬川の心が重くなった。

山田の失踪の責任の一端を担っているような気になったからだ。

8

「あなた、書類が宅配便で届いているわよ」

瀬川が帰宅するなり、妻の香織が言った。

「書類？　なんだろうな」

リビングのテーブルに宅配便が置かれている。手に取った。

「あっ」

差出人を見て、瀬川は声を上げた。差出人は山田だったのだ。

「あなた、どうしたの？」

キッチンにいた香織が驚いて振り向いた。

「あっ、ごめん。なんでもない」

瀬川は、香織に謝りつつ、せかされるように宅配便の包みを開いた。中から書類で膨らんだ茶封筒と白い封筒が出てきた。手紙が入っているのだろう。

糊付け（のりづ）がされていない封筒から手紙が出てきた。いったい何が書いてあるのだろうか。

丁寧な字だ。便箋（びんせん）に一文字一文字祈りをこめて書いたかのような筆圧が感じられる。瀬川は、胸が高鳴るのを抑えられない。

「瀬川さん」で手紙は始まっていた。

「悩みました。本当に悩みました。どうしたらいいか私には判断がつきませんでした。

ＰＣ社は、危機的な状況です。恐らくＰＣ社だけではなく芝河電機全体が危機的な状況なのではないでしょうか。

私は、瀬川さんのインタビュー時にも申し上げた通りＰＣ社の調達部門の現場における責任者です。調達は、良い部品を可能な限り安く仕入れなければなりません。それが製品の品質や価格に反映し、芝河電機を愛してくださる多くのユーザーのためになるのです。

調達の仕事は地味で縁の下の力持ち的な存在ではありますが、私は誇りを持って働いていました。

ところが南会長がＰＣ社のＣＰを務められていた時から、私の誇りは汚され始めました。調達部門が利益水増しに使われるようになったのです。

バイ・セル取引です。この取引そのものは一般的なものです。自社で製造せずＯＤＭ先を利用することになった会社なら普通に行っていることです。

南会長がＰＣ社のＣＰだった時、業績は最悪でした。それを立て直すのに彼は悪魔の囁（ささや）きに負けたのです。部下がバイ・セル取引を活用しましょうと提案しました。良い製品を製造して、真っ当に売り上げを伸ばすより、ずっと簡単に利益を上げることができるからです。

具体的には、ＯＤＭ先に部品を押し込み販売し、その時のマスキング値差分をその期の利益として計上するのです。

そもそも単に部品調達価格をＯＤＭ先に知られないためのマスキング価格でしかありません。本来の価格とマスキング価格の値差を利益計上すること自体が間違いなのです。よしんばそれをやったとしても期ごとにＯＤＭ先の在庫の値差分は調整しないといけません。

ところがこの仕組みに目を付けたＰＣ社の幹部は、マスキング価格を本来の部品価格の五倍から八倍にもつけるようになりました。

すなわちマスキング価格を高くし、それを押し込み販売することで、その期だけ利益を水増し、過大計上するのです。

この麻薬に染まり、侵されたPC社の幹部は、日野社長の代になっても改めることなくチャレンジの度に単にODM先にマスキング価格で部品を押し込み販売するだけで、見せかけの利益を計上して、よかれとしています。PC社の製品は全く売れていないのに利益だけは上がっているのです。ODM先からは、在庫を引き取れと催促されていますが、色々な理屈をつけてODM先に負担させています。

もはや限界です。私はなんども加世田CPなどに早く整理しましょうと提案してきましたが、聞く耳はありません。

そしてついにマスキング価格など必要がない一〇〇%子会社の芝河トレーディングなどに押し込み販売して利益を水増しすることが行われました。

麻薬の害は、芝河電機の全ての組織に広がりつつあります。なんとかしないとこのままでは大変なことになります。

私は、これを止めようと内部告発を考えましたが、勇気がありません。現在の内部通報者の制度では、まず社内のコンプライアンス担当に告発することになっていますが、これは信用できません。

なにせ現状が問題であることは、経営監査部、監査役、公認会計士なども十分に分かっているからです。しかし南会長や日野社長の逆鱗（げきりん）に触れたくないために何も言わないだけです。

　それではマスコミやそのほか外部に告発しようかと考えましたが、先ほど言いましたように私には勇気がありません。

　私は、告発する勇気もなく、かといって今の現状に耐えられなくなりました。もはや仕事に対する誇りもなくなりました。

　瀬川さんには大変迷惑なことでしょうが、私の調べたPC社の問題点についての書類をあなたに託したいと思います。

　これをどのように利用されるかは、あなたに任せます。煮るなり、焼くなりいかようにされても私はなにも言いません。

　ただCPに逆らわれたというあなたの勇気にすがりたいだけです。あなたは明るい方のように思いました。左遷されても、前向きに生きようとされています。左遷が怖くて上の顔色ばかり窺い、忖度（そんたく）ばかりしている他の芝河電機の社員の中では異色です。

　あなたなら芝河電機に蔓延（まんえん）しつつある、否、もはや蔓延してしまった麻薬の毒を消してくださるのではないかと期待を抱いたのです。ご迷惑でしょうが、書類を預かってください。

　私は、この書類があなたの手元に届く頃には、人知れずこの世を去っていることでしょう。

　加世田CPは私に向かって窓から飛び降りて死ねと命じました。我慢の限界です。この屈辱に私は耐えられません。

私の最後のお願いです。

瀬川さん、あなたの勇気に芝河電機の未来を託したいと思います」

瀬川は、一瞬、めまいがして倒れそうになった。辛うじて足を踏ん張った。

顔から血の気が引いていくのが分かる。

「大変だ……」

瀬川は呟いた。

「あなたどうしたの？　顔色が青いわよ」

香織が心配そうに聞いた。

瀬川のスマートフォンが激しく鳴りだした。

「あなた電話……」

なかなかスマートフォンを取ろうとしない瀬川を不安げに香織が見つめている。

ようやく瀬川は手紙を握りしめたまま、スマートフォンをスーツのポケットから取り出した。

「はい、瀬川です」

「長妻だ」

「なにか？」

「山田が死んだ。自殺だ。新宿のパークランドホテルだ。失踪してからそこにいたようだ……」

瀬川の耳からスマートフォンが離れた。長妻の声が小さくなる。瀬川はテーブルに置かれた茶封筒を見つめていた。

「瀬川、瀬川、聞いてるのか……」

長妻の声が遠くなっていく。

第四章　告発の行方

1

金融庁証券取引等監視委員会の事務局は、今日も静かだ。

スタッフがパソコンの前に座り、市場の動きをじっと監視している。株式市場に少しでもおかしな動きがないかどうかを見ているのだ。根気のいる仕事だが、それをやらないとなにも始まらない。

証券取引等監視委員会は金融庁の審議会の一つという位置づけだ。金融商品取引法などに基づいて公正に金融取引が行われているかを監視するのが役割で、米国にも同じような組織、SEC（セック）がある。日本の組織の略称はSESCなのだが、同様に〝セック〟と呼ばれることも多い。

委員長の下に事務局があり、総務課、証券検査課など七つの課に分かれている。中でも強力な力を持っているのは特別調査課だ。

この課は、「市場の最後の番人」と言われ、市場のルールに従わない者たちを強制的に捜査し、検察に告発する権限を持っている。別名「トクチョウ」だ。特別調査課を特調（トクチョウ）と略している。

「森本（もりもと）課長、メシどうします」

課員の吉田公男（よしだきみお）が眠たげな声で課長の森本堅持（けんじ）に問いかけた。

課長の森本は財務省、旧大蔵省組。吉田は金融庁生え抜きだ。

「そうだな、今日は日比谷の方まで足を延ばしてつけ麺でも食うか。美味（うま）い店を見つけたんだ」

森本が陽気に答える。森本は、将来を期待される金融庁のエースだが、童顔で警戒されない柔らかな雰囲気を持っており、部下からも慕われている。

「いいっすね。私、つけ麺大好物です」

吉田が嬉しそうに同意する。吉田は大学時代アメリカンフットボールをやっていたというだけあって体格がすこぶるいい。厚い胸板は時にワイシャツのボタンを弾（はじ）き飛ばすことがある。

正義感が強く、猪突猛進（ちょとつもうしん）型で、論語で言う剛毅木訥（ごうきぼくとつ）仁に近しという典型的なタイプだ。

「メシの前になんだが、今月の告発はどういう状況なのか」

森本は、トクチョウに寄せられる多くの告発について説明を求めたのだ。

トクチョウには、毎年数千件の告発が寄せられる。インターネットで受け付けるようになって件数は飛躍的に増加した。やはりハードルが下がったからだろう。インサイダー取引、不正経理など寄せられる告発は様々だ。トクチョウではそれらの告発と市場の動きをリンクさせるなどして、不正を発見し、捜査し、告発している。刑事事件化するものも多い。

「特段、めぼしいものはありませんね」

「そうか。ちょっと暇だな。先月、インサイダーでITのトランヘッド社を検察に告発したからな。一段落ついたかな」

森本らはITベンチャー企業が不正な手段で風説を流布し、自社株を高騰させている事実を摑み、検察に告発した。

噂段階から調査を始め、告発までには一年を要した。長期にわたる仕事だったが、マスコミはそれほど騒いでくれない。

マスコミで取り上げてくれることがいいことばかりだとは思わないが、もう少し自分たちの仕事に関心を持って欲しいと悔しい思いをした。

森本は、剛毅な吉田が、「記事になるような摘発をしたいですね」と怒りを浮かべた目つきになったのをよく覚えている。

金融庁証券取引等監視委員会特別調査課は「市場の最後の番人」を標榜してはいるが、どれだけ多くの人が、番人がいることに感謝してくれているのだろうか。

吉田でなくても、地味な仕事の方が性に合っていると思っている森本でさえ、たまには世間の注目を集める摘発をしたいと考える時があった。

「さあ、行こうか」

森本が吉田に声をかける。

吉田は、先ほどまですぐに席を立つ勢いだったが、パソコンの画面を真剣な表情で見つめている。

「おい、どうした？　行かないのか」

「課長、ちょっとこれを」

吉田が、画面を指さしながら振り向いた。

「どうした、どうした」

森本は吉田に言われるままに画面を覗（のぞ）き込んだ。

インターネットニュースの掲示板だ。

「芝河電機の社員が自殺しましたね。新宿のパークランドホテルです」

吉田の表情が硬い。

「どれどれ……」

記事は、芝河電機の山田秀則という人物が、ホテルの一室でドアノブに紐（ひも）をかけ、その紐で首つり自殺をしたと書かれている。

室内には、ビールの空き缶や酒瓶が転がっていた。酔った勢いで自殺したようだ。原因は仕事上の悩みらしい。

「何かにおいますね」

　吉田が森本をじっと見つめた。

「屁でもしたのか？」

　森本がからかうように笑みを浮かべた。

「冗談言わないでくださいよ。真剣なんですから」

　吉田が怒る。

「悪い悪い」

　森本が苦笑する。

「以前、我が社のホームページを通じて芝河電機の社員からアクセスがあったことを覚えていませんか？」

　吉田は、証券取引等監視委員会のことを我が社と言う。なんでも刑事たちが警視庁のことを我が社と言うのを気に入ったらしい。この呼び名を広めようと吉田は考えているのだろう。

　森本は首を傾げた。年間数千件もの情報提供や告発がある。それらを内容ごとに分類し、報告を受け、処理をするのだが、吉田が言う芝河電機のことは記憶にない。

「たいした内容じゃなかったんですが、これですよ」

　吉田はプリントアウトしたものを書類ファイルから引き出してきた。

「気になっていたのか？」

「ええ、たったこれだけなんですけど」

アウトプットされた資料を指さした。そこには「芝河電機では利益操作が常態化しています。問題です。それがＰＣ社の実態です」とだけ記されていた。もちろん匿名だ。個人のアドレスから送信されている。警察に調査を依頼することもできるが、事件でもない限り難しい。

「続報はないのか」

「これだけです。芝河電機という名門企業だったので記憶に残っていたんです。新しい動きがあれば、その時に対処しようと思っていたのですが……」

「この山田という男の自殺が、通報と関係があるとでも？」

森本の問いに吉田は小首を傾げた。

「分かりません。しかし、なんとなくここが」吉田が胸の辺りを押さえた。「ズンと来たんです。通報したのは俺ですよって」

「吉田のカンってやつか」

森本はにやりとした。

「ええ、死人からの通報です。ダイイング・メッセージです」

吉田は神妙な表情になった。

「ミステリーの読み過ぎじゃないのか」

ちょっと揶揄（やゆ）する。

「まあ、どうするか、つけ麺をご馳走になりながら相談しましょう」

吉田が立ち上がった。

「おいおい、おごるなんて言ってないぞ」

森本が慌てて吉田の言葉を否定した。

2

「瀬川、どうした？　顔色が悪いぞ」

長妻が声をかけてきた。

「いえ、大丈夫です」

瀬川は、無理に笑みを作った。こうしないと長妻に心の中を見抜かれてしまうような気がしたのだ。

「山田のことが気になっているのか。お前が面接したんだからな」

「そういうことではありません。慣れない部署でちょっと疲れが出たんでしょう」

瀬川の答えに長妻は苦笑を浮かべた。「慣れない部署？　お前みたいな優秀な社員が変なことを言うなよ。経営監査部がブラックなポストみたいじゃないか」

「すみません」瀬川は頭を掻いた。「ところで山田さんのご家族はいかがされていますか？」

「子供は二人だ。奥さんは、まだ混乱されているが、これからが大変だろうな。山田について言えば、奥さんの話だと仕事のことで疲れたと言っていたようだがな」

「そうですか……。どんなことに疲れたって話していたんでしょうか」

瀬川は、山田が悩んでいた不正経理について妻に話していたのかどうか気になった。

「さあな、俺も女房には疲れたって言うこともあるから、あまり意味がないんじゃないか。何か気になるのか?」

長妻の視線が鋭くなった。

瀬川は一瞬、まずいと思った。

「ええ、まあ。山田さんはPC社の調達部門の責任者ですよね。PC社の調達に何か問題があったんでしょうか。私は気付きませんでしたが」

瀬川は長妻に探りを入れるような目つきになった。

「さあな。PC社は業績もまずまずだ。芝河の顔の一つだ。それに」長妻は皮肉っぽく口角を引き上げた。「南会長のシマだからな。俺たちにはアンタッチャブルな面もある。あの部署で南会長の目に留まれば、出世は間違いない。加世田CPも今は必死だろうな」

「アンタッチャブル……」

長妻の言葉は瀬川の胸に響いた。

アンタッチャブルの壁を破れずに山田は自ら命を絶った。その事実を長妻は薄々感じ取っているのではないだろうか。

「宮仕えを無事に終えようと思ったら、胸の痞えをなくすことだ。胸に何かが痞えていると、苦しいからな。そのうち息が止まってしまう」

長妻は意味ありげな表情で瀬川を見つめた。その言葉は瀬川に投げかけているようだった。

「そうですね……」

瀬川は曖昧に返事をした。

「次は電力社の監査だ。準備しておいてくれ。あの部署は日野社長の地盤だ。心してかかれよ。あの人は猫好きでさ。ゴロゴロと喉を鳴らして猫撫で声で近づく奴が好きなんだそうだ」

自嘲気味に長妻が笑う。

「ねえ、長妻さん、うちの会社、どうしてこんなに派閥を意識するようになったのですか」

瀬川は眉根を寄せた。

長妻は考える風に首を傾げた。

「さあな、俺が思うには神宮寺相談役の責任も大きいだろうな」

「神宮寺相談役ですか」

瀬川は聞き返した。

「あの人は、俺が言うのもなんだが、大した実績があったわけじゃない。むしろ社長在任中は、芝河の業績は悪かったくらいだ。しかし遊泳法に長けていた。対外的に名前を売り込むうちに芝河最強の実力者になってしまった。人を巧みに操るのさ。南会長、日野社長を競わせて、互いに勢力を拮抗させることで自分の地位を維持している。あの人にとっては会長も社長も自分の地位を侵さなければいいんだ。あの人がいなくなれば、派閥争いがなくなる可能性はある。しかし鈴をつける人間なんて誰もいない。日本の会社っておかしいところがあると思わないか。芝河は、古い企業だ。日本企業の典型だよ。何がおかしいか分かるか？」

長妻の表情に怒りが浮かんでいる。

「いいえ」

瀬川は答えた。知ったかぶりをすれば長妻が本気で怒り出す。

「責任のない奴が一番偉いってことだ。相談役って存在が一番偉いっておかしいだろう。創業者じゃないんだぞ。頭が腐れば、根も腐るんだ。時々、俺でさえ、頭がおかしくなるほど嫌になることがある。瀬川も注意しろ」

長妻は吐き捨てるように言った。

「私のことを心配してくださるのはありがたいですが、ＰＣ社は山田さんの死について何か言っているんですか」

「今、加世田ＣＰに呼ばれている。この間、監査をやったところだからな。時間外だとか、昨今うるさいから、監査に過労死だとか言われたくないための口封じじゃないか。瀬川も一緒に来てくれると嬉しいが……」

長妻は、遠慮気味に言いながらも目には有無を言わせぬ力があった。

「私も一緒に行くのですか」

気が進まない。

「お前は、社内では奴と最後に話した人間の一人かもしれないからな。何か聞かれるかもしれない。その時のためだ」

長妻は含みを持たせるような言い方をする。

「ちょっとやらねばならないことがありますから今回は勘弁してください」

瀬川は頭を下げた。

「そうか、分かった。まあ、正式な監査ってわけじゃない。何かあったら頼む」

「すみません」

「気にするな」

長妻は、薄く笑みを浮かべて去って行った。

――あなたの勇気に芝河電機の未来を託したい……。

山田のダイイング・メッセージだ。瀬川は心の中で呟いた。

山田から託された書類なんか捨ててしまえ。誰からも文句は言われない。死人に口なしだ。俺の勇気に期待されても迷惑なだけだ。なぜだ。死ぬ覚悟があったのなら、自分で告発すればいいじゃないか。卑怯者め。

瀬川は、思い切り山田に罵詈雑言を浴びせた。しかし心は晴れない。結論は出ない。

俺はいったいどうしたらいいんだ。瀬川は悲鳴を上げたくなった。

3

吉田は、自殺した山田のことを調べてみることにした。

森本とたわいのない話をしながらつけ麺を食べていても、新聞記事のことが気になって仕方がない。

山田の年齢は四十五歳となっていた。妻も子供もいたことだろう。あと十数年も勤務すれば、定年になり、子供も大きくなり、幸せな老後を迎えられたかもしれない。それなのになぜ死を選ばねばならなかったのか。

家庭の問題なのか、金の問題なのか……。記事には仕事上の悩みと書かれていたが、それは単なる一般的な記載であって、実際もそうなのか……。芝河電機では利益操作が常態化しています……。あの通報メールとは関連があるのか、どうなのか。

吉田が考え込みながらつけ麺をすすっていると、森本は「調べてみろ。納得するまで」と言った。森本は吉田が持っている独特の感性を信頼していた。多くの通報から彼がピックアップした情報を深掘りした結果、経済事件に発展したこともある。

「事件になっていないから調べるのはやっかいだぞ」

森本は麺をすすりながら言った。

「ええ、でもちょっと揺さぶってみます。亡くなった山田がどんな仕事をしていたのか興味があります」

吉田はスープ碗を抱えて、スープをごくりと飲んだ。やはり濃い。スープ割を頼んで、少し薄めるべきだった。塩分過多は健康に悪いし、何よりも感情を高ぶらせてしまう。

「芝河電機を調べるとっかかりはあるのか?」

「ええ、同じ大学のちょっと親しい奴が秘書室に勤務しているはずです。今年も、大学の同窓会で会いました。北村って奴ですが……」

「吉田は、三田大出身だったな。本当にお前の大学は卒業生の繋がりが強いな」

「課長の帝大はそんなことをしなくてもいいからですよ」

吉田は皮肉を込めて言った。

「ばか。帝大は帝大で大変なんだよ。学部名で言い合うんだ。俺なんか経済学部だから『経済ですか?』って法学部の奴からちょっとさげすんだ目で見られるんだぜ」

「へぇ、何かと大変ですね」

吉田が驚くとともに嬉しそうに笑った。

「北村ってのは信用できるのか」

「ええ、学生時代から正義感が強かったですね。工学部なんですが、一時期、弁護士を目指したこともあったくらいです。真面目な奴なんでちょっと揺さぶれば何か出てくるかもしれません」

吉田は北村の端整な顔を思い浮かべた。

「揺さぶるって、お前も人が悪いな」

森本もスープ碗を抱えてスープを美味そうに飲んだ。

4

長妻はPC社に着いた。

カンパニーと言っても別の独立法人ではなく、芝河電機の一部門に過ぎない。だから本社ビルの一フロアがそのままPC社という会社になっている。広々とした一フロアに社員たちがうごめいている。

いつもは活気があるのだが、静まり返っていると感じるのは、長妻の思い過ごしだろうか。

受付にいる女性社員に「加世田CPに呼ばれたんだけど」と来意を告げた。

「少々、お待ちください」

受付にいた女子社員は、なぜか長妻を睨むように見つめると、すばやく席を立った。

長妻は、山田のことを考えた。面談をしたのは瀬川だから、どんな男か顔かたちを思い浮かべることはできない。

なぜ自殺を選んだのか。芝河電機ほどの大企業になると、自殺者がまったくいないわけではない。鬱病が悪化して死を選んだ者もいたが、長妻が覚えているので一番不思議だったのは、ある若い女性社員の自殺だった。母親の話によると、行ってきますと元気に出勤して、いつもの駅でいつもの時間に来る電車に飛び込んで死んだ。長妻は、母親に会った。ただ泣きながら、分からないを繰り返した。そりゃそうだろう。朝は元気に出かけたのだから。朝に道をきかば、夕べに死すとも可なり、という論語の言葉があるが、彼女は道を悟ったのだろうか。結局、失恋という二文字で片づけ、納得したが、ひょっとしたら職場でのいじめがあったのではないかと、今頃になって調査不足が気になる。人が死を選ぶ理由というものがあるなら、それは各自それぞれで、死者の数だけあるだろう。長妻が監査としてやらねばならないのは、職場環境に問題がないかという点を明らかにすることだ。そのことで第二、第三の自殺者を防ぐことができるかもしれない。

「お待たせしました」受付の女子社員が戻ってきた。「こちらへどうぞ」

長妻は加世田ＣＰの部屋に案内された。中には杉下部長がいる。二人とも緊張しているように見える。

「長妻君、まあ、そこに座ってくれ」

杉下がソファを勧めた。

長妻が座ると、加世田がＣＰ席を離れて、目の前に座った。硬い顔だ。その隣に杉下が座る。

「このたびは、大変でしたね」

長妻はあまり意味がない挨拶をした。何が大変か分からない。

「どうしようもない。まさか自殺するとは思わなかった。とんだ迷惑だ」

加世田が唇をひん曲げるようにした。顔が醜く歪んだ。

自殺した部下のことを迷惑と断じる神経はいかがなものかと長妻は思ったが、「原因は何か心当たりでも」と聞いた。

「そんなものあるか。なあ、杉下」

加世田は隣の杉下に声をかけた。

「ええ、まあ」

杉下は曖昧に返事をした。

「君たち、監査はすぐにパワハラだ、なんだと騒ぐから言っておくが、ハラスメントはないからな。我が社のコンプライアンス規定に則って誓ってもいい」

加世田が語気を強めた。

「ええ、承知しました。よく心得ておきます。ところで私をお呼びになったのは、その件の念押しですか」

長妻のいつもの淡々とした表情に、わずかに皮肉が混じった。

「ちょっと伺いたいことがありましてね」

杉下が困惑したような表情を浮かべた。

「なんでしょうか？」

「監査の際、山田はどんなことを話したでしょうか？」

「と、言いますと？」

長妻は聞き返した。

杉下はますます困惑し、「こちらがお尋ねしているんですよ。聞き返されても、ねぇＣＰ」と加世田に視線を送った。

「単刀直入に言う。山田は監査でＰＣ社への不満を言っていなかったかってことだよ。一応、知っておきたいからね」

加世田がいらついた口調で言った。

「さあ、特段、何も？」

長妻は首をわずかに傾げた。

「本当か？」

加世田が眉根を寄せ、疑い深く長妻を見つめた。

「気になることでもあるんでしょうか」

長妻はまた聞き返した。

「いや、そういうわけじゃない。自殺だからな。山田なりに理由はあるだろうが、あまりに唐突で驚いているんだ。遺族である奥さんには、退職金や弔慰金を可能な限り弾むことにしてごちゃごちゃ余計なことを言われないようにしたから安心だがね」

加世田は間違いなく焦っている。心配なことがあるようだ。

「長妻君、誤解しないでくださいよ。奥さんが文句を言って来ているわけじゃないですからね。本人は自殺という世間をお騒がせした死を選んだわけだが、我々は、ちゃんと処遇したという意味ですからね」

杉下が加世田の言葉を補足した。加世田が露骨に嫌な顔をした。

「山田に面接した監査担当は誰だ」

加世田が居丈高に聞く。

「瀬川という者ですが」

長妻はむっとして答える。

「何か言っていたか」

「いいえ、特段気がかりな報告はありません」

「そうか、ならいいのだが……」

加世田が目を落とした。

「ご心配なことがあるならおっしゃってくださった方がよろしいかと思います」

長妻は加世田を見つめた。

「いやぁ、たいしたことではないのだがね。口が滑ったというか……」加世田は思い切り額に深く皺を寄せた。「ついね、仕事ができないなら窓から飛び降りて死ねと言ってしまったんだ……。もちろん、本気じゃない。叱咤激励するつもりだった」

「ほほう」

長妻は、それは立派なパワハラですと口に出したくなったのを堪えた。先ほど加世田はコンプライアンス規定には反していないと言っていたが、不安になって自分を呼んだのか。

「これはパワハラかね。このくらいのこと誰でも言うだろう」

「さあ、どうでしょうか」

「私たちの若い頃は、こんなの普通だった。殴られもしたからね。まさか私に叱られたからって、山田のような大人が自殺するわけがない」

「まあ、気をつけてもらうことですね。悩みがある人間は何をきっかけに死を選ぶか分かりませんから。ハラスメントじゃないかと遺族が問題にしない限り、大丈夫でしょう。でもお気をつけください」

長妻の言葉に加世田はほっとしたように少し表情を緩めた。

「監査の面接でも特別気になることを言っていないことは確かですね」

杉下が焦ったように聞いた。

「ええ、その通りです」

長妻は答えた。杉下が安心したように肩の力を落とした。

「ところで、山田さんはＰＣ社の調達の責任者でしたね」

長妻は聞いた。

「そうだよ」

加世田が答えた。

「仕事上の悩みがあったんでしょうか」

「知らないさ。でも管理職が仕事の悩みで死ぬかね。夫婦仲でも悪かったんじゃないのか。浮気でもしていたんだろう」

加世田は笑いを浮かべながら言った。長妻がハラスメントを問題にしない様子を見せたので安心したのだろうか。

長妻は急に腹立たしくなった。

「そうですか。特にお気付きのことはないんですね」

「ない」

加世田は言い切った。

「それなら結構です。死を選ぶような人は、我々監査に仕事の辛さや問題を訴えるというより、外部、例えばマスコミや金融庁、検察庁などに接触することが多いという事実があります。今回も衝動的な自殺というより、失踪してからの覚悟の自殺です。外部にハラスメントなど経営批判を訴えていないことを祈るだけです」

長妻は、感情を抑え気味に言った。視線は加世田に向けられている。

「おい、おい、脅かすのかよ」

加世田が目を泳がせた。

5

香織が呼んでいる。夕食の用意ができたようだ。瀬川は机に向かったまま動けない。目の前には山田から託された書類がある。それをじっと見ていると、そのうち何を考えているのか分からなくなる。

瀬川は自分がいったい何者なのかと考えていた。

新興国に支援をしたいという理想を抱いて芝河電機に入社した。入社できたのには母や山際仁相談役の力もあった。入社式の晴れがましさは今でも覚えている。無限の未来が開けているように感じたものだ。

百年以上になる芝河電機の輝かしい歴史。社会に貢献するという企業理念を愚直に守ってきたからこそ、積み重ねられたものである、君たちもその歴史の一員になるのだという経営者の力強いメッセージ。全てが自分の心を震わせた。

そして希望通りミャンマーに派遣され、軍事政権から脱皮し、民主化を進めようとする人々の熱気に当てられながら必死で働いた。

芝河電機は、ミャンマーの発電設備を受注することができたが、それは自分の努力の成果というより、赤字受注のせいだった。

瀬川は、また考え込んだ。

俺は理想に燃えてミャンマーに赴任した。しかし自分が気付かなかっただけですでにその頃、芝河電機はかつての芝河電機ではなくなっていたのだろう。社会に貢献するなどという理想は陰に隠れ、利益第一主義になっていたのだろう。

俺は、愚か者だ。なぜ何も気付かなかったのだ。会社は変わるのだ。その変化はリーダーによってもたらされてしまう。

リーマンショックなど会社を襲う大きな景気変動があった。それに耐え抜き、新たな飛躍を遂げる会社はどんな会社なのだろうか。それはリーダーが長く続く会社の歴史を尊重し、それに向き合い、それに恥じない業績を上げようと社員を勇気づける会社だろう。

芝河電機はどうだったのか。百年以上の歴史の間、大きな戦争や天変地異もあり、会社はなんども存続の危機に陥ったことだろう。しかし見事に立ち直ってきた。それはとりもなおさず社会に貢献するという理念が生きていたからだ。

会社は社会に貢献するために存在している。社会に貢献する会社だけが存続を許される。自分の利益のみを追求する会社は存続を許されない。

たとえ一時的な隆盛を誇ったとしても、最後には必ず淘汰される。芝河電機の百年以上になる歴史の中で、歴代のトップたちは淘汰される多くの会社を見てきただろう。その一つ一つが教訓となったに違いない。あのような振る舞いをしてはならないと……。

理念に反するような振る舞いもあった。しかしその時は誰かが、恐れず勇気を持って道を正したのだ。そうでなければ芝河電機はとっくに歴史の闇に消えてしまっている。

今、目の前の現実はどのような状況なのだろうか。芝河電機は道を外しつつあるのか。それとももう外してしまったのだろうか。そうであればこのまま歴史から消えてしまうことになるのか。

こういう事態に直面した時、必ず現れていた、勇気ある人間はどこにいるのだろうか？

――それはお前ではないのか。

頭の中で誰とも分からぬ人間の声が響く。山田の声に似ていなくもない。妄想だろうか。

――お前が道を正さないで誰が正すのだ。

そんなことはできない。それほどの人間ではない。

――お前はロスコンのことで日暮ＣＰに対抗したではないか。あれは勇気ではなかったのか。

分からない。あれが勇気なのかどうかは分からない。ただの蛮勇だと周囲は思っている。それが証拠に俺は経営監査部に飛ばされてしまったではないか。

――経営監査部に飛ばされたことは認めよう。しかしそこでも山田という人間に出会ったではないか。彼は死を賭してお前に正義を託したのだ。それは運命ではないか。そうは思わないのか。

俺は怖い。自分がどうなるのか怖い。

――何を恐れるのだ。仕事を失うかもしれないからか？　昇進が遅れる可能性があるからか？

分からない。ただ怖い……。

瀬川は、もう何も聞きたくないと両手で耳を押さえた。

――正義のない会社、ただ己の利益のみを追求する会社、そんな会社で昇進する意味があるのか。

きれいごとを言わないでくれ。俺には、俺の生活がある。香織との生活を守らねばならないんだ。

瀬川は悲鳴を上げそうになった。

――正義を果たさず後悔しながら働くことにどれほどの意義があるのか。これからの人生を牢獄(ろうごく)で暮らすのと同じだろう。そこは暗く、冷たく、光はささず、ムカデやヤスデなど陰気な虫がうごめき、じめじめとした場所だ。生きるに値しない。

「もういい！　止(や)めてくれ！」

ついに声を荒らげた。

誰かが部屋のドアを叩(たた)く。強く響く音。慌てて立ち上がり、ドアを開ける。そこには香織が立っていた。青ざめている。

「あなた……、どうしたの」

「ああ、悪い。ちょっとな」

「顔色、悪いわよ。大丈夫？」

「大丈夫だ」

瀬川は、香織の不安そうな顔を見つめていると、思い切り抱きしめたくなり、香織の身体に両腕を回した。

「何をするの？」

わずかに抵抗する。

「ちょっといいか……」

瀬川は、腕に力を込める。香織の柔らかい身体の感触が伝わって来る。心が和（なご）み、ふいに涙がこぼれる。

「おかしな人ね」

香織が瀬川を見つめ、微笑（ほほえ）む。

「ありがとう」

瀬川は香織から離れ、気付かれないように涙を拭った。

俺は、決めなければならない。その時、何かを捨てなければ、あるいは失わなければ決めることはできない。それは何だろうか。会社か、昇進か。絶対に捨ててはいけないのは香織だ。それだけは間違いない。

「あなた、私を見て」

香織が姿勢を正した。

「ああ、見ている。きれいだよ」

瀬川は微笑した。

「冗談は止めて。真剣よ、私。あなた少しおかしい」

「俺はちっともおかしくない」

「突然、叫んだりして、これがおかしくないとでも言うの。私を信頼してよ。私はあなたのパートナー。何かあったら真っ先に相談するべきじゃないの。あなたはミャンマーから帰って来てから、イライラし通しね。顔つきまでなんだか変わってしまったような気がする。経営監査部に配属されたのがそんなに嫌なら、辞めてもいいのよ。勤めている弁護士事務所に言って給料を上げてもらうから。それに今、もういちど司法試験にチャレンジしようかって考えているの。だからあなたが失業してくれた方が私、やる気が出るわ」

　香織は怒ったように一気に話した。

「辞めてもいいって、俺、そんなに顔つきまで変わったのか」

「ええ、変わった。暗く、憂鬱になった。それじゃ身体を悪くする。私、心配なのよ、あなたが」

「ごめん、心配かけて」

　瀬川は香織の肩に手を置いた。

「大輔はさ」香織は久しぶりに名前で呼んだ。「まっすぐに勇気凜々として敵が百万いたとしても、ボロボロになって倒れようとも前進するところがいいんだよ。そこに惚れたんだからね。自分を信じて進んで欲しいな」

　瀬川は、香織を見つめた。初めて出会った女子大生時代の顔になっていた。

瀬川は、香織の額に唇をつけた。

「やめてよ」

香織が苦笑しながら身をよじった。

──自分を信じて……か。

ふいに山際の穏やかな顔が浮かんだ。会ってみたいと思った。山田の告発を山際に相談するわけにはいかないだろう。しかし会えば迷いの霧が少し晴れるかもしれない。

6

「すげぇ眺めだな」

吉田は大きく開いた窓の傍に立ち、東京湾を眺めていた。

素晴らしい青空の下、青い海が広がっている。船が動いているのだが、静かに停まっているように見えるのは、波があまりにも静かだからだろうか。目の前にはビルが林立している。しかし芝河電機の本社ビルが高く、それらは気にならない。

「毎日見ていると飽きるさ」

北村がソファに座ったまま言った。

「相変わらず皮肉なセリフだな」

吉田は北村に振り向いた。

「金融庁の合同庁舎のビルからも東京湾は見えるんじゃないのか」

「それがさ、まったく見えない。暗く陰気な場所に閉じ込められているのよ」

吉田は情けなさそうな顔をして北村が座るソファに向かった。

「吉田が訪ねて来るなんて珍しいな」

吉田が、北村の目の前に座った。「久しぶりだよな。大学の同窓会以来だな」

吉田がコーヒーに口をつけた。

「そうだな。お互い忙しいからな。SESC（セック）はどうなんだ」

「まあまあだな。せこいインサイダー取引の摘発が多くてさ。この辺で大物を狙いたいと思ってうずうずしているところさ」

吉田がにたりと意味ありげな笑いを浮かべた。

「おいおい物騒なことを言うなよ。お前が言う大物ってどこだよ」

北村はわざとらしく驚いて見せた。笑いながら警戒と緊張は解いていない。吉田は大学の同期で親しい友人だ。しかし全く目的なくわざわざ訪ねて来ることはないだろう。飲もうという相談ならメールで事足りる。

「この間、お前の会社の社員が新宿のホテルで自殺しただろう?」

急に吉田の視線が鋭くなった。

「あの話か……」

北村は一瞬、表情を強張（こわば）らせた。

「新聞記事だと山田秀則という男だ。彼について教えて欲しい」

「俺も新聞記事程度しか知らない。何せ社員の数は多いからな」

「冷たいな。社員が自殺してもその程度なのか」

吉田の表情が険しくなった。

「まあ、そう言うな。会社なんてそんなものだ。それにしてもなぜ彼に関心を持っているんだ」

北村の質問に、吉田は薄く笑みを浮かべた。「最近、働き方の話題が増えていてさ。もし山田という男が、過労死だったりすると問題だからな」

「へぇ、金融庁は最近、そんなところまで関心を持つのか。厚労省みたいじゃないか」

吉田は嘘をついている……。

北村は作ったような笑みを浮かべながら何を探りに来ているのだろうと考えた。いくら過労死が問題になっているからといっても金融庁、それも証券取引等監視委員会が関心を持つことはない。

「まあな、レピュテーション・リスクっていうのもあるからな。企業のことには何でも関心を持っておくに限るのさ。どこに大きな問題が隠れているか分からない」

吉田は、カップを持ち上げ、冷めてしまったコーヒーの残りを飲んだ。

「ちょっと待ってくれるか。自殺した山田に関する資料を取り寄せるから」

北村はテーブルに置かれた内線電話の受話器を摑んだ。「コーポレイトの人事部に繫いでくれ。ああ、課長を呼び出してくれないか。急ぎだ」

北村は秘書室を経由して人事部に繋ぐ。

「偉いんだな」

吉田は、北村がコーポレイトの人事課長を呼び出すことができるのに驚いた。人事課長の方が社内的には上司になると思うのだが……。

「まあな、でも俺が偉いってわけじゃない。南会長が偉いのさ。俺が南会長の秘書だってことは誰もが知っている。俺の依頼は、南会長の依頼だと思っているのさ」北村は、どこか哀しそうな笑みを浮かべた。電話のベルが鳴った。「おおお、早いなぁ」北村は慌てて受話器を取り、耳に当てた。

「ああ、北村です。お忙しいところをすみません。依頼事項です。先日、自殺した山田秀則の人事資料を、至急、第一応接室まで誰かに持ってこさせてくれませんか。いえ、課長がわざわざご持参には及びません。そうです。山田秀則です。ああ、PC社の社員なんですね。分かりました。よろしくお願いします。お待ちしています」

受話器を置くと北村は、吉田に向き直った。「PC社の社員だそうだ」

「PC社ってのはパソコンや電子製品の製造販売を担当するカンパニーだな。確か……」

吉田は宙に視線を泳がせた。「北村の仕えている南会長のホームグラウンドじゃなかったか」

「よく知っているな。その通りだよ。南会長が再建したんだ。それでトップに上り詰めた」

「山田はそのPC社の社員なのか」吉田は、何やら考え込んだ。「PC社の業績は順調なのか？」

「順調だよ。うちはPC社など民生品と原発も含めたインフラ関連が両軸になっている。原発関連は例の震災以来、今は様子見だが、他部門は順調だ。特に新興国向けのインフラ関連がいい」

吉田の唐突な業績に関する質問に北村は苦笑した。

「そうか、それは良かった。ところで次の飲み会はいつにしようか」

吉田がスマートフォンを取り出して予定を確認し始めた。

「おお、ようやく本来の用件に目覚めたな」

北村はにやりとした。

ドアを叩く音がする。

「届いたようだ」

北村が立ち上がった。ドアの方へ向かい、開ける。若い男性社員が緊張した表情で立っていた。会長の南がいるとでも思っているのだろうか。

「ありがとう」

北村は、簡単に礼を言うと、書類の入っている封筒を受け取った。若い男性社員はすばやく室内に視線を走らせた。南がいないのを確認すると、少し緊張を緩め「失礼します」

と低頭した。

ドアを閉め、北村が書類を持って戻ってきた。

「手間を取らせたな」

吉田が恐縮する。

「気にするな」北村は、ソファに座り、封筒の中を覗き、それをテーブルに置いた。「持って帰れよ。みんなコピーだ」

「いいのか？ 個人情報だぞ」

「いいさ。文句を言う本人はいない。責任は俺が取るから」

「すまない」

吉田は、封筒を手元に引き寄せた。

「一つだけ、聞いておきたい」北村の視線が強くなった。「過重労働の問題なんかじゃないだろう。正直に言ってくれ。気になって寝られなくなる」

北村が苦笑した。

吉田は無言で北村の視線を避けた。

「うちの会社に気になることがあるのか」

北村は、今度は口調を強めた。

「気にするな。業績が順調ならそれに越したことはない。ただ無理をしていないかってことだ。グローバル競争の中では、いかに芝河電機とはいえ、問題なしとは言えないだろう。

正しい経営……。それは正義感の強い北村、お前が目指すところだろう。そんなことがほんの少し気になっているだけだ。何もないと思う。まあ、俺は、こそこそ探るのが仕事だ。心配させて悪いな」

吉田は、封筒を手に持つと、立ち上がった。

北村からは、吉田が一刻でも早くこの場を立ち去りたがっているように見える。

「何かあるなら、まず俺に知らせてくれ」

北村は、吉田を見上げた。

「その時は、お前に真っ先に連絡するが、そんなことはないだろう。そう思うよ」

吉田は微笑した。

「当たり前だ。うちは順調だ」

北村は微笑を返した。

7

日比谷公園の緑が美しい。江戸時代には多くの大名屋敷が並んでいたという。それをこれだけ広い公園に仕上げた明治の人たちの先見性には驚かされる。西洋に追い付け追い越せという掛け声で、ただ産業化、工業化だけに突っ走るのではなく、都市環境ということにも配慮したのだろう。西欧には都市に公園が整備され、人々の憩いの場所になっているということを真似たのかもしれない。それにしても庶民が絶対に近寄ることができなかった大名屋敷の跡を、庶民に開放する公園に造り変えるというコペルニクス的発想の転換に日本人の底力を感じるのは、この窓から眺める瀬川だけではないだろう。

「いい眺めですね」

瀬川は、ソファでくつろぐ山際に振り向いた。

山際仁は、南や日野の前に社長、会長を務めた。今は相談役だが、神宮寺魁斗のように芝河電機の本社内で睨みをきかせるようなことはしない。

「君たちの働きのお陰で、こんな立派なホテルに事務所を頂いて社会活動ができるんだ。申し訳ないよ」

山際はゆったりとした様子で湯飲みを両手に包み、茶を飲んだ。

「相談役は当社の成長に多大な貢献があったわけですから、当然ですよ」

瀬川は、山際が座るソファに近づいた。

山際は、瀬川を見上げ「今日は特別な話でもあるのかい？　例えば待望の子供ができたとかさ」と優し気に微笑んだ。

「いえ、それはちょっと」

瀬川は、苦笑いした。

「そうか。まあプライベートなことを詮索するのは好きではないが、君たちの子供の名付け親にはぜひなりたいからね」

「本当に感謝します。いつも相談役には励まされます」

瀬川は山際の前に座った。

ドアを叩く音がする。

「おう、頼んでいた蕎麦が届いたようだ。一緒に食べよう。ここのは美味いのだ」

山際は立ち上がり、ドアを開けた。ホテルの従業員が、カートに蕎麦を載せて入ってきた。

「おっ、すみません。ご馳走になっていいんですか？」

蕎麦と一緒に天ぷらがある。天ぷら蕎麦を頼んでくれたのだ。

「いつもホテルにいる時は、蕎麦と決めているんだ。今日は、特別に張り込んで天ぷら蕎麦にしたからね」

山際はにこやかに言った。

従業員が、瀬川の前に蕎麦と天ぷら、そして汁などを並べる。

「美味しそうですね。お腹が鳴ります」

「お代わりが欲しければ、遠慮なく言ってくれよ。すぐに運んでくれるからね」

「申し訳ありません。いただきます」

瀬川は、早速、箸を取った。蕎麦を口に含むと、心地よい香りが鼻から抜けていく。勢いの良い音を立てて蕎麦をすする。

「見た感じ、元気はあるようだね」

山際が、硬い表情になった。

瀬川は、蕎麦を食べるのを中断した。上目遣いに山際を見る。

「どうしてそんなことを思われたのですか」

「君がここへ来たのはなぜかなと考えたんだよ。特別な用件もなく来るはずがないしね。ところが用件を言わない……。おかしい。見たところ元気はある。しかしそんな時ほど、屈託があるんだ。僕の経験からするとね」山際も蕎麦を食べる手を休めた。「昔ね、同僚だった男が自殺したことがあった。親しい奴でね。とてもショックだった。何よりも僕は、彼と前夜、一緒に飲んでいたんだからね。彼は全く普段通りだった。快活だった。少なくとも僕は彼に全く異変を感じなかった。ところが彼は、重い悩みを抱えていたんだ。思い当たるのはね、ただ久しぶりに会ったということだけだよ。彼から、会おうと連絡があった。その時、なぜ彼が連絡してきたのかと考えるべきだったんだ。今でも彼のことを悔やんでいる。なぜあの時、彼の話にもっと耳を傾けなかったのかってね。そうすれば自殺は防げたんじゃないかってね」

山際は、瀬川をじっと見つめた。瀬川の心の中を探るかのような視線だ。

「相談役は、私が悩みを抱えているんではないかと思われるのですか」

瀬川の問いかけに、山際は小さく首を振った。

「そうは言っていない。僕は、君のことを大事に思っている。色々と縁があるからね。だから他の人より気にかかるんだろう。君はミャンマーから帰国して、慣れない部署に配属されている。大変だろうと心配しているんだ」

「ありがとうございます。でも大丈夫です。色々ありますが、乗り切れると思っています」

瀬川は無理に笑顔を作った。

「そうか……。それならいいんだ。僕は、何事にも心配性のところがある。社長や会長を務めさせてもらったが、いつもこれでいいのかと心配していた。客は幸せだろうか、社員は幸せだろうかってね」

瀬川は、山際の言葉に耳を疑った。

「社員は幸せだろうかって心配をなさっていたのですか？」

思わず聞いてしまった。

山際は、苦笑ともなんともつかない表情で「当然じゃないか。私はトップだったんだよ。トップというのはいつでも君たちの幸せを考えているものさ。社員が幸せでない会社が、客や社会を幸せにできるはずがない。存在意義はない」と強く断言した。

瀬川は俯き沈黙した。表情は、深刻さを帯び、暗い。

「どうした？　黙ったりして」

山際が聞いた。

「相談役は今の芝河電機をどう思っておられますか？」

瀬川は顔を上げた。真剣な表情で山際を見つめる。

「社員が自殺したね……」

山際が言った。

テーブルの上には二人の食べかけの蕎麦が置かれたままだ。

「はい」

瀬川は答えた。

「PC社の人だと聞いた。どんな悩みがあったのだろうか、知る由もないが、決して良い兆候じゃない」

「私は、自殺した彼と話したことがあります」

瀬川は、山田から内部告発のデータを託されたことが、喉から出そうになった。

山際は少し驚いた表情で「そうかね」と答えた。

「彼は、芝河電機のことを心配していました」

ようやくそれだけを瀬川は言葉にした。それ以外は、黙っていることにした。

「その山田という社員が芝河電機を心配しながらも自ら命を絶ったことは心が痛む。私や神宮寺さんのような老醜を晒している者は、さっさと引退すべきなのだと思う。その悪影響が出ているのかもしれない。南君も日野君も私のところには相談に来ないが、神宮寺さんのところにはよく行っているようだね。人事の全てを彼が握っているかのようだ。そしてどちらが彼に気に入られるかを競い合っている。不思議な光景だよ。これはいけない。そし私は、いつか自分の役割を果たさねばならない時が来ると覚悟している」

山際は視線を上げ、遠くを見つめるような表情になった。

「役割を果たすとは？」

瀬川は畳みかけるように聞いた。

山際は、含み笑いを浮かべ「たいした役割じゃない。神宮寺さんと話すことができるのは、私くらいじゃないかと思っている。その程度のことだよ」と言った。

瀬川は、山際の覚悟を感じた。芝河電機を改革するために、天皇と呼ばれ、トップ人事を握ることで君臨する神宮寺に引導を渡すタイミングを計っているということだろう。たしかにそれを実行に移すことができるのは、山際だけだ。

「よく分かりました。相談役が、今でも私たち社員の幸せを考えてくださっていることを知り、感激しました」

「恥ずかしいよ。そんなに褒められたことじゃない。それよりすっかり蕎麦が伸びてしまった。早く食べてしまおう」

山際が瀬川に蕎麦を食べるよう、促した。

瀬川は、何故か涙が出てきた。箸を持った手で涙を拭った。鼻水が止まらない。すすりあげた。

「おいおい、食欲を減退させる音を立てるなよ。そこにティッシュがあるから、洟をかみなさい」

山際が苦笑いする。

「申し訳ありません。なぜか急に花粉症になったみたいです」

瀬川はティッシュを抜き、鼻に当てた。

「なあ、瀬川君、『徳は孤ならず、必ず隣有り』という孔子の言葉を知っているかね」

「いいえ、初めて聞きました。どういう意味でしょうか」

瀬川は、ティッシュを鼻に当てたまま、答えた。

「まっすぐに生きていれば、孤独ではない。必ず支援してくれる人が現れるという意味だよ。君もまっすぐに生きていたらいいんだ。迷うことなんかない。自分が正しいと思った道を行きなさい。そうすれば必ず支援者が現れる。孤独になってはいけない。自分の心の声に耳を傾けるんだ。そして自分を信じて進んだらいいんだ」

山際は優しい口調で諭すように言った。

——自分を信じて進め……。香織に言われたのと同じ言葉ではないか。涙が止まらない。

瀬川は、もう一枚ティッシュを取り、こんどはそれを目に当てた。山際は、全てを見抜いてくれている。そんな温かさ、優しさに包まれた気がしたのだ。

「おいおい、花粉症がひどいね。それともこの部屋の空気が悪いのかな」

山際は笑った。

「いえいえ、ミャンマーがあまりにも清澄な空気の国だったものですから。日本は汚れていますね」

瀬川はティッシュで目と鼻を拭った。

「ああ、年々歳々汚れがひどくなる。なんとかしないとな」

山際は、急に真面目な顔で呟いた。瀬川は、その言葉を聞いた瞬間、背筋をぐっと伸ばした。

8

経営監査部部長、志津野隆は廊下を急ぎ足で歩いていた。少しでも早く日野の部屋に着かねばならない。後ろから付いてくる課長の谷原秀介の荒い息遣いが聞こえる。あいつは早足が苦痛なのか。しかしそんなことは構っていられない。

長妻と瀬川はどこにいる？　あいつらも呼んだらすぐに集まれと言いたい。指示に従えないなら、すぐに飛ばしてやる。

それにしても先ほどの日野の怒りはどうしたことだ。何があったというのだ。ＰＣ社を監査した連中を皆、呼べということだったが。

社長である日野の庇護(ひご)があってこそ、今の地位がある。日野には、これからも偉くなってもらわねばならない。そのためならどんなことでもする覚悟だ。これほど忠誠を誓っているのに「何をやっているんだ」とは一体どういうことだ。理由が分からず叱責されることほど気味が悪いものはない。とにかく早く日野に会い、怒りの原因を探り、怒りを収めてもらわねばならない。

「おい、谷原、遅いぞ」

「部長、勘弁してください。疲れましたよ」

谷原はついに足を止め、身体を前に曲げ、両ひざの上に両手を置き、忙しく息を吐いた。

「情けない奴だ。経営監査部十年のベテランとは思えない。またどこかへ左遷してやろうか」

志津野も立ち止まり、谷原に悪態をついた。

「部長、勘弁してください」

泣き言を言い、ようやく息が落ち着いたのか谷原は身体を起こした。

「とにかく日野社長がひどくお怒りなのだ。急いで来いという指示だ。長妻と瀬川には庶務から連絡をさせたが、あいつらはどこにいるか分からん。どうしようもない奴らだ。日野社長を怒らせたら、経営監査部などどうなるか分からない。いや、部はどうでもいいが、私とお前の首は危ない」

「脅かさないでください」谷原は今にも泣きそうな顔だ。「急ぎましょう。遅れるとヤバイです」

谷原が先頭に立とうとする。

「もう大丈夫だ。社長室はそこだ。急いだお陰で時間はある」志津野は廊下の突き当たりを指さした。そして廊下の途中に作られた休憩コーナーに向かって歩き出した。

志津野は、休憩コーナーに置かれた椅子に重々しく腰を下ろし、向かいに座った谷原を睨んで「ところでお前、日野社長の怒りの原因に思い至らないか？　ＰＣ社の監査のことだとは推測がつくのだが」と聞いた。

「私がですか？」

谷原は自分を指さした。

「私にはちっとも思いつかない。それが不安だ」

「先日の監査報告書の件でしょうか？」

谷原はおずおずとした視線を志津野に向けた。

「問題があったのか？　あまり詳しく覚えていないが」

志津野は首を傾げた。

「バイ・セル取引による在庫が異常に積み上がり、正常でない。早期に改善すべきだと指摘しました」

「そんなこと毎回指摘しているではないか」

「ええ、その通りですが、今回監査にあたりましたのは、あの瀬川でして、指摘が非常に厳しかったものですから、私の方で多少……」

谷原はにやりとした。

「手心を加えたというのか？」

志津野の表情が険しい。

「多少です。瀬川は、三百億円以上も積み上がっているバイ・セル取引在庫を不良在庫と見なせばＰＣ社は実質赤字と言わざるを得ない、早急に正常化を求むと指摘してきました。そこで私は、『正常化を求む』だけにして他の部分は削りました」

谷原が満足そうに言った。

「当然だ。ＰＣ社が赤字だと言ったら南会長を敵に回すことになる。南会長のホームグラウンドだからな」

志津野は眉根を寄せつつ、頷いた。

「でも部長、迷ったのですよ。日野社長のためにはどっちがいいかとね」

谷原がねっとりとこびりつくような表情になった。自分の判断が如何に優れているかを志津野に訴えかけている。

「どういうことだ？」

志津野は、反対に気難しい表情になった。

「ＰＣ社を実質赤字だと言えば、南会長の基盤が揺らぎ、日野社長の天下になるかと……。ＰＣ社のバイ・セル取引に依存した体質は、私の目から見ても問題です。このまま放置するわけにはいきません。いずれなんとかしないといけないでしょう。瀬川の指摘は決して間違っていません。でも今はそんなことをするより、時間をかけてＰＣ社を指導してバイ・セル取引の在庫を消していく方が波風が立たないだろうと判断しました。ハード・ランディングよりソフト・ランディングです。それで指摘をやわらげました」

谷原は媚びるように薄く笑った。

「お前は考えが浅い」志津野は周囲を気にしながらも声を荒らげた。

「えっ、どうして？」

谷原は、自分の考えが浅慮だと批判され、動揺した。

「今、日野社長は、実は崖っぷちに立っているんだ。それを谷底に突き落とそうとしているのは、何を隠そう、南会長その人だ。日野社長は、南会長の後継だ。選んだのは南会長だよ。それが今は、どうにかして谷底に突き落とそうと考えているのだから、人生ってままならないものだ」

「お二人の仲がしっくりいっていないことは存じていますが、どうして南会長は日野社長を谷底に落とす、すなわち失脚させようとしているんですか？」

谷原は、志津野の言いたいことは薄々気付いているという雰囲気を漂わせていたが、再び志津野に媚びるように身体を寄せた。

「日野社長に社長の座を譲ったものの何もかも上手くいかないからだ。ライバル日山電機との差は開くばかりだ。特に経団連会長という財界総理の座を手に入れたい南会長とすれば、飛躍的に芝河電機の業績を伸ばす必要がある。そのため乾坤一擲の勝負に出たのが……」

志津野は谷原をぐっと見つめた。答えを言ってみろという顔だ。

「ＥＥＣ、ですね」

谷原は答えた。

志津野は頷き、「そうだ」と答えた。「ＥＥＣを五十四億ドル（邦貨換算約六千二百億円）で買収したが、まさかの原発事故だ。二〇一五年までに三十三基の原子力発電プラントを受注、着工すると言っていたが、上手くいかない」

「でもあの買収は、南会長と日野社長が二人で推し進めたんじゃないですか。原発事故は想定外だし、その結果の赤字も日野社長の責任じゃないでしょう」

谷原は、志津野の意向を試すような顔つきになった。

「お前、哲学や文学好きの南会長に原子力が分かると思うのか。ＥＥＣ買収のシナリオを描いたのはすべて日野社長だよ。南会長が勝負をかけたいと考えていた時、日野社長の主管していた原発に飛びついたんだ。日野社長も渡りに船だっただろうね」

「従来からのＢＷＲ（沸騰水型）に加えて主流のＰＷＲ（加圧水型）の技術を手に入れることができるからですね」

「分かっているじゃないか。ＰＷＲ技術を手に入れるのは、原発畑を歩いてきた日野社長の悲願だったからだ。それが南会長という、この芝河電機には珍しい攻撃型経営者に出会って実現することになったんだ」

「短い蜜月でしたね」

「ああ、その通りだ。この蜜月が続けばよかったのだが、そうはいかない。原発事故に加え、ＥＥＣはアメリカの歴史ある会社だ。一八八六年創業だぞ。一九〇四年創業のわが社より歴史があるんだ。そんな会社が、日本の電機メーカーの言うことを唯々諾々と聞くわけがない。決算のやり方一つにしたってこっちの思い通りにならないんだ。だからＥＥＣの業績だって正確に把握している者は芝河電機の中には誰もいないと言っても、過言ではない。ところが南会長は、上手くいかないのはすべて日野社長のせいだという妄想にとらわれた。ＥＥＣの業績の実態を自分に正確に教えていないんじゃないかとね。日野社長にしたら言いがかりなんだが……」

志津野は暗い顔になった。

「部長は、私が言うのも失礼ですが、日野社長を尊敬されているんでしょう？」

谷原は余計なことを口にしていないかと気にしつつ聞いた。

「私は日野社長直系の後輩だからね。大学も学部も同じ。可愛がってもらってここまできた。だから日野社長には頑張ってもらわないといけないんだ」

「どうするんですか？　もしも南会長に崖から突き落とされたら」

「それはそうならないようにするしかない。日野社長をあくまでお守りするんだ。幸いなことに日野社長は、天皇の覚えがめでたいから、まだ逆転のチャンスはある。元々、ＥＥＣを買収したいと考えていたのは天皇なんだからな」

志津野は遠くを見つめた。

「そうだったのですか……。経済産業省の原発政策にいい顔をしようとしたんでしょうかね。神宮寺天皇は、政府の政策に乗っかかることで社内権力を確立したってことがまことしやかに噂されていますからね。南会長も日野社長も神宮寺天皇のようになりたくて、挙句の果てに操られているのかもしれませんね。でも私たちは、日野社長失脚という事態になってもいつでも逃げられるようにしておきたいものですね」

谷原は、余計なことと思い、口を両手で覆った。

「君は、ひどいことを言うね」

志津野は渋面を作った。

「申し訳ございません。部長と違って私のように出世から見放された者は、生き残ることだけに必死になるものですから」

谷原は卑屈な笑みを浮かべた。

志津野は、谷原をまじまじと見つめて「それも生き方だな。出世が全てじゃない。出世をすれば弾に当たり、横死することもある。出世をしなければ、無事に畳の上で死ぬことができるかもしれない……。サラリーマンとはかくも悲しきものよ、だな」と自らに言い聞かせるように言った。

「部長、そろそろ」

谷原が立ち上がった。

「そうだな。憂鬱だが、叱られに行くかな。理由も分からずに」

志津野も腰を上げた。

9

瀬川は、長妻から急に呼び出された。今、どこにいると聞かれ、外だとだけ答えると、すぐに戻ってこいという指示だった。

せっかく山際から心が落ち着く話を聞いた後だったのでうんざりした気持ちになったが、経営監査室に戻ってきた。

長妻が一人でいた。部長の志津野も課長の谷原もいない。

「戻ってきましたが、急用でしょうか？」

「日野社長が荒れてんだとさ。すぐ行くぞ。部長も課長も呼ばれて飛んで行った」

瀬川は、不機嫌な様子を面（おもて）に出した。

長妻は、いつもと変わらぬ無表情で、頭だけを動かし、出かけると指示をした。

「なぜ、私が呼ばれなくちゃならないんですか？」

「ＰＣ社の監査の件らしい」

「それじゃ香山も」

瀬川は研修生の名を挙げた。

「あいつらは関係ない。今のところはな。さあ、ぐずぐずするな。日野社長は、ああ見えて細かいところがある。時間に遅れると、怒りが倍増する」

長妻が歩き出したので、瀬川も渋々従った。

「どこへ行っていたんだ」

前を向いたまま、長妻が聞く。

瀬川は、どう答えるべきか迷った。山際の事務所を訪ねていたと答えれば、なぜだと詮索されかねない。それも面倒だ。

「ちょっと知人に会っていました」

曖昧に答えた。

「気を付けろよ」

長妻が振り向き、鋭い視線を送ってきた。

「何に気を付けるのですか？」

瀬川は小走りに長妻の隣にまで進んだ。

「深い意味はない。そういうことだ」

「気になります」

瀬川は、気色ばむように言った。

長妻が立ち止まった。そして瀬川と向き合った。

瀬川は、長妻が何を言うのかと緊張して待った。

「お前は、日暮ＣＰに満座の前で恥をかかせた。それの烙印は消えていない。反逆社員だってことだ。だから問題が生じれば、お前が真っ先に疑われる。そういう立場だということを自覚していろということだ」

　長妻は冷たく言い放った。

「どうして私が反逆社員なんですか」

　瀬川は怒りに息が荒くなる。

「怒るんじゃない。俺は現実を直視しろと言っているんだ。それにな」長妻は、急に表情をやわらげた。「俺はお前に期待している。お前のようなまっすぐな奴がこの会社を変えてくれるかもしれないって。俺は、お前にこの会社は腐っているとは言わなかった。しかし腐りかけていると言った。覚えているか」

「ええ、覚えています」

「変えるチャンスはそんなにない。このまま変えられないかもしれない。しかし、俺はお前のような社員がまだ残っていてくれていることに、この会社への希望を持っている。いいじゃないか、反逆社員で。それを自覚して、慎重に、戦略的に動け。いいな。俺が言いたいことはそれだけだ。行くぞ」

　長妻は、軽く瀬川の肩を叩いた。

　瀬川は、なんだか狐につままれたような気持ちになった。

　長妻は、自分を非難しているわけではない。彼の言い方は、まるで自殺した山田と同じではないか。期待している……。全てを知っているかのような口ぶりだ。長妻は、自分に何を期待し、何をして欲しいというのだろうか。瀬川は、激しく心が揺さぶられる。今、自分は、決断を迫られているのだろう。それもかなり人生の大きな岐路になる決断だ。それに自分が耐えられるのだろうか。

長妻が、社長室の前で立ち止まった。

一つ一つ確認するようにドアをノックした。そしてノブを回し、中に入る。瀬川もその後に続いた。このドアの先に何が待っているのだろうか。その結果、自分は何をしなければいけないのだろうか。くらくらするような思いにとらわれながら、

「あっ」

瀬川は小さく驚きの声を上げた。

社長の日野、志津野部長、谷原課長のほかに宇田川がいるではないか。

宇田川は瀬川と視線を合わせ、口角をわずかに引き上げた。同期の宇田川がいることで瀬川はやや落ち着きを取り戻した。この場で糾弾されたり、叱責されたりするようなことはないと思ったからだ。

瀬川も宇田川に薄く笑みを返した。

宇田川がここにいる理由を考えてみた。彼は、日野の子飼いと言われている。彼自身は日野に媚びを売ったりしているわけではない。

しかし、同じ城北大の漕艇部OBとしてクルーザーに乗せてもらったりしていたら、そんな噂を立てられるのは仕方がない。

宇田川は、日野社長に引き立てられて、自分も出世すると話すことがある。本気かもし

れない。

「長妻、瀬川、遅かったぞ」

志津野が険のある目で睨む。俯き加減になっているのは、すでに日野から叱責を受けた後なのか。

「君たちがＰＣ社の監査をした部員か」

日野は、ソファに身体を預けたまま、瀬川と長妻を睨みつけた。

「そうですが」

長妻が感情を交えず返事をする。

「長妻君、こんなものが出回っているのを知っているかね」

谷原が一枚のペーパーを長妻に見せた。

「『芝河電機では利益操作が常態化しています。問題です。それがＰＣ社の実態です』これは、いったい」

長妻が、即座にペーパーを瀬川に渡した。

瀬川も素早くペーパーに目を通し、驚愕（きょうがく）した。

「我が社を誹謗（ひぼう）中傷する内容だ。３チャンネルという碌（ろく）でもないインターネットサイトに掲載されていたらしいんだ。匿名だから、誰の仕業かは分からない。社内の人間だと思うのだが」

谷原は、青ざめた顔で言った。彼も日野から強烈な叱責を受けたのだろう。

日野がソファから立ち上がった。

「ここにいる宇田川君が見つけてくれた。インターネット上における我が社への誹謗中傷の書き込みを総務セクションがチェックしているが、たるんでいる。誰も知らせに来なかった」

日野は宇田川を一瞥(いちべつ)した。

瀬川は宇田川がここにいる理由を知ったが、宇田川と日野との親密度は異常だ。社内の動きを逐一報告しているのだろうか。

宇田川を警戒しなければならないのか。同期だと気を許して経営批判したことを思い出し、瀬川は、背筋が寒くなるような感覚を覚えた。

「こんなものを書いた奴に心当たりはないのか」

日野は室内を歩き回りながら、志津野たちを一人一人検分するように見つめた。

「どうなんだ？　長妻君」

志津野が鋭い視線を長妻に向ける。日野の怒りの矛先が自分に向いたのを、なんとか長妻に振り替えたいという思いが如実に表れている。

「さあ、思い当たりません」

長妻が答える。

「君は、どうなんだ？　瀬川君だね。君は自殺した山田をインタビューしたんだったね」

志津野が瀬川に問いかけた。

瀬川は、小さく首を傾げた。

「君が瀬川か。日暮に文句を言ったそうじゃないか」

日野は、瀬川に視線を据えた。

「文句を言ったことはありません。意見を申し上げただけです」

瀬川は、強い口調で言った。

志津野が「おい、瀬川君」と慌てた様子になった。

瀬川は宇田川に目をやった。宇田川は、ソファに座ったまま瀬川に横顔を見せている。表情に変化はない。瀬川と日暮CPが対立した件は、宇田川から聞いたのだろうか。

「文句も意見も同じようなものだ。この書き込みについて情報はないのか」

日野は、瀬川の反論を無視した。

「心当たりはありません」

瀬川はきっぱりと言った。

「まさか、君じゃないだろうね」

日野はにやりとした。

「まさか……」瀬川は絶句した。「なぜ、そのようなことをおっしゃるのですか」

瀬川は怒りのこもった目で日野を見つめた。

「怒ったのかね。それは失礼した。しかしねぇ、君と同じように自殺した山田も我が社の方針に非常な不満を抱いていたようだね。彼は、ＰＣ社の方針に不満だった。ＣＰの加世田も苦労していたらしい。自殺した理由は分からんが、馬鹿な奴だ。不満ばかり言う奴は、この会社にはいらない。死ぬ勇気があるなら、もっとまともな働きをしろ。根性のない連中ばかりだ。不満を言う前に利益を上げろ！　それにしてもだ、志津野！」日野は、志津野に向き直り、声を荒らげた。「監査は何を見ているんだ。こんなごみ溜めのようなサイトに書き込みをするような奴を見つけ出すのが仕事じゃないのか！」

「はっ、申し訳ございません」

志津野は頭を下げた。同時に谷原も深く低頭した。

瀬川は、あっけにとられた。その視線の中に宇田川がいた。宇田川も瀬川を見て、小さく頷いた。

何を言いたいのだろうか。宇田川には珍しい、やや不安そうな表情だ。日野との親密ぶりをここまで見せつけたことを後悔しているのか。

「君たちは、謝罪しないのか」

日野は長妻と瀬川に近づいてきた。志津野や谷原と同じように日野にひれ伏さない長妻と瀬川が気に食わないようだ。

「申し訳ございません」

長妻は渋々と言った様子で頭を下げた。

「君は？　君は反省はないのか」

日野は、一段と瀬川に迫った。

「お言葉ですが、どうして反省しなければいけないのか分かりません」

瀬川は、表情を硬くした。

「瀬川、止めろ」

　長妻が小声で言った。

「いい、黙っていろ」日野は、長妻を叱った。「理由を聞こうじゃないか。私は君のような生意気な社員が好きだ。今は、少なくなった。みんな骨なしばかりだからな」

「私は、その書き込みに関係ありませんから」

　瀬川は、日野が近づいてくるのを避けるようにわずかに身体をよじった。

「関係ないと言い切れるかね。君は山田にインタビューしたそうだが、何を話したんだ。経営に不満がある者同士、さぞや話が弾んだことだろうな」

　日野は、まるで瀬川を追い込むのを楽しんでいるかのように興奮気味に話す。異常なほどの猫好きと聞いていたが、まるで猫が生きたままの鼠をいたぶっているようだ。

「私は、監査として要求されている質問をしただけです。それから私は経営に不満を抱いてはおりません」

　瀬川は、日野に攻撃されればされるほど、頭が冴えわたり、気持ちも静かになっていくのが不思議だった。

　ふと、山田の顔を思い浮かべた。その顔は、柔らかい笑顔だ。

——インターネットサイトへの書き込みは私の仕業です。えっ、死んだのになぜそんなことができるのかって、私と同じように芝河電機の将来を本気で心配している人間が多いということでしょう。

「不満ではなくて、何だというのだ。山田は、PC社が利益操作をしているなどというデマを世間に知らせようとしていたのではないのか。君は、山田の相談相手になったのではないのか」

日野が、瀬川を疑っているのは明らかだった。偶然とはいえ、PC社の実態を問題と考えている山田が、ロスコンについて経営批判をした瀬川と出会ったのだ。その後、しばらくして内部告発の萌芽（ほうが）になりそうなインターネットの書き込みが見つかった。誰か、これは自殺した山田の遺恨を晴らすために行ったことだと日野に讒言（ざんげん）をした者がいるのだろう。最も疑わしいのは瀬川だと……。

瀬川は、日野と視線を合わせず、その後ろにいる宇田川を見つめた。宇田川は、ソファに座り、身体をかがめ、まるで耳を塞ぐかのようにテーブルに肘（ひじ）をつき、両手で頭を支えていた。

——宇田川、まさか、お前……。

瀬川は、仲間を疑うという嫌悪すべき思いを払いのけるように、俯き、目を閉じた。

しかし、そうすればするほど宇田川への怒り、そして悲しみが募り、それは悔しさ、憤りになっていき、このままでは涙を零（こぼ）してしまいそうになった。奥歯を噛（か）みしめ、耐えた。

「言うことはないのかね」

日野は勝ち誇ったように言い、瀬川から離れた。

その瞬間、瀬川は志津野や谷原の表現しようのない冷たい視線を感じた。

——お前は、厄介者だ、疫病神だ。

彼らの視線は、無言で瀬川を非難していた。

瀬川は、目を赤くして日野を見つめた。血がにじむほど、下唇を噛んだ。

「誤解するな。私は、君を疑っているわけではない。ただし、だ。日山電機を追い抜き、追い越さねば、この伝統ある芝河電機の歴史に泥を塗ることになる。社長として、全ての社員をチャレンジに向けて結束させねばならない。この書き込みは、単なる蟻の一穴にすぎない。しかし、これをないがしろにしたら、後々、大きな後悔をすることになるかもしれん。君たち経営監査は私の直轄だ。私の目だ、耳だ。そう思ってくれ。社内の不協和音をすべて事前に取り除くのが君たちに期待された役割だ。それを果たすんだ。頼んだぞ」

日野は、体育会系らしい野太い声で、志津野に向かって言った。

志津野は「ははっ」と大げさに、その場で土下座せんばかりに低頭した。

瀬川は小さく頭を下げた。零れ落ちそうになっていた涙は止まっていた。その代わりに憤怒で心臓が激しく鼓動を打ち、息苦しささえ感じていた。

経営監査は、経営のチェック機能、いわば日野社長、あなたを監視するのが役割なのだ。あなたが社内を支配する道具なんかではない。瀬川は今にも叫び出しそうなのを堪えた。

——瀬川さん、あなたの勇気に芝河電機の未来を託したいと思います。

再び、山田の声が聞こえてきた。

インターネットの書き込みは、日付から見て、山田の死後になされたものである。

しかし、瀬川には山田のダイイング・メッセージのように思えてならなかった。あれは山田が書き込んだのだ。死者の執念というものだろう。山田は、瀬川の勇気のなさに怒りを覚えているに違いない。あなたを見込んだのに、その体たらくはなんだ、と……。

瀬川の表情が、ふっと和らいだ。それは、その場にいる者たちには微笑んでいるように見えたに違いない。

10

北村は、会長の南を前にして報告をすべきかどうかまだ悩んでいた。

報告とは、金融庁証券取引等監視委員会、通称SESC（セック）の友人吉田公男が、PC社の社員山田秀則の自殺に強い関心を持っているということだ。

吉田は、業績が好調なのかどうかを聞いていた。なぜ、そんなことに関心を持つのか。それと山田の自殺とはどういう関係があるのか。吉田は、過労死問題に関心があると説明していたが、それをまともに受け取るわけにはいかない。何か別の目的があるに違いない。

あの時、業績は順調だと答えた。しかしそれは正しくない。実際は、業績の悪化に苦しんでいる。

その原因は、はっきりしている。南の積極経営の後始末だ。「選択と集中」というスローガンを掲げ、南は五十四億ドル（邦貨換算約六千二百億円）もの巨額を投じてＥＥＣを買収した。

北村は、南の大胆な決断に賞賛の声を上げた。それは北村だけではない。芝河電機のほぼすべての社員が、南の神がかったカリスマ性に酔ったものだった。マスコミもこぞって南をほめたたえた。従来の日本の経営者には見られない決断力、実行力を他の経営者は見習うべきだと経営評論家たちは南を絶賛した……。南自身も周囲のあまりの高評価に酔った。

なぜこんな巨額の企業買収を行ったのだろうか。家電やパソコン中心では新興国に追い上げられ、さすがの芝河電機もじり貧になるという焦りもあっただろう。

しかし南の個人的な野望はなかったのだろうか。芝河電機の経営者は、会長になれば日本経済団体連合会、いわゆる経団連の重責あるポストを、当然のごとく占める。そしていずれはそのトップとして財界総理の座に君臨することが期待されている。そのためには芝河電機が好業績であり、かつ日本経済にとって重要でなければならない。

原発事業はそれにふさわしい事業に思えた。南の個人的な考えではない。原発にさほど関心があったわけではない。日本政府が原発を産業及びエネルギー政策の中心に位置づけていたからだ。政府は、経済産業省は、原発を最重要産業と位置付け、海外への輸出を推進した。また国内産業などへのエネルギー供給の四〇パーセント程度を原発で担うことは、与野党問わず国是となっていた。原発産業の成長発展は確実に約束され、輝きに満ちているように見えていた。

電力会社、芝河電機などの原発事業会社、原子力関係学会、マスコミなどは政治家と組み、原発村と言われる強固な関係を築いている。その村で圧倒的な力を持つことは、芝河電機の将来の発展が約束されたことであり、南の経団連トップの座への確かな道程だった。ところが東日本大震災による東京電力福島第一原発事故が、南の野望を完全に打ち砕いてしまった。

世界中で反原発の運動が盛り上がり、ＥＥＣの買収は、すっかり当てが外れてしまう結果となった。

ＥＥＣは芝河電機の重荷になってしまった。

その途端、南は、急に不機嫌になり、「どうにもならん。あいつに乗せられたばかりに……」と不満を漏らすようになった。あいつとは、日野社長のことだ。

ＥＥＣ買収は、日野と二人三脚の案件。南は日野の原子力発電に対する深い知見を、日野は、南の決断力を頼りにし、お互いが、いわばウイン－ウインの関係で進めたものだ。

しかしその歯車が狂い始めると、二人の関係は最悪になっていく。

北村が認識している事実では、それはアメリカから届いたレターが切っ掛けだ。

ＥＥＣには芝河電機から役員が派遣されているが、彼が支配権を持っているわけではない。ＥＥＣは芝河電機より歴史がある名門企業。芝河電機の子会社となった今でもその意識は変わらない。

「Ｙ＆Ｅが暴れていて、手を焼いています。東京から大日監査法人へプレッシャーをかけてください。どうにもなりません。支援をお願いします」

ＥＥＣの米国側の監査法人はヤンガー＆エルダー（Ｙ＆Ｅ）。日本側監査法人は大日監査法人。

このメールが、日本に届いた際、南は日野に「無能、この役立たずめ」と聞こえないほど小さな声で悪態をついた。その時の南の歪んだ表情を北村ははっきりと記憶している。あの時から芝河電機は輝きを失い、奈落へと落ち始めた。それは同時に北村の絶望を深くしていった。

メールが意味しているのは、ＥＥＣののれん代償却問題だ。

ＥＥＣは実質的価値が三千億円程度だったにも拘らず約六千二百億円もかけて買収したため、その差額約三千二百億円をのれん代として資産に計上しなければならない。

のれん代とは、無形固定資産。すなわち買収プレミアム。

日本の会計基準では二十年以内で均等償却と決められている。ところが芝河電機が採用している、ＥＥＣの所在地である米国の会計基準は全く異なる。

米国基準は、毎年減損テストを実施し、償却額を決める。このテストでは、ＥＥＣの収益力を厳しくチェックし、収益力がのれん代を上回っていれば問題はないが、もし収益力が衰えているとみなされれば、のれん代を大幅に償却する、減損処理が義務付けられている。

ＥＥＣは原発事故以降、業績悪化に苦しんでいる。テストの結果、Ｙ＆Ｅは、約一千億円の減損処理を求めてきた。

こんなにも巨額の減損処理、すなわちのれん代の償却ができるはずがない。

いや、無理をすれば可能かもしれない。財務の健全性を考慮するなら、のれん代のような収益を生まない無形固定資産を資産計上していることの方がおかしいのだ。そんなものはさっさと償却するに限る。

しかし、それができない事情が芝河電機にはあった。それは金融機関との間で結ばれたコベナンツと言われる財務制限条項だった。

これは金融機関が、企業に対して一定の財務上の条件を付けた上で融資するというもの。もし企業が、自己資本比率などの財務条件を満たさなくなった場合、即刻、融資を引き揚げられてしまうというものだ。

芝河電機は、過去において経営を立て直すため、南が、約三千五百億円もの連結赤字を出すという大胆な決算を行った。そのため自己資本比率が約八パーセントと、メーカーとしては極端に低くなってしまった。この時は、金融機関と交渉して財務制限条項を緩和してもらい、なんとか融資の継続を引き出したのだ。ただし仏の顔も三度までというが、金融機関の顔は二度までだ。

もしY&Eの要求するように約一千億円もの巨額減損処理を実施すれば、自己資本比率は低下し、金融機関は財務制限条項に抵触するとして、融資を引き揚げてしまう可能性が高い。そうなると芝河電機は破綻するしかない。

芝河電機は、実はEEC買収の見込み違いのために瀬戸際まで追い詰められているのだ。そのことを認識している社員はほとんどいない。

それはEECが非上場企業であるのをいいことに世間に対しては業績悪化を公表していないこともあるが、日本側の監査法人である大日監査法人に圧力をかけ、屁理屈の上に屁理屈を重ねて、芝河電機は好調な業績を上げている企業と見せかけているからだ。

日野は、南に「無能」と罵られたため、大日監査法人に、望み通りの監査を行わねば、監査法人を変更するという露骨な圧力をかけた。

監査法人は、本来、企業の決算の公正さをチェックする機関だ。その存在意義は、投資家の正しい判断に資することだ。

ところが監査法人は、チェックされるべき企業から多額の報酬を得ている。例えば大日監査法人なら芝河電機から毎年十数億円の監査報酬を得ている。そんな大口のスポンサーに、望み通りの監査をしなければ、監査法人を変更すると恫喝(どうかつ)されて、それを拒否する骨のある監査法人など存在しない。

大日監査法人も同様だ。なんとか芝河電機の要望に応えるべく、必死の努力をした。厳格な姿勢を崩さないY&Eの説得は諦め、米国基準での減損処理を日本での決算に採用せず、日本独自の減損処理（当然、償却額は大幅に減少）を行ったり、芝河電機全体の収益見込みを大幅に増額させたりするなど、姑息な手段を駆使し、なんとか金融機関が望む決算を行っているというのが実態だった。

北村に言わせれば、これらの行為は、唾棄すべき「粉飾決算」だ。北村の社員としての存在理由でもあった芝河電機への誇りが惨めなほど傷つけられていた。南の秘書にならなければこんな実態を知ることはなかった。無邪気に芝河電機を信じて、世界を飛び回っていたことだろう。その方が、どれだけ幸せだったことだろう。北村は憂鬱を深めるばかりだ。

こんなこともあった。

ある時の社長月例でのできごとだ。電力社の佐藤真一ＣＰが突然、ＥＥＣについて約三百億円の損失処理の必要性を提示したのだ。

それはＥＥＣが受注していた約七千六百億円もの発電所建設案件に関わるものだった。佐藤は、見積工事原価総額が急増し、大幅に原価が超過したと、おずおずと説明した。

佐藤ＣＰは、いつも日野の餌食になる。

「こんな事態になるまで放置していたのか！」

日野は室内の窓ガラスが震撼するほどの大声で怒鳴った。

日野が怒るのも無理はない。受注は二〇〇九年だ。それから三年もの間、原価超過に気付かなかったというのか。

北村が、社長月例の後、電力社に所属する同期の宇田川に聞いたところによると、もっと以前から事態の悪化は分かっていたという。しかし南や日野の叱責が怖くて報告せず、またロスコンにもせず、いずれなんとかなるはずだと甘い期待を抱いていた。

その期待はいつまでたっても叶うことがなく、追い詰められて社長月例での報告となったのだ。

日野は、怒鳴り続けた。ただでさえ細身の佐藤の身体がますます細く頼りなげになっていく。

北村は、怒鳴っている日野を見ていた。日野は、大声を上げる度に瞬間的に視線を南に向ける。まるで責任は自分になく、佐藤CPにある、自分は事態を把握していなかったと言いたげな視線だ。そして部下を怒鳴ることで指導力を発揮していると見せつけていた。

北村は日野のことを怒鳴るしか能がないのか、と悲しく、情けなく思った。南も同様の思いだったようだ。

「無理だな、あいつに社長は務まらんな」

南はぼそりと言った。

結局、この案件は、日野が「チャレンジするんだ。こんな急な損失処理は認められん」と言ったため、大日監査法人を恫喝し、「芝河電機の知見を加えることで見積工事原価総額を抑えることは可能である」とのお墨付きをもらい、約七十億円の損失額だけに抑えてしまった。

日野を尊敬する宇田川でさえ、この結果については「日野を怖がるばかりに、まともな財務処理がなおざりになっている。なんとかしないとな……」と嘆いていた。

今度はＰＣ社で何かが起きているのだ。

ＰＣ社は、南のホームグラウンドだ。南を社長、会長に押し上げたのは、ひとえにＰＣ社再建の実績だ。そのＰＣ社で社員が自殺し、その原因を金融庁が探っている。北村には金融庁の目論見が推測できた。ＰＣ社で、粉飾が行われているのではないかと疑っているに違いない。

ＥＥＣの業績不振に悩む電力社、瀬川がいたＳＩＳ社は粉飾決算が横行している。これはあくまで北村がそう思うだけで、所属している社員たちは大日監査法人の監査を受けているから正当な決算処理だと言い張っているだろう。

ＳＩＳ社は、ロスコンをルール通りにしないことに抗議した瀬川を左遷したが、ＳＩＳ社のトップは、正当なことを言う瀬川を視界から消し去りたかったのだ。それは自分たちがやましいことをしているという自覚があるからだ。

ＰＣ社が例外であるはずがない。ＰＣ社も粉飾を行っているに違いない。それを指摘したことで山田は自死に追いやられたのではないだろうか。

もはや芝河電機は放置できないほど腐敗した状態になっている。

ＥＥＣ買収失敗による芝河電機全体の業績低迷を覆い隠すための粉飾だ。チャレンジという掛け声の下で、収益を強引なまでに追求する。それはやがて実体的な収益から離れ、粉飾という禁じ手に手を染めた挙句、数字だけの収益に変わっていく。このままではいけない。

「北村君、何か、悩み事でもあるのかね」

書類から目を離した南が聞いた。

「いえ、何もございません」

北村は、南が決裁した書類を整理していた。

「そうかね、いつになく憂鬱な顔をしているから気になったのだ」

「それは申し訳ございません」

北村は、喉元まで金融庁の友人の話が上がってきていた。話さなければと思えば思うほど、動悸が激しく打つ。

「PC社で自殺者があったようだね。話を聞いているか」

南は、サインをする手を止めた。

「はっ、調達部門の社員だそうです」

北村は、端的に答えた。まさか南の方から山田の話題を出すとは思わなかった。焦りで息が切れる。

南は、ふと何かを考えるかのように、視線を上に向けた。

「理由は分かっているのか？」

「いいえ、聞いておりません」

「そうか、調達部門か。問題は深そうだな」

南は、再び、目を落とし、書類にサインを始めた。

PC社が自分のホームグラウンドだけに、南には何か思うところがあるのだろうか。

金融庁のことを今、話さねば、機会を失う。北村が覚悟を決めた時、南が顔を上げた。

「何とかして日野を排除せねば、芝河電機がおかしくなってしまう。日野を辞めさせ、私が会長と社長を兼任したっていい。もし兼任が無理なら社長なんか加世田でも誰でもいい。今、動かねば、遅きに失するかもしれん。いいか、北村君！」

北村は、南の目になみなみならぬ意欲を感じ、たじろいだ。

南と日野の争いが本格化する。ますます芝河電機は混迷するだろう。こんなことでいいのか。

南の意欲とは裏腹に北村の心は急速に冷えていく。いっそのこと南、日野、この二人を一挙に退任させ、芝河電機を根本から立て直すべきではないか。そのために自分も行動すべきではないのか。南に忠誠を誓うのではなく、芝河電機に忠誠を誓うべきだろう……。

冷え冷えと凍りついていく心で北村は、曖昧に「はい」と答えた。

11

宇田川は、カウンターに肘をつき、熱燗(あつかん)の酒を杯に注いだ。

目の前には、マグロの赤身とヒラメの昆布〆の寿司が並んでいる。形の良い寿司だ。

宇田川がいるのは都営新宿線の神保町駅近くの寿司屋「はる駒」。カウンターと奥に小さなテーブル席だけ。

はる駒は、知る人ぞ知る江戸前の正統な握り寿司を提供する店だ。

その日に築地から仕入れたネタの札を見て、客は、自分の好きなネタを頼む。売り切れれば、主人が札を裏返す。シャリは、砂糖を使っていない。そのためすっきりし、口の中でべとつく感じが残らない。当然、ネタには、全て繊細な調理が施され、主人がさっと刷毛でつける、ネタに合わせた煮切り醤油で食べる。見事な仕事ぶりに惚れて、常連が多い。客はさっと寿司を食べ、熱燗を一、二本飲み、帰っていく。

宇田川もそうした常連の一人だ。

「宇田川さん、寿司が乾いちゃうよ」

いつまでも寿司に手を出さない宇田川を見かねて主人が声をかける。

「ああ、そうですね。いただきます」

宇田川は、ヒラメの昆布〆に手を伸ばす。

「どうして……」

宇田川は、思わず言葉を発した。主人の寿司を握る手が一瞬、止まった。

宇田川は、死んでしまいたいくらい後悔していた。前向きな彼には珍しいことだ。まさか日野が、瀬川に疑いの矛先を向けるとは想像もしていなかった。

ネットを見ていて偶然に『芝河電機では利益操作が常態化しています。問題です。それがPC社の実態です』という書き込みを見つけた。そしてこれもまた偶然なのだが、別件で日野に報告しなければならないことがあり、ほんの軽い気持ちで書き込みを見せた。日野は、みるみるうちに表情が変わり、宇田川はその場に留め置かれてしまった。日野は、何を考えたのか、経営監査部を呼びつけた。宇田川はその場に瀬川がいた。

ヒラメの昆布〆に続いて、マグロの赤身を口にする。

――瀬川は、俺を見て、驚いていた。当然だろう。なぜ、俺が日野社長と一緒にいるのかと……。

日野社長が瀬川を責めはじめた時、俺はあの場から逃げ出したかった。あれではまるで俺が日野社長に瀬川のことを密告したようではないか。

宇田川は、空になった徳利をカウンターに倒した。女将(おかみ)が「はい」と言い、それを片付け、新しい熱燗を運んできた。

「熱燗……」

――日野社長はPC社のことをネットに書き込まれたのが許せなかったのだろう。

あのPC社は、南会長のホームグラウンドだ。今、日野社長と南会長の仲は険悪化している。日野社長にしてみれば、何か落ち度があれば、南会長に潰されてしまう可能性がある。そのためせっせと神宮寺相談役のところに足を運び、保険をかけているが、決して安心はできない。もしPC社でスキャンダルが発生すれば、これは間違いなく日野社長の落ち度になってしまうだろう。南会長にしてみれば自分が立て直したPC社を、またメチャクチャにしたのかということだ。言いがかりだと、いくら日野社長が叫ぼうと、南会長は聞く耳を持たないだろう。

「何か握りましょうか？」

主人がにこやかな笑みを浮かべている。

宇田川が、あまりに深刻な表情をしているので気にかけているのだろう。

「煮ハマグリを頼みます。潮汁も」

宇田川は言った。はる駒の煮ハマグリは絶品だ。ハマグリの旬は2月〜3月だが12月でも場所によっては上質のものが獲れる。ほどよく甘さを引き出すように煮られている。その旨味がしみ出したハマグリの潮汁も宇田川が外さない一品だ。

――いったい誰があの書き込みをしたのだろうか。自殺した山田だろうか。山田はPC社に不満を抱いていたらしい。しかし山田が死んだ後に送られている。ということは山田の遺志を汲んだ者がいるということだ。それでことさらに日野は瀬川を疑ったのだ。あの書き込みは事実だろうか。

宇田川は瀬川の顔を思い浮かべた。

――瀬川はロスコンのルールを無視する会社を批判して左遷された。あのルール無視は利益操作と言えるのか。ＥＥＣが受注した案件もロスコンを無視したものだ。アメリカからは三百億円の損失処理を言ってきた。それを屁理屈をつけて七十億円の損失にしてしまった。俺は理屈さえつけば、それでいいと思っていたが、さすがにあの時は、唖然とした。これでいいのかと思った。監査法人を巻き込んで屁理屈さえつけばいいのだろうか。あれも瀬川なら利益操作だと許さないだろう。

「日野社長に近づき過ぎたのだろうか」

宇田川は、ぽつりと呟き、煮ハマグリの寿司を口に入れた。上品な甘さが口に広がる。もしこの甘さが癒してくれなければ、宇田川の心はすさみ切ってしまっていただろう。

宇田川が日野に愛されていることは間違いない。評価もされている。それは宇田川の社内の立場ではありえない。所属する電力社の佐藤CPや高井部長でさえ、日野への口添えを宇田川に頼むくらいだ。それを異常とは思わなかった。今日までは……。

——瀬川が俺を見つめる目は軽蔑に満ちていた……。どう言い訳をしたらいいのだろう。俺のことを裏切者と思っているだろうか。瀬川に釈明したい。俺だって、今のままの芝河電機でいいとは思っていない。変えなくちゃいけない。そう思っているんだ。

「くそっ」

宇田川は、小さく呻くように言い、杯に酒を注いだ。

12

「課長、課長」

吉田は、パソコンの画面を覗き込むようにしている。

「どうしたんだね」

森本がゆっくりとした足取りで吉田に近づいていく。

「来ました。新しいメールです。予想通り動きがありました」

吉田は、背後にいる森本に振り向き、興奮気味に画面を指さした。

「おおっ」

森本が歓声を上げた。

「『芝河電機で利益操作が常態化しています。ご相談したいと思います。山田秀則』。この山田って……」

「ええ、死人からアクセスしてきました」

吉田の顔が興奮で赤らんできている。

「面白くなってきたぞ。すぐこの死人にコンタクトするんだ」

森本が、吉田の肩を強く摑んだ。

第五章　再生か死か

1

宇田川は、急に社長の日野に呼び出された。

電話口で、ものすごく狼狽(ろうばい)している。今にも泣きださんばかりだ。わぁわぁと意味のないことを口走っている。

思わず日野が社長であることを忘れて「落ち着いてください」と大声を張り上げてしまった。

宇田川は、日野との距離感について悩んでいた。同期である瀬川を呼び出して、まるで内部告発をしようとしている社員であるかのように攻撃したからだ。

ＰＣ社の社員、山田が謎の自殺をした。彼は調達部門を担っていたのだが、ＰＣ社の仕事のやり方に悩んでいたのが原因らしい。

――利益操作していたのはＳＩＳ社だけでなく、あのインターネットに書かれたことは事実なのではないか。

宇田川は疑念を抱きつつあった。

山田はPC社の粉飾に加担することが耐えられなくて自殺したのだろうか。

しかしPC社は会長の南のホームグラウンドだ。ここで粉飾が行われているならそれは南の責任になるだろう。

南と関係が悪化している日野にとっては有利な材料のはずだ。

いや、そうではない。たとえ南の社長時代にPC社が粉飾をしていたとしても南の後任である日野が、南以上に粉飾を継続していたらどうなるか。それは日野の責任になる。粉飾に気付きながら、放置し、あろうことかそれを継続していたとしたら、日野の罪は南以上に重いと言えるかもしれない。だから日野は、あれ程過剰にインターネットの書き込みに反応し、瀬川を責めたのだ。

この問題の原因がEEC（イースタン・エレクトリック・カンパニー）の経営不振にあるとしたら日野は今、どの様な立場にいるのだろうか。

EECは、南と一緒に進めた買収案件ではあるが、原子力事業に精通しているのは南ではない、日野だ。

――EECの悪い噂は社内でも耳にするが、実態は知らされていない。

宇田川は、芝河電機で南や日野が声高に「チャレンジ」と叫び始めたのはEECの経営状態が、想像以上に悪いからではないかということは聞いていた。しかしその実態が社員に知らされることはいまだにない。多くの社員が、どの程度経営悪化しているのか疑心暗鬼になりつつも、知りたくない、聞きたくないという思いに陥り、ただひたすら「チャレンジ」の怒声に耐えていた。

——六千二百億もかけてEECを買収したが、それがほとんど不良資産であるとしたら……。芝河電機は破綻し、消滅する。

宇田川は、あってはならない経営危機を想像し、暗澹たる思いにとらわれた。

日野はいつかは業績が向上すると見込んで対外的には「EECの経営は順調」で押し通しているが、いつ問題が火を噴くか分からない。火を噴かせないためには、芝河電機の業績を悪化させるわけにはいかないのだ。実態はどうであれ、外部には絶対に弱みを見せられない。それは自らの失脚を意味する。

こんな思い、執念にとらわれて日野はPC社に粉飾を迫っていたとしたら……。

日野は粉飾とは考えていないだろう。大日監査法人という名門監査法人が、決算にお墨付きを与えてくれているからだ。それに芝河電機ほどの巨大な会社であれば、どんな会社でも多少の「決算操作」は行っている。それは「粉飾」ではない。ごまかそうなどというあさましい意図はない。多少解釈の相違はあっても可能な限り正しい決算を行おうとしている。チャレンジ！　チャレンジ！　社員たちの業績向上にかける意欲を決算に反映して悪いはずがない。

宇田川は、日野の意図を想像した。

まさか日野の激しい狼狽は、許される範囲の決算操作であると自らを納得させていたものが粉飾とされてしまうような重大な事態の急変が起きたことによるのだろうか。そうであればなぜ自分を呼ぶのだろうか。幹部たちはどうして呼ばれていないのだろう。電力社の佐藤ＣＰも自席でのんびりと雑誌を読んでいた……。

とにかく急ごう。ただ事でない事態であることは確かなようだ。

宇田川は、日野の執務室の前に立った。ドアを叩くのももどかしくなり「宇田川です。入ります」と大きな声で叫び、ドアを開けた。

日野がいた。部屋の中を歩いている。怒っているのだろうか、表情が険しい。

「お、宇田川君、来てくれたのか」

日野は宇田川を見た。目が赤く潤んでいる。目じりに涙の痕が光っている。泣いているのか。なぜ？

「いかがなさったのですか？」

「ジャニーが死んだのだ。遺体を迎えに行ってくれないか」

すがりつくような目で言う。ジャニー？　いったい誰のことだ。

遺体を迎えに行って欲しいとは？　親戚か誰かか？　外国人？

日野は、独身で、一緒に暮らしていた母親は既に亡くなり、一人暮らしのはずだが……。

「はぁ？」

宇田川は要領を得ず、首を傾げた。

「ジャニーだよ。私の飼っている猫だ」

なぜ分からないのだと怒っている。

「猫、ですか？」

宇田川が聞き返す。

「猫と簡単に言うな。私とは十三年も一緒に暮らしたんだ。本当に心から信頼できる友なんだぞ。あいつは絶対に裏切らない。先日来、体調を崩していたが、今日、お手伝いに来てもらっている人が、部屋の中に入ると、亡くなっていたんだ」

日野がこれほどまで取り乱す姿を見たことがない。社員の山田が自殺した時でさえ、少しも表情を変えなかった。

「それでどうしろと？」

「君にジャニーの遺体を迎えに行って欲しいのだ。ここに運んで来て欲しい。ささやかにお別れがしたい。私が、すぐに帰宅できたらなにも問題はないのだが、そういうわけにはいかない。今日は、夜まで仕事や会食が詰まっている。ここを動くわけにはいかない。ジャニーが寂しがっているかと思うと、いてもたってもいられなくて、何も手につかないのだ」

「なぜ、私ですか？　秘書の方の方が適任ではないでしょうか？」

宇田川は、一瞬、日野の表情が険しくなるのを見逃さなかった。まずいと思った。しかし後の祭りだ。

「嫌なのかね。君だから頼んでいるんだ。あまりにもプライベートなことだからね。秘書に頼むことは、公的なことに限っているんだ。君とはプライベートでも親密だと思っていたのだが、それは私の思い込みに過ぎなかったのかね」

日野の目の涙が乾き、冷ややかさが際立ってくる。

宇田川は、迷った。サラリーマンならトップからプライベートなことまで任されるほど信頼されているとなると、感激すべきところなのだろう。

しかし、猫の死体の始末とは、あまりにも……、何と言っていいか分からない。

しかしここまで言われれば受けざるを得ない。

「分かりました。どうすればよろしいでしょうか」

「おお、行ってくれるかね。やはり大学の後輩だ。ありがとう」

日野の表情が崩れた。宇田川はほっとした。

「すぐに自宅に行って欲しい。今、お手伝いの人がいる。万事、その人に言えばいい。ジャニーを籠に入れて、ここに運んできてくれ。お別れさえしたら、後は茶毘(だび)に付すのを手伝ってくれ」

「茶毘?」

宇田川は驚いた。

「茶毘と言っても火葬のことだ。業者の手配は私がする。君は、ジャニーをそこに運んでくれればいい。本来は、私が立ち会うべきだが、手が離せない。済まないな」

「分かりました」

宇田川も多忙だった。言わせてもらえれば社長である日野よりも、こまごまと忙しい。それが日野の飼い猫の始末に忙殺されるとは、いったいどのように考えればいいのだろうか。

日野は、あまりにもプライベートなこと過ぎて秘書には頼めないと言ったが、社員である宇田川をプライベートに利用していることに気付いていない。

「ありがとう。頼んだよ。車は、私の社用車を使ったらいい。運転手には言ってある。自宅までスムーズに送ってくれるはずだ。君はジャニーを連れてここに戻ってきてくれればいい。分かったね」

日野は右手で払うような仕草をした。早く行けということだ。

「それでは失礼します」

宇田川は、頭を下げ、踵を返した。

「ありがとう。恩に着る。君の面倒は見させてもらうからな」

日野は宇田川の後姿に声をかけた。

宇田川は、振り返りもせず、後ろ手で日野の執務室のドアを閉めた。失礼だとは思った。本来なら、日野に向かって礼をして出て行かねばならない。

しかし、そんな気持ちにならない。非常に惨めだった。日野に小間使いのように使われていいのか。否、それは自分に対する信頼の証であり、喜ぶべきことではないのか。否、日野の飼い猫の死体の始末をしたことは、たちまち社内に噂として伝わるだろう。

――あいつ、日野社長の飼い猫の始末をしたんだぜ。

――へぇ、随分、取り入ったものだな。そんなにまでして出世をしたいのか。

――そうだろうね。あいつ、同期の瀬川のことを日野社長に密告したらしいぜ。

――えっ、本当かよ。

――なんでも3チャンネルってインターネットのサイトに我が社の悪口が投稿されていたんだけど、それが瀬川じゃないかって日野にチクったんだ。

――ひどいじゃないか。同期を売るなんて最低な奴だ。でもそんな奴が日野の子飼いで出世するんだろう。やってられないな。

宇田川は、地下駐車場にある配車室に向かう途中、頭の中に社内で自分を誹謗中傷する声が木霊してうるさくて耐えられなくなった。今は、妄想に過ぎないが、いずれこれは実際の声となると思うと、たまらなく悔しさが込み上げてきた。これほどまで日野に付き従ってしまったことを後悔し始めている自分がいた。日野の子飼いであることを武器に出世を図ろうとしていたのではないのか。しかしそれは実は日野の経営者としての資質のなさを見て見ぬ振りすることだったのだ。それはルール通り実行されないロスコンに憤激する瀬川を宥め、すかし、余計なことは言わない方が良いなどとしたり顔で助言する人間に堕ちてしまうことなのだ。

「瀬川、これだけは信じてくれ。俺は、お前を日野社長に売ってはいない。頼む、信じてくれ」

宇田川は、地下駐車場に向かうエレベーターの中で言葉にならない言葉で呟いた。

瀬川は、どんな状況でも誰にも媚びずに孤高の道を歩いている。宇田川は、瀬川の姿を想像し、まぶしさを覚えた。それに引き換え自分はと言えば、日野の飼い猫の始末にいそいそと出かけている。あまりにも愚かで惨めだ。情けない。このままではいけない。自分は人間として瀬川を見捨ててはいけない。絶対に瀬川を一人にしてはいけない。宇田川は、強く心に誓った。

エレベーターが地下駐車場につき、ドアが開いた。

「もう、これっきりだ」

宇田川は、地下駐車場に響き渡る声で叫んだ。

2

金融庁証券取引等監視委員会（SESC）の特別調査課、別名トクチョウの吉田公男は、日比谷公園の大噴水の前のベンチに座っていた。

「この時期の噴水というのはちと寒いなぁ。もっといい場所がなかったのかよ」

愚痴ってても仕方がない。師走の十二月ともなると、さすがに噴水の水を通り抜けて来る風が冷たくなってきている。それでも噴水の周りのベンチには人が座っている。仰向けになって眠っているのか、空を見上げている者や、本を読んでいる者などそれぞれだ。

吉田は、経済雑誌「東西経済」の金融特集号の表紙をこれ見よがしに膝の上に置き、人を待っていた。

誰であるかは正体が不明だ。特別調査課のアドレスに山田秀則の名前で芝河電機で利益操作が常態化していると告発してきた相手だ。仮にXとしよう。

吉田は、早速、Xと接触を図るべく、メールに返事をした。アドレスは、個人のものだった。返事はすぐに来なかった。苛々して待った。

数日してようやく返事が来た。

「会いたい」と言ってきたのだ。その時、この人物は芝河電機の北村ではないかとふと思った。

北村は、会長の南の秘書で、吉田とは同窓同期だ。今月の初め、北村を芝河電機の本社に訪ね、自殺した社員、山田秀則の資料を受け取った。

しかし、それは目的の付随事項であって、本来の目的は北村を通じて芝河電機を揺さぶることだった。

芝河電機に何かが起きているとSESCが関心を持っているということを、北村を通じて芝河電機に認識させることだ。それによってトクチョウに通報してきたXに新たな動きがあると予想したのだ。吉田の思い通り、Xは再びトクチョウに接触してきた。そこで今日、午後二時に日比谷公園で会うことになったのだ。

ろうか。しかし、吉田が北村に接触した後、山田の名前でメールを送って来たのは、一体誰なのだろう。亡くなった山田であるはずはない……。揺さぶりに反応した北村か。しかし、彼はエリートだ。リスクを冒すはずはない。

Xは、何か目印を持って日比谷公園大噴水前の花壇側のベンチに座って待つようにとメールをしてきた。

吉田は了解し、目印として「東西経済」の金融特集号を膝の上に置いて待っていると返事した。

吉田は、指定の時間より早く到着し、ベンチに座っていた。尻が冷えてくる。座布団でも持ってくればよかったと後悔しながらも目の前を歩く男に注意を払っていた。

しかしコートも着ずに寒そうに肩をすぼめた、さえない風情の吉田に視線を向ける者はいなかった。

——すっぽかされたか。

腕時計を見た。約束の午後二時を数分、過ぎている。

——ん？

目の前に白っぽいセーターに濃いベージュのチェスターコートを羽織ったサングラスの女が立った。

三十代だろう。いわゆる美人というのではないが、意志が強そうで、さっぱりとしたボーイッシュな印象だ。キャリアを積んでいる女性の雰囲気がする。

「ＳＥＳＣ（セック）の方ですか」

女が声をかけてきた。

「えっ、はい」

吉田は、驚き、持っていた「東西経済」を落としてしまった。

「雑誌が落ちましたよ」

女は口角を引き上げた。笑みを浮かべているようだ。サングラスのせいで目が笑っているかどうかは確認できない。

「あ、ありがとうございます」

動揺する。まさか女性だとは想像しなかった。

「隣、空いていますか」

「どうぞ、お座りください」

女は吉田の隣に座った。

「念のため、証明する何かを見せてください」

女は前方を向いたまま言った。

吉田は、職員証をスーツから取り出して、女の方に向けた。女は、それを横目で確認すると「寒いですね」と独り言のように呟いた。

吉田はどう反応していいか分からなかった。彼女が、告発者なのだろうか。メールだけが。

のやりとりだったので性別は気にしていなかった。否、端(はな)から男だと思い込んでいたのだ

「あなたが私どもに連絡をされた方でしょうか」

「いいえ、私たちは芝河電機を再生したいと願っています。ぜひSESC(セック)にご協力をお願いします」

女は、吉田の問いに明確に答えない。

「分かりました。できることをやらせていただきます」

吉田は、慎重に答えた。

「これを検証してください。またご連絡します。よろしくお願いします」

女は厚い封筒を吉田に手渡した。ずっしりと重い。資料が入っているのだろう。

「これは……」

吉田が女に問いかけた。

「自殺した山田秀則さんから預かったものです。芝河電機のPC社の利益操作即ち粉飾についてのデータです。まずこれをどのように扱われるかを見てから、次の段階に移りたいと思います」女はベンチから腰を上げた。「それではよろしくお願いします」

「もし」吉田は、女に呼びかけた。「あなたへの連絡は、あのアドレスにメールをすればいいのですか」

吉田の両手は封筒の重みをずっしりと感じている。この中にどんな芝河電機の秘密が隠

されているのかと思うと、気持ちの高ぶりを抑えることができない。

女は、小さく頷く（うなず）と、そのまま来た道を歩いていく。しばらく女の後姿を見つめていた。

女は日比谷通りに出るのか、日比谷門の方向に歩いて行った。

吉田はベンチから腰を上げた。寒さはどこかに吹っ飛んでしまった。

ふと女が「私たち」と口にしたことに気付いた。告発者は複数存在するということなのか。

「面白くなってきたぞ」

吉田は、封筒を小脇に抱え、金融庁へと急いだ。

3

山際は、決意を秘めて手配したハイヤーに乗り込んだ。

これができるのは自分しかいない、そう思っていた。

瀬川がやってきた。思いつめているのは分かっていた。原因は、すべて自分たちにある。若い人に自由に経営させず、無責任に相談役などという立場で芝河電機にのさばり続けているからだ。

瀬川は、思い詰めている理由をつまびらかに語ったわけではない。

しかし山際は芝河電機の社内で何が起きているか、おおかたのことは把握していた。

長妻がいるからだ。経営監査部のベテランだ。

長妻は、要領の悪い社員だ。別の言い方をすれば筋を曲げないところがある。

山際が、専務取締役で情報処理システムの本部長となり、半導体ビジネスなどの立て直しを図っている時、やや皮肉っぽいが、意見に聞くべきところのある社員がいた。社内での評価は低かった。

ある時、山際は、部員の集まりで、今日は無礼講だ、なんなりと意見を出してくれと発言した。

公家(くげ)集団らしく意見は出ない。そんな中で一人、彼だけが発言した。商品ごとの縦割り営業をやっていてはいつまでたっても業績は上がるはずがない。営業マンが皆、タコツボから顔だけを出しているようなものだ。それでは文字通り手も足も出ない。手も足も出すためには、タコツボを破壊しなければならないと意見を述べた。

なるほどと思い、山際は、その社員の意見を採用し、組織を横割りにし、横断的な勉強会なども実施し、商品別ではなく、多種多様な製品を顧客に合わせて組み合わせるシステムとして営業することにした。すると見事に業績が上がった。

山際は、彼の特性から見て、経営監査部が適任ではないかと考えた。経営をいろいろな局面から見て、改善策を提言する部署だ。彼を呼び、経営監査部に異動を発令することにした。その際、一つだけ頼んだことがある。それは自分の子飼いとして経営の問題点を教えてくれということだ。

「あなたを見込んで頼みがある。私の目になってくれないか」

山際は、彼に依頼した。

彼は、二つ返事で了承した。それが長妻だった。

山際は、芝河電機の社長、会長と順調に階段を上って行った。長妻は、山際に依頼されたことを忠実に遵守し、山際の目となっていた。

長妻は、特に出世したわけではない。出世すれば山際の影響を疑われる。それに出世を望まなかった。山際と特別な関係であることを誇りに思っているようなところがあった。

瀬川が、SIS社の日暮CPと対立し、経営監査部に配属となり、長妻の部下となった。これは偶然のことだった。対立の理由を長妻から聞き、山際は心を痛めた。瀬川のことをよろしく頼むと山際は長妻に頼んだ。

「瀬川を追い詰めてはならない」

山際は、自分のところに何かを伝えに来た瀬川の深刻な顔を思い浮かべていた。

瀬川は、大きな屈託を抱えているに違いない。個人的なことではないだろう。一途で真面目な男だ。そのことは誰よりも知っている。その彼が悩むことは、芝河電機のことだ。長妻の話によると、PC社に経営監査に入って以来、様子がおかしいという。あのカンパニーで社員が自殺した。それと何か関係があるのだろうか。いずれにしても若い人をダメにしてはならない。もう自分は年を取り過ぎた。あの男を道づれに、南と日野も退陣させ、新しい組織にしなければ……。

「最後のご奉公だ」

山際は、腹に籠るような声で呟いた。

「もうすぐ到着です」

運転手が言い、ハイヤーが芝河電機本社の地下駐車場のスロープを滑るように降りていく。

久しぶりだ、と感慨深く思う。相談役という役割を与えてもらっているが、ここに足を運ぶことは、まずない。この肩書は対外活動をする際、非常に有効なのだ。創業百十年にもなる日本を代表する企業の相談役という肩書は、どこにでも出入り自由なパスポートみたいなものだ。

官庁であろうと、首相官邸であろうと、なんの問題もなく出入りすることができる、魔法の肩書だ。

もしこれがなかったら……。たとえ芝河電機の社長、会長をやったとしても単なる無職の老人、横丁の隠居だ。対外的な役職にも就くことはなく、官庁に出入りするためにはいちいち担当部署に伺いをたて、許可を得る必要があるだろう。

日本は、肩書社会だ。その中で必死で生きてきた山際は、いつの間にか肩書なしでは生きられなくなっていた自分に気付き、愕然(がくぜん)とした。こんなに情けない男だったのかという思いだ。

そして比べることはあまり適切ではないが、芝河電機相談役の地位を利用し、肩書コレクターと化しているのが、神宮寺だ。彼は山際の前任ではあるが、政府などから要請があれば、ひょいひょいとそのポストに就く。我が国にもっと相応しい人物がいるだろうと誰でも思うのだが、他の人はなかなか公職的な責任あるポストに就きたがらない。しかし神宮寺は違う。ほぼ断ることがない。だから頼む方は頼みやすい。外部の重要なポストに就くことで、芝河電機内部にも大きな力を持ち続けることになっている。相乗効果だ。まるでその効果を最初から見抜いていたかのようだ。

過去の芝河電機のトップたちも公職に就いた。しかしそれらは純粋に国家に奉職するという姿勢だった。だから芝河電機内部に影響力を及ぼさないように配慮していた。むしろ歴代トップが、国家に奉職している姿勢を見せることが、芝河電機の社員たちの誇りになっていた面が強い。

神宮寺だけは例外だ。相談役として芝河電機内部に対しては影響力を無くしていかねばならないのに、外部の公職に就くことでますます内部への影響力を持つようになっている。今では、南と日野を巧みに操り、二人を競わせることで、自分の地位を確固たるものにしているようだ。なんということだ。社長、会長が、相談役の顔色を見つつ、その相談役を取り込むことで相手を陥れようとしている。

芝河電機は、ライバルの日山電機から「公家集団」と揶揄されている。残念で恥ずかしいことだが、まさに言いえて妙だ。日本の古い歴史の中で天皇の地位を巡って人々が宮廷で争っているようなものだ。こんなことは終わりにしなくてはいけない。そして早く経営を正常化しなくては……。

――今やあのＥＥＣの問題は一刻の猶予もない状態なのだ。長妻からすべての元凶はＥＥＣだと聞いている……。

山際は、ハイヤーを降り、エレベーターホールに向かった。

神宮寺だけが、相談役になってもこの本社ビルの実質最上階に部屋があり、天皇と呼ばれながら鎮座している。

「どう、切りだすかな」

4

「どう？　第一級かな」

Ｘから渡された芝河電機の資料を食い入るように読み進めている吉田に森本が声をかけた。

「ええ、すごいですよ。これだけで検査に入れますね」

吉田が興奮した様子で答えた。

「そうか、そんなにすごいか」森本も覗き込む。「ところでその資料、女性が持ってきたそうだな。吉田が揺さぶりをかけた北村が手配したのか」

「それは分かりませんが、彼女は『私たち』と言ったんですね。それが引っかかっているんです」

　吉田は小首を傾げた。

「一人じゃないってことか」

　森本が関心を強める。

「そう考えられます」

　吉田が小さく頷く。

「芝河電機の中に内部告発チームができたとでもいうのか。これは面白くなってきたな。これが第一弾ってところか？　ところでそれはどんな内容なんだ」

　森本は、近くの椅子を引き寄せ、腰を下ろした。

「ＰＣ社のバイ・セル取引です。これを見てください」

「なんだね、この地震のようなグラフは？」

「ＰＣ社の売上高と利益を重ね合わせた折れ線グラフです。何か気付かれませんか」

　吉田は、森本を試すかのように薄く笑みを浮かべている。

「どれどれ」

　森本は資料をじっと見つめている。青線は売上高。赤線は営業利益。それが二〇〇五年六月から二〇一四年三月まで四半期決算ごとに記録されている。

「分かりませんか？　簡単ですが」

「せかすなよ」眉根を寄せて真剣に考えていた森本の表情が一瞬にして明るくなった。

「これおかしいぞ。営業利益の方が、売上高より多くなっているじゃないか」

森本がグラフを指さした。営業利益の赤線グラフが二〇〇八年九月頃から徐々に急峻な山、谷を刻むようになり、動きが激しくなる。そしてついに二〇一二年六月からは営業利益が売上高より多くなっている。

「気付きましたか」

「これはなんだね。こんなことはあり得ない」

「バイ・セル取引を恒常的に実施し、利益操作をしているからです」

「説明してくれるか」

「バイ・セル取引というのは、文字通り売買取引のことでそれ自体はなんらやましいことではありません。芝河電機ではPCの主要部品を各ベンダーや関係会社から購入して製造委託先に有償で提供しています。その際、調達原価を知られないためにマスキング価格で提供するんです」

「マスキング、すなわち価格を上乗せして実際の調達価格を秘密にしてあるんだな」

「その通りです。製造委託先は、PCを製造し、それを芝河電機に販売します。マスキングした価格です。部品調達から製造、そしてそれらを納入、最終的に顧客への販売となりますが、当然、一連の取引です」

吉田の説明を森本は頷きながら聞く。

「一連の取引ですから、マスキング価格で有償提供した部品が、製造委託先に四半期決算期に在庫として残っていれば、マスキング価格と実際の調達価格との差、すなわちマスキング値差すなわち差額は調整して、取り消す必要があります」

「ちょっと待て」森本が吉田の説明を止めた。「要するに芝河電機が部品を仕入れるだろう。それに一定の価格を上乗せして、それをマスキング価格と称して、製造委託先に販売する。製造委託先は、そのマスキング価格が調達価格となるわけだ。そして完成したPCは一定の利益を上乗せして、芝河電機に売却する。芝河電機は、PCを顧客に販売して、利益を上げるのだが、マスキング価格というのは、なんて言えばいいんだろう、あくまで便宜上の価格だ。決算では、実際の調達価格に上乗せした分を差し引かないといけないってことだな」

森本が自分に納得させるように言う。

「よく分かっていただけましたね」

吉田がにんまりした。

「馬鹿にするな。続けてくれ」

森本が、難しそうな表情で、吉田を促す。

「ところが芝河電機では、製造委託している以上の部品を委託先にマスキング価格で有償提供、すなわち販売し、マスキング値差を調整していないんです。売上原価を過少に見積もっています」

「ということは芝河電機は、マスキング値差分の架空利益が積み上がっているということか。しかしだな」森本が、首を傾げた。「そんなことをしてもだな、製造委託先から、マスキング値差を上乗せした価格でPCを購入し、いずれそれを調整したうえで顧客に販売しなくてはならない。単に製造コスト分の先送りにしかならないだろう」

「その通りです。先送り、先送りを繰り返し、その上、無理やり製造委託先に部品を押し込み販売している結果が、この異常なグラフに現れているんです。これは——」吉田は、資料の束を手で叩く。「この異常な実態を克明に記録しています」

「PC社の問題を告発しているということは、自殺したあの社員の関係者ってことか？」

森本が真剣な表情で聞いた。

「そう思われます。この資料は、自殺した山田秀則が作成したものと思われます。本人は亡くなっていますから、誰かに託したのでしょう。それがあの女性なのかどうかはわかりませんが……」

「しかし名門芝河電機ともあろう会社が、こんな単純な利益操作を延々と繰り返しているんだろうか。いずれ大きく調整しないと異常な決算になるに決まっている。それに監査法人もどうして見逃してきたのか。さっぱり分からんな。これは本当に地震計の震度のようだ。大地震になる予感がするなぁ」

森本は腕組みをした。

「ここに興味深い記述があります」

吉田が資料のペーパーを森本に見せた。

そこにはマスキング価格を利用した利益操作が、いつ、どのような契機で始まったのか、その経緯が記載されていた。

芝河電機の会長である南が、ＰＣ事業本部長だった二〇〇三年に本格的に利益操作が始まった。

実際は、それ以前にも行われていたようだが、組織的ではなく、期末近くになり利益目標が未達になる可能性が高いという際に、現場の判断で少しは行っていたことがあったようだ。

悪いことだとは、分かっていたが、それほど罪の意識はなかった。こんなことくらいどこでもやっていることだ、いずれ翌期には帳尻を合わせるのだから……。こんな思いだったのだろう。

その頃、南の下で、今はＰＣ社のＣＰである加世田が資材部長をしていた。部品などの調達の責任者だ。

当時、南は、ＰＣ事業の業績が振るわず、追い詰められていた。

ＰＣ社は、四百五十億円ほどの営業赤字を計上する可能性があった。

南は、会長の神宮寺に呼び出され、「黒字にしなければ社長の目はない」ときつく言われてしまった。

どうしても社長に上り詰めたい南に加世田が知恵をつけた。

バイ・セル取引を利用すれば、利益の水増しができますと……。

「PC事業が、徐々に時代遅れになりつつあったんじゃないのか。目先の利益ではなく、将来に向けての投資をすればよかったのに」

吉田の説明を聞いていた森本が嘆いた。

「ほんとうですね」

吉田も同じ気持ちだった。

加世田の助言を受け入れた結果、PC事業は、八十億円もの黒字に転換した。これは「南の奇跡の経営」と言われた。

勿論、業績が回復したのは、バイ・セル取引の悪用のためだけではない。南は、自分の足で、量販店などPC販売現場をこまめに歩き回るなど、営業現場を鼓舞した。業績向上に向けての必死な態度が、社員を刺激し、それが社内の一体感を醸成し、業績を押し上げたことも事実だ。南は、社員に「チャレンジ、チャレンジ」と叫び社員を鼓舞し続けた。

「この時の水増しした利益は調整ができたんだな」

森本が確認した。

「そのようです。しかし……」

吉田が顔を曇らせた。

「これが成功体験になりました。バイ・セル取引での見せかけの利益だけではなく、実際に売上高も上がったものですから」

「成功体験か……。企業には必要なものだが、過度な成功体験は、企業が誤る原因になる。

成功した時が基準になるからな」

「その通りです。日本は、日露戦争の日本海海戦でロシアを破りました。これで海軍は、いつまでも大艦巨砲主義にこだわり、航空戦に後れを取りました」

「ほう……、そんなところにまで成功体験が影響しているのかね」

森本は吉田の戦史に関する成功体験の説明に驚いた。

「南の後を受けた日野も、業績を落とすわけにはいかず、バイ・セル取引を繰り返したというわけでしょう。その結果、加世田は順調に出世し、今や次期社長を狙える地位にまで来ております」

「だれもが一度、味わった甘い蜜の味を忘れられないってことか」

資料は、利益水増しの構図が、芝河電機の各カンパニーに蔓延(まんえん)していると断定していた。

「Xと連絡を取り、もう少し調査してみます」

吉田は、再び資料を読み始めた。

5

「神宮寺さん、お久しぶりでございます」

山際は、神宮寺の前に立った。

「久しぶりですな。私の方も政府関係の仕事でバタバタしていまして、ご無沙汰しています」

神宮寺の執務室は、芝河電機の本社ビル三十九階の、最も眺望の良い場所にある。窓からは東京湾が一望できるはずなのだが、明るさを嫌う神宮寺は、いつも厚いカーテンで窓を塞いでいる。部屋の中には、オーク材で天井まで届くほどの書棚がしつらえてあり、そこにびっしりと隙間なく書物が詰まっている。カーテンの隙間から、わずかに差し込む光でオーク材の書棚が黒光りすると、いやでも重厚さが増す。神宮寺はここに毎日、出勤しここから政府関係の各会合などに出かけていく。この部屋は神宮寺が社長になって以来使い続けており、神宮寺がこの部屋の主になって二十年近くになる。

神宮寺は、読んでいた書類を机に置くと、「どうぞ、そちらに」と山際にソファに座るよう勧めた。

「では座らせていただきます」

山際がソファに腰を下ろすと、女性秘書がすぐに茶を運んできた。

「ありがとうございます」

山際は、女性秘書に礼を言った。

「今日は、なんの用でしょうか。私は、この後、官邸に行き、矢部(やべ)首相と懇談することになっておりまして」

神宮寺は、鶴首を伸ばしながら山際の前に座り、茶を口に運んだ。

「なんだね、これは熱いじゃないか」

突然、女性秘書に怒り出した。

「申し訳ございません。すぐにお取り替えさせていただきます」

「君は新人かね」

「はい、申し訳ありません」

女性秘書は、この場から逃げ出したいと願っているのが表情に出ている。

「今回はいい。茶というものは少し冷ましてから淹れるものだ。これじゃ火傷するだけで、茶の味も香りもない。下がってよい」

神宮寺は、手で払うような仕草をした。

「申し訳ございません」

今にも泣きだしそうな顔で女性秘書は、部屋を出て行った。

相変わらずだと、山際は、両手で湯飲みを抱えるようにして持ち、ずっずっと音を立てて茶を飲んだ。

「すまないね。気が利かない社員ばかりになった」

神宮寺は口元を歪めて、湯飲みを手に取ったが、「熱い」と小さく叫び、手を離した。

「今日、参りましたのはですね」

山際は、神宮寺を見つめた。湯飲みをテーブルに置いた。

「改まってなんだね」

神宮寺が警戒する。

「芝河電機のことです。どうも経営が上手くいっていないような気がするのですが……」

「そうかね」

とぼける。

「南君と日野君の関係が良くないようです」

「気が付かないが」

さらにとぼける。

山際が、じろりと見つめる。

「お気付きになりませんか。彼ら二人が仲が悪く、二人でチャレンジとか言って社員を追い込むものですから社員は非常に疲弊しております」

「チャレンジ？　そんな言葉は私だって使っておった。チャレンジ、すなわち挑戦だ。挑戦しないような奴は失格だとか言っていたぞ」

「神宮寺さん、本当に何もお気付きになっていませんか。南を社長、会長にしたのはあなたです。そして日野を南に推薦し、その後任にしたのもあなただ。その二人が、今、決定的に関係が悪化している。その理由は、すべてＥＥＣが原因です。社内では、ＥＥＣの業績悪化を糊塗するために利益操作がまかり通っているのです」

山際は、あまりに神宮寺が何も知らないという態度を取るため、珍しく苛立ち、口調が激しくなった。

「山際君、君は何を言いに来たのかね」

不愉快そうな表情になる。

「今、芝河電機は大変な事態に陥っています。膿を出し、大きく変わらねばならないと思います」

少し落ち着く。

「そんなことといつの時代も同じだ。変革しなければ生き残れるはずがない。君は、こんなくだらないことを言いにわざわざ出てきたのかね。私は、申し訳ないが君のように暇ではないんだ。この後も会合が三つも詰まっているんだ。もう帰ってくれないか」

神宮寺は、席を立とうとした。

「お待ちください」山際が止めた。

「私もあなたも長く芝河電機に関係し過ぎました。私は、身を引く考えです。神宮寺さん、あなたもご一緒にどうですか？　そのお誘いに参りました」

山際が言い終わると、神宮寺の表情が急変する。耳がじわじわと赤く染まっていく。血の気が上っているのだ。目じりが吊り上がり始め、視線が鋭くなっていく。

現役時代と同じだ。この怒りに触れたくなくて、言いなりになったことが何度あっただろうか。

「何を言いに来たかと思ったら、そんなくだらないことなのかね。自分の出処進退は自分で決める。君にとやかく言われたくはない」神宮寺の息が荒くなる。興奮しているのだ。

「君は、私の後任だ。しかし、本当のことを言えば、無能だった。全く期待にも沿わなかった。だから野心のある南を抜擢して、君と交代させたのだ。それが今頃になって気に障ったのかね」

毒を吐き続ける。

山際は、神宮寺の性格を知り尽くしている。全てを自分で支配しないと気に食わない。鉛筆一本、メモ用紙一枚に至るまで、その使用報告を上げろと言わんばかりだった。重箱の隅は、これでもか、これでもかとうんざりするほどつつくのだが、重箱そのものには関心を払わない。大局観、全体観に欠ける面がある。

ここまで重箱の隅をつつかれると、社員は萎縮してしまう。ところがこの結果、神宮寺の社内掌握が完璧になってしまう。誰もが、神宮寺にミスを指摘されないように、重箱の隅ばかりに目が向くようになるからだ。

芝河電機の社内は、官僚組織のように硬直化し、誰も自ら進んで行動したり、意見を述べたりすることがなくなっていった。失敗を恐れるようになり、成果を競うより、リスクやミスの最小化に努めるようになっていった。

山際は、そうした気風を変えようと努めた。公家風と言われ、のんびりとしてはいるものの、自由闊達な社風に戻そうとした。しかし、自分の上に神宮寺がいる限り、無駄な努力だった。

逆らう者がいなくなった社内で、神宮寺が言い出したのが「選択と集中」だった。総合電機メーカーとして成長してきた芝河電機は原子力、重電、家電、コンピュータやその関連部品など、あらゆるものにウイングを広げている。

それでは新しい時代に適応できない。無尽蔵に投資資金があるわけではない。経営資源の選択と集中は時代の要請だ。それが神宮寺の主張だった。

そこで注目したのが原子力発電だった。

「あなたは経済産業省からこれからのエネルギーの中心は原発になるとのサジェッションを受け、原発に注目をされましたね。私は、反対しました。そしてＥＥＣが売りに出ているが、買収しないかと言われたのでしたね。私は、反対しました。我が社は、アメリカのトータル・エレクトリック社と関係が深いですし、ＥＥＣの財務内容に不安があったからです」

「それがどうしたんだね。ＥＥＣを買収したのは南君だ」

「あなたはＥＥＣの買収こそ、選択と集中だと言い、非常に乗り気になった」

「当然だよ。我が社が得意とするのはトータル・エレクトリック社のＢＷＲだが、ＥＥＣを買収すればＰＷＲの技術が手に入るのだ。私の代に買収したかったよ。君がぐずぐずして決断しなかったのが悪いのだ。あの頃、買収していれば、もっと内容は良かったんじゃないか」

神宮寺が、もう聞くのも嫌だというように顔をしかめた。

「私が反対するＥＥＣ買収は頓挫した。あなたは南君や日野君にけしかけた。社長になりたければならしてやるが、その際には、ＥＥＣを買収するのだ、とね。そしてＥＥＣが再び売りに出た時、あなたは彼らに『買え！』と命じた。彼らはあなたの意向を知っているため、他社に負けないように、とんでもない入札価格で競り落とした。そうですね」

山際の表情から、穏やかさが消えた。

「なにが言いたいんだね。あの買収のお陰で、南君は最高の経営者だと賞賛されたではないか。全ては、あの東日本大震災での原発事故が悪いんだ。あれさえなければ原発の受注は世界中でいくらでもあった。我が社は、文字通り我が世の春だったのだ」

今にも出かけると言わんばかりに神宮寺が立ち上がった。

「おっしゃる通り原発事故は、我が社にとって予期せぬ不幸でした。しかし、その後もあなたは南君や日野君の上に君臨し、原発事業からの撤退を許さないという空気を醸し出したのではありませんか。それはあなたがあまりにも政権や経済産業省に近いからだ。原発推進の政府方針に逆らわず、支えること、アメリカ企業であるＥＥＣを巨額資金で買収しながらすぐに放棄すれば、日米間の問題になると懸念する政府筋に配慮したことなど……」

山際も立ち上がった。まっすぐに神宮寺を見つめている。こんな不遜な態度をとるのは、初めてのことだった。もっと早く、ここまで対決する勇気を持っていればよかったと山際は、今更ながら嘆く気持ちを抑えられなかった。

「ＥＥＣ買収に反対だった君は今になっていろいろと言うが、我が社だけだぞ、ＢＷＲとＰＷＲの技術を持っているのは。世界広しと言えども我が社だけだぞ。その強みを発揮すれば、我が社は未来永劫安泰だよ。政府だって我が社に頼らざるを得ないんだ。原発の廃炉だって我が社なしではやっていけない。君はそんなことも分からないのか。今という結果だけを見て、なんだかんだと文句を言うのは、不愉快だ。許せない。君だって経営陣の一翼を担っていたんじゃないのか。今の我が社の経営不振に対して責任があるはずだ」

　神宮寺は、興奮で言葉を詰まらせる。

　山際が、神宮寺に向かって、一歩、踏み出した。

「神宮寺さん、今、社内では、その場しのぎの利益操作、非常に厳しい言い方をすれば粉飾まがいのことが横行しているのをご存知ですか。私はそれを聞いて、唖然といたしました。ロスコンの工事に引当金を積まない等は当然の様に行われ、コスト先送り、関係先への押し込み販売等、ありとあらゆる手段を講じているようです。詳細はしっかりと調査しないといけませんが、全ての原因はＥＥＣにあります」

「ＥＥＣは順調だ。少なくとも私は、そう聞いている」

「ごまかしは止めましょう」

「失礼だぞ。ごまかしてなんぞいない」

　神宮寺は怒りを顕わにした。

「ＥＥＣを買収した際ののれん代の償却はどうなっていますか。ＥＥＣ本体では一千億円程、償却したとの情報を得ましたが、芝河電機の決算にそれは反映されていないようです。日米の会計処理の違いを利用した不適切な処理ではありませんか。いったい三千億円以上ののれん代をどうやって償却するのですか」

「ＥＥＣは順調なのだから、そんなもの全く問題ではない」

「神宮寺さん、現実を見ましょう。今、世界で原発工事が順調に進行していると思っておられますか。福島第一原発の事故以降、世界の原発工事は大半が中断し、進行中のものでも安全コストが膨大になっています。ＥＥＣも計画以上のコスト負担を強いられ、順調であるはずがありません。もし膿がたまっているなら、全て出しましょう。手遅れにならないうちに……」

「どうしろと言うんだね。私に……」

「責任を取りましょう。南君と日野君を辞めさせるのです。私たちと一緒に」

山際は、強く神宮寺を見つめた。

「私に相談役を辞めろと言うのかね」

神宮寺は、不愉快そうな表情をした。

「その通りです。おくればせながら責任を取り、芝河電機から完全に去るのです。南君と日野君も連れて行きましょう。そうすれば後任者が、彼らのやっていることを暴き出し、再び正常な道に戻してくれるでしょう」

山際は、神宮寺を見据える。

「君は、南君と日野君が不正をしているとでも言いたいようだね。それは問題だよ」

詰問口調で神宮寺が言う。

「ＥＥＣの財務内容の悪化を糊塗するために、彼らは利益操作の闇に落ちているようです。

神宮寺さん、あなたは本当はとっくの昔に気付いているのではありませんか。あなたが相談役に留まり、多くの政府関係の役職に就けるのは、芝河電機が優良企業であるからです。これが経営悪化企業となれば、たちまち役職からは辞任しなければならなくなります。我が社の決算が良好であることはあなたにとっても非常にメリットのあることです。あなたは彼らが利益操作に血道を上げているのを、見て見ぬ振りをしていたのではないですか」

　山際は、思わず自分の口から出た言葉に耳を疑った。これほど厳しい言葉を、自分が、神宮寺に投げかけるとは思ってもいなかったからだ。

「許せん。君は、私を侮辱するのか。私が、この地位に恋々としているとでも言うのかね。辞めたければ、君が勝手に辞めればいい。私に責任を押し付けるな」

　神宮寺の耳が一層、充血し、さらに赤みを増している。皮膚の薄い顔から、血管が浮き出ている。

「私は、南君と日野君にも、あなたに話したことと同じことを話すつもりです。あなたが一緒に行動してくれると、彼らは決断しやすいと思います。私一人では、どうなるか分かりません。しかし、芝河電機の再生には、私たち四人の退陣が必要です。そして膿を出し切るのです」

　山際は、少しもたじろぐことなく、言い切った。

　ふと、瀬川の顔が浮かんだ。少し寂し気だ。彼らのような若い人に、この会社を委ねねばならない。もう一度、この会社に活力を取り戻すために……。

「芝河電機の再生のために、時間が余り残されていないような気がしております」

理由は分からないが、なぜだか山際に微笑(ほほえ)みが浮かんだ。それは余裕ではなく、おそらく絶望のためだろう。神宮寺の顔を見た時、そう思った。神宮寺は、唇の端に白い泡をつけていた。興奮し、口中で唾が泡立ち、あふれ出しているのだ。

「山際！」神宮寺は、山際を呼び捨てにした。「君が、私を侮辱したことは、一生、忘れないぞ。必ず後悔させてやるからな。とっとと帰れ！」

神宮寺の怒声、憎しみのこもった目。

――こうなることは予想通りだ。戦いは、これからだな。

山際は、踵(きびす)を返した。

6

吉田は、日比谷公園の大噴水の前のベンチに座っていた。時間というのは客観的には時計で計るが、主観的には待ち人に期待が大きければ、なんと長く感じることだろうか。

Xからの呼び出しに応じて、正体不明の女性から芝河電機のPC社の利益操作に関わる詳細なレポートを受け取った。

まる一日、それの分析に取り組んでいた。これだけの資料があれば、検査に入ることができると考えていた際、またXからメールが来たのだ。

やはり以前と同じ、日比谷公園で会いたいという内容だった。

急ピッチだ。何かが芝河電機で起きているという身震いするような興奮を覚えながら、会う時間を確認した。

約束の時間は午後一時。かなり早めに来てしまった。風が冷たい。コートを着てくればよかったと後悔していた。手に握りしめた「東西経済」の雑誌が冷たく感じられる。

あの女性が去っていった方向を見つめる。何人もの女性や男性が吉田に向かって歩いて来るが、そのまま目の前を通り過ぎていく。

時計を見る。約束の時間を数分、過ぎてしまった。まだ来ない。何かあったのだろうか。今回もあの女性が来るのだろうか。

コートの裾を風にあおられながら走って来る男性サラリーマンがいる。

彼だ、と吉田は思った。根拠はない。しかし、吉田の勘だ。

彼が、吉田の前に立った。三十代だろう。体育会系のがっしりした体躯(たいく)で精悍(せいかん)な印象の男性だ。

吉田は、男性を見上げた。

「すみません。SESC(セック)の方ですか」

彼は言った。微笑みを浮かべている。緊張感はない。

「はい、そうですが。メールをいただいた方でしょうか」

吉田は座ったまま聞いた。

「ここに座っていいですか？　噴水を眺めたいので」

「どうぞ」

吉田が、座っている位置を少し右にずらした。

彼は腰を下ろし、「風は冷たいですが、いい天気ですね」と空を見上げた。吉田もつられて空を見る。真っ青な空が広がっている。

「いい天気です」

吉田は答えた。

「この間のＰＣ社の資料は見ていただけましたか」

彼が空を見上げたまま、独り言のように言った。

吉田の緊張が高まる。

「ええ、拝見しました。驚きました」

「あれだけじゃないんです」

「と、言いますと」

吉田は彼の方に顔を向けた。まだ彼は空を見たままだ。

「今日は、資料はありません。独り言だと思って、前を向いたまま聞いてください」

「分かりました」

吉田は、彼から視線を外し、正面の噴水を眺めた。

笑みを浮かべ、余裕を見せているが、彼は吉田と会っていることを周囲に気付かれないように警戒しているのだろう。

「芝河電機のある社員がミャンマーに派遣され、その国の人の生活を向上させようと、発電所設備の案件獲得に奔走しました。彼は、新興国の発展に尽くすことに生きがいを持っていました。そして見事に発電所設備の受注に成功しました。ところがコストが九十億円以上もかかるプラントを六十億円で受注したのです」

「赤字ですね」

「ええ、芝河電機には赤字受注、すなわちロスコンに対するルールがあります」

彼は、工事進行基準やロスコンのルールを手短かに説明した。

それによると、芝河電機では見積工事収益総額が十億円以上かつ工事期間が一年以上の長期にわたる工事、それ未満であっても着工年度中に引き渡しが行われない工事には工事進行基準が適用され、コストや収益の平準化が図られる。また期末に二億円以上の損失が見込まれる工事は、ロスコンとして赤字見込み額を工事損失引当金として計上しなければならない。

「厳格にルールを適用しないと決算を歪めることになりますね」

吉田は言った。

「その通りですが、芝河電機は、赤字でも受注できればいい、ライバル社に負けなければいい、いずれ黒字になる、そんな理由で赤字受注をし、それを決算に反映させない道を選んだのです」

彼は、ぼそりと言った。

「どういうことですか?」

「ロスコンにしないのです。引当金を積まないのです」

「ロスコンにするのがルールだし、黒字になれば、引当金が戻るわけですから、ロスコンにしない意味が分かりません」

吉田は彼に強い口調で言った。

彼が吉田に振り向く。真剣な表情だ。

「目先の利益にとらわれているんです。タコツボに落ちているんです」

「タコツボ?」

「それぞれのカンパニーが、それぞれ自分の利益だけを考えて動いています。自分のカンパニーさえよければいいんです。そこで見せかけの利益を上げて、社長、会長の叱責を逃れようとしています。なんとかしないと芝河電機は再起不能になるまで腐ってしまいます。先送りしてきた損失がたまりにたまっているのではないでしょうか」

彼の目が暗くなった。悲しみに満ちている。

「先日は女性がPC社の利益操作の書類を渡してくれました。今回はあなたがプラントに関わる工事進行基準やロスコンなどのルールを恣意的に捻じ曲げることで、利益を操作していることを示唆してくださいました。どうしてこんなことをするのですか。どれもこれも稚拙で、いずれどこかで帳尻を合わせねばならないわけですから、意味がありません。

芝河電機ともあろう名門会社が、どうしてこんなことをするのですか？」

　吉田が率直に聞いた。

「私たち社員が、その場がなんとかしのげればいいという安易な道を選んでいるんでしょう。長期間にわたってごまかし続けていますからね」

　さらに彼の目が、悲し気に暗く沈んだ。

「経営者は、この実態に気付いているのですか」

　吉田は聞いた。

　彼は、険しい目で吉田を見つめた。

「経営者こそが問題です。将来を見据えず、目先の利益だけを追っています。日本企業は、将来を見据えて投資をしたり、経営改革を断行するという評判でしたが、芝河電機に関しては、それは当てはまりません」

「あなたや先日の女性が私たちに会社の内部情報を提供してくださるのは、義憤からですか？　私に何を期待されていますか」

　吉田は問いかけた。

「私たちは芝河電機を愛しています。誇りに思っています。そこで改革に立ち上がるつもりです。ぜひお力をお貸しいただきたいと願っています」

　彼は頭を下げた。

「あなた方は芝河電機の改革を願うチームなのですか？」

吉田が聞いた。

彼は、吉田に微笑んだ。そして肯定するように、小さく頷いた。

「改革しようとする社員がいることはいいことです。希望がありますから」

吉田は力強く言った。

「ありがとうございます。吉田さん」

彼は、吉田の名前を口にした。名刺交換はしていない。お互い名前を知らないで会っている。なぜ自分の名前を知っているのかと不思議に思った。

「私の名前をどうしてご存じなのですか？　ＳＥＳＣ（セック）のサイトには名前を公表していませんが」

吉田は怪訝（けげん）そうに首を傾げた。

「ある人から聞きました。あなたは信頼ができる人だと」

彼の真摯な目が、吉田を見つめた。

「ある人？　それは誰ですか？」

吉田は驚いた。

「まあ、いいじゃないですか」

彼は吉田を見つめた。穏やかな笑みを浮かべていた。

7

山際は、まだ諦めていない。神宮寺は、全く聞く耳を持たなかったが、南と日野に話してみようと考えていた。

彼らが、芝河電機の現状をどう考えているか、聞いてみたいと思ったし、二人が同時に退任し、後任に道を譲る考えがあるかどうかも質したいと思った。

彼らの性格は十分に理解している。自分などが何を言っても、意見を受け入れるタイプではないことも分かっている。

しかし、やらざるを得ない。やらねば、後々、大きな後悔にさいなまれるだろうと思っていた。

山際は、南との面談の予約を取り、執務室に向かいながら自問している。自分には責任はないのか。

山際の時代には、不正な経理処理は行われていなかったと信じている。少なくとも組織的にはなかった。そのことは長妻の報告からも明らかだ。

では現状に責任がないのかと問われれば、大いに責任があると言わざるを得ないだろう。なぜならそのような腐乱した社風にしてしまったからだ。もっと厳しく、自らを律することができる社風にしておけば、こんなことはなかったに違いない。

「気持ちが滅入る……」

山際は自らを鼓舞し、ようやく南の執務室の前に立った。ドアを開ければ、戦いが待っている。虚しい戦いにならなければいいのだが……。

ノックをする。

「どうぞお入りください」

南の声だ。

山際はドアを開けた。

「お久しぶりです。お時間をとっていただき、申し訳ありません」

山際は、ドアの近くまで来ていた南に言った。

「山際さんがどうしても話したいことがあるとおっしゃったものですから、緊張してお待ちしていました。どうぞ、こちらへ」

南は、室内の応接ソファに座るよう、山際を促した。

山際は、久しぶりに南の顔を見た。以前のような覇気が失われているように感じた。

南を後任の社長に推挙したのは山際だった。もちろん神宮寺に南が評価されていたからではあるが……。自分でもよい人選だと思った。

当時、芝河電機は肥大化した組織の無駄をなくし、組織の再編などを進めていた。覇気があり、新しい血が必要だと考えていた。その中でPC社を再建した南に注目した。

今までの芝河電機の社員のカラーではなかった。経歴も異色だった。海外現地法人採用から、這い上がってきたからだ。野心に満ちていた。公家風と言われる社風を変えてくれるのではないかと思ったのだ。

——自分の責任なのか……。

山際は、この執務室に入るまで、芝河電機の窮状について、自分の責任について考えていた。利益操作などの不正経理についての責任はないだろうと確信していた。しかし自らを律する社風を築くことができなかった責任はあると思ったのだが、もっと大きな責任があると気付いた。

——南を後任に選んだことだ。

山際は、ソファに深く腰を下ろし、南を見つめた。

「いかがされましたか」

南が、やや戸惑いながら見つめ返す。山際の表情が優れないのが気がかりなのだろう。

「いやぁ、なんでもない。しかし、難しいものだね」

ぽつりと呟く。

「なにが難しいのでしょうか」

南が聞く。

山際は南に視線を合わせた。

「私は神宮寺さんから選ばれて社長になった。君は、私が推挙したのだ。勿論、君が神宮寺さんに評価されていたからでもある。後任選びは難しいと思ったのだよ」

山際の言葉に南は苦笑した。

「私を推挙したことを後悔されているんでしょうか」

「はっきり申し上げて失礼だと思うが、その通りだよ。非常に後悔している」

山際は、顎を上げるようにして南に顔を向けた。

「なかなか手厳しいですね。久しぶりにお会いした挨拶代わりの言葉とは思えませんが」

南は、眉間に深く皺を寄せた。

「君も私と同じことを考えているんじゃないのか」

「私が、ですか？　後任選びについて……」

「そうだよ。君も難しさに気付いているはずだ。芝河電機の現状を考えたらね」

山際の、ある種の迫力に押され気味になるかのように南は身体を後ろに引いた。

「日野のことでしょうか？」

南が聞いた。

「そうだよ。君の後任だ。君の推挙だ。もちろん神宮寺さんも私も賛成した。君だけが選んだとは言わない」

「彼は、私の推挙ですが、実際は神宮寺さんの人事ですよ」

南の表情が歪む。

「責任を回避するのかね。社長人事は、前任が指名委員会に候補者を推挙して、社外の委員の皆様が選ぶという体裁だ」

「それは山際さん、あなたが社長時代の二〇〇三年に委員会設置会社に移行されたからです。従来の取締役に加えて社外取締役を四名も加えて、彼らに社長を選ばす指名委員会制度にされた。だから私が日野君を推挙したのは事実ですが、選んだのは指名委員会です。しかし実際は神宮寺さんです。神宮寺さんに評価されていると言えば社外の委員の方々は誰も反対しません」

南の顔に憤懣（ふんまん）が浮かび始めた。

「最高のガバナンスを利かせるつもりで当時の最先端の経営手法だった委員会設置会社にしたのだが、全く生かされなかった。完全に骨抜きになった」

「仏作って魂入れずとなったのは、私のせいだとでもおっしゃるのですか」

南の言葉がきつくなる。

「そうは言っていない。私や神宮寺さんのような者がいつまでも居残っているから、君たちは委員会よりも私たちの顔色を窺（うかが）ったのではないかな」

「あなたの顔色を？」

南が首を傾げる。

山際が苦笑する。

「はは、君が私の顔色を窺うことなどはなかったね。訂正しよう。神宮寺さんの顔色とね」

「私が神宮寺さんの顔色を窺って何をしたというのですか？」

「君は、ＥＥＣの買収に走ったね。あれは君の発案でもあったが、神宮寺さんの後押しがあったからだ。日野君の社長就任もそうだ。日野君は原子力一筋の男だ。彼を後任に推挙したのはＥＥＣの問題が大きくなりそうだったからだ。専門家ならなんとかしてくれるのではないかと君や神宮寺さんは考えたのだろう。それで日野君が君の後任になった。結果は考えた通り上手く行っているかね」

山際は畳みかけるように言った。

南は苦渋に満ちた表情になり、「私は、今、山際さんから何を聞かされているのでしょうか。いったい私にどうしろとおっしゃっているのですか」と聞いた。

「ＥＥＣの買収は上手く行っているのかと聞いているんだ」

山際は厳しい口調で言った。

「順調です！」

南が声を荒らげた。

「なにが順調だ。いい加減なことを言わないでくれないか。私の耳には悪い話しか入ってこない。曰く、ＥＥＣの経営悪化をなんとか糊塗するため、芝河電機の各カンパニーで無理な利益操作が常態化しているとね。君や日野君が『チャレンジしろ』と社員を叱咤するたびに利益操作が横行するという話だ」

山際の視線は冷たく冷静だ。

「利益操作などありません」

南は語気を強めた。

「君には何も見えていないのか。あるいは見ないようにしているのか。どっちだね。君のホームグラウンドであるPC社の社員が自殺したではないか。あれは利益操作に苦しんでの自殺だという噂を耳にしたが、実際はどうなのだ。調べるべきではないのか。ロスコン処理、経費先送り等、いろいろな手段を講じて利益を水増ししているんではないかね。そして何よりもEECの実態を精査してのれん代を思い切って償却すべきだろう。膿を出さない限り、芝河電機の再生はない」

山際は、一歩も譲らぬ決意で言った。

「日野君が誤算でした……」

南が視線を落とし、呟くように言った。

「誤算と言うのは、どういう意味だね」

「彼は専門馬鹿です。経営の手腕はない。部下も動かせない。原発には詳しいですが、ですからEECの経営実態を隠そうとする。責任が及ぶのが嫌なのでしょう。EECに派遣している役員も日野にレポートする。EECの本当の実態を知っているのは、日野だけでしょう」

南の唇が悔しそうに歪んだ。

「それは極めてまずいじゃないか」

山際は冷静に言った。

「社長月例会議での日野の発言を聞いていると耳を覆わんばかりです。とにかく利益を上げろの一点張りです。『チャレンジ』と言われるたびに部下は萎縮し、すぐに興奮するのでだんまりを決め込んでいます」

南が山際を見つめた。

「それでいいのかね。ＥＥＣは君の経営手腕の成果だと世間は思っているのだ。それなのに実態を十分に把握していないなどという言い訳が通るはずがない」

山際の口調は容赦ない。やはり自分が南を推挙したという立場がそうさせるのだろうか。

「私も日野には社長を続けるのは無理だと思っております。退任させる考えでおります。後任は考えております」

南の視線が強くなった。

「本気で言っているのか」

山際が迫った。

「本気です」

南は、断固とした口調で言った。

「いつ、実行に移すんだね」

「もう我慢できませんのですぐに動こうと思っています」

「その際、君はどうするんだ」

「私ですか……、私は、まだ責任を全うしていませんから。ＥＥＣを柱に芝河電機を立て直します」

　南は視線を落とした。

「君は辞めないのか。日野君だけを切るつもりなのか」

「私は会長に留まり、後任の社長を支えます。日野は、副会長にします」

「副会長？　そんなポストはない」

「新設します」

「そんなことでいいのか。それで済むと思うのかね」

「ではどうすればいいと思われるのですか」

「私も神宮寺さんも君も日野君も皆、辞任するんだ。そうして全く新しい人にやってもらう。その彼に芝河電機の膿を出してもらうんだ」

　山際は、激しい口調で言った。

　南は表情を歪めた。苦笑しているようにも見える。内面の苦しさを隠すには笑うしかない。

「膿を出すくらいのことは私でもできます」

「君にはできない。絶対にだ。自分の誤りを正すことができる程、人間は強くない。新しい人にやってもらいなさい。君のためでもある」

「どうしてそこまで厳しくおっしゃるのですか」

「私の、芝河電機人としての誇りがかかっているからだ」

山際は傲然と言い切り、ソファから腰を上げた。

「山際さんは、日野君にも退任を迫るおつもりですか？」

南もソファから離れた。

「そのつもりだ。それが私の仕事だからね。私は神宮寺さんにも、私たち四人が全員退任しようと言った。君の予測通り、大反対されたがね。君の考えは甘いと私は思っている。君が残り、日野君だけを退任させるという選択肢はない。かえって事態を悪化させるだけだ。だから日野君にもすぐに会い、君を道連れに退任するように話すつもりだ。もしも君たちが誰も私の考えに賛成してくれないなら、また別の動きをする覚悟だ。このままでは芝河電機は大きく没落する。それは君も分かっているだろう」

山際はぐっと南をひと睨（にら）みし、執務室から出て行こうとした。

「ご忠告、真摯に受け止めます」

南は、山際の背中に向かい、小さく頭を下げた。

8

南は、会長室の壁に拳で穴を開けたいほど激しい怒りに襲われた。辛うじて我慢をしている状態だった。

山際が帰った後の、ドアをしばらく睨みつけていた。

ご忠告、真摯に受け止めますなどと真面目なことを言わずに怒りに任せて、この野郎と怒鳴りつければよかったとしきりに後悔の念が湧き上がって来る。

「何様だと思っていやがるんだ」

思わず腹立ち、苛立ちが口に出た。

山際は、南に向かって退任を迫った。日野と一緒に辞めるべきだと言った。

「お前こそ、無能だったではないか。だから私が……」

南は、自分を後任に選んでくれたものの山際を評価していなかった。山際のことを神宮寺の下で、小さくなっていた無能な経営者だと考えていた。

「あなたが大胆な選択と集中をしなかったから。あなたがEECの買収を決断しなかったから、私が決断したのではなかったか。私は、あなたがやらなかったことをやったのだ。一時期は、それで評価された。悪いのは原発事故だ。それさえなければ、今頃、芝河電機は我が世の春を謳歌しているんだ。結果だけを見て、全てが間違いだったというような評価は止めてくれ」

独り言が、まるで泉の湧水のようにとめどなく湧いてくる。

——経営者は結果だ。結果しかない。

別の声が呼びかけて来る。それは南自身に反省を迫る声だ。しかし、南にはそれが日野に対する批判の声に聞こえた。

——社長になりたいと切に願った。海外子会社入社という、全くの亜流だった。しかし本流の無能な連中を見ていたら、トップになるしかないと思った。芝河電機という名門の上に胡坐をかく企業を自分の手で変えてやると誓った。そしてそれをやり遂げたのだ。せっかく勝ち得た地位を脅かすのは誰だ。私はもっと高みを狙っているのだ。経団連会長だ。それを勝ち取るまでは、恐れ入りましたと会長の地位を降りるわけにはいかない。日野をこのままにしてはおけない。あまりにも無能すぎる。原発に詳しいから、ＥＥＣの抑えとして社長にしたのだが、全く機能しないではないか。日野は絶対に自分の手で社長を辞めさせねばならない。山際が、日野に会う前に引導を渡さねば……。私が、日野を副会長に祭り上げようとしているなどと余計なことを言われたらややこしくなるだけだ。

南は、めまいに襲われた。くらくらする。どこから手をつければいいのか、分からない。ただ早く動け、手遅れになるぞ、という声だけが聞こえる。

「そうだ。神宮寺に会って日野を退任させることを相談しよう。山際は、我々四人の退任を神宮寺に進言したようだが、それに対して神宮寺は猛反発したようだ。当然だろう。あの人の地位への執着は、半端じゃないからな。神宮寺に日野の副会長就任を了承させ、一緒に、引導を渡すのだ」

南は、卓上の電話を取った。

「おお、北村君、すぐに来てくれ」

南は、秘書の北村を呼び出した。

北村は、すぐに執務室にやってきた。まるでドアの向こう側に待機していたかのようだ。

「何か急用でしょうか」

北村は聞いた。

「すぐに、とにかくすぐに神宮寺さんのアポを取ってくれ。今、すぐにでも会いたいとな」

南は焦った様子ですぐに北村に命じた。

「分かりました。すぐにお取りします。ご用件はどういたしましょうか？」

「そんなものご機嫌伺いでいい」

南は、激しい口調で言った。北村は、すぐに秘書室に戻ろうと動き出そうとした。

「ちょっと待て」

南の声に、北村は立ち止まり、振り向いた。

「今、日野君はいるか？」

――まず、日野に会って引導を渡すのだ。山際の後ではややこしくなる一方だ。

「社長ですか？　確認いたします」

北村は、スマートフォンで秘書室を呼び出した。何事か話をしてスマートフォンをしまった。

「今なら、社長室におられるようです。次の予定までは、まだ二時間ほどございます」

北村が答えた。

「すぐ、ここに来いと言ってくれ。待っている。君が呼びに行ってくれ」

「すぐにここにですか?」

「そうだ。急いでくれ」

「用件は、どのようなものだと言えばよろしいですか」

「そんなものはどうでもいい。早くしろ」

南は声を張り上げた。

「分かりました。呼びに行ってまいります」

北村は、急いで南の下を辞した。

9

「どうだね、調子は?」

森本が吉田に声をかけてきた。

吉田はXから渡された資料の分析に取り組んでいたのだが、Xに自分の名前が知られていたことが気になっていた。

「これだけで検査に入れます」

吉田は、森本に顔を上げた。

「そうか、開示検査課と協議しようか」

開示検査課は、SESC(セック)の部署の一つだ。その役割は、開示検査を実施すること。

開示検査とは、金融商品取引法に基づいて上場企業などが正確なディスクロージャーを行っているかを検査するものだ。

金融商品取引法において上場企業は、投資家が十分に適正な判断が行えるように正確なディスクロージャーが義務付けられている。

この義務を履行させるために金融庁（内閣総理大臣）は必要かつ適当であると認める時、有価証券届出書の届出者（上場企業）、有価証券の大量保有報告書の提出者等に対し、報告や資料の提出を命じたり、また帳簿書類などの検査を行うことができる。これが開示検査だ。

開示検査は市場の公平性、透明性を確保するために行うものである。検査をすることで上場企業などが虚偽記載を行った場合、検証を行う第三者委員会の設置も促す。

また開示検査の結果、虚偽記載などが認められた場合、課徴金納付命令勧告を行うなど行政処分を実施することもある。

「今回は、トクチョウでやりましょう。開示（カイジ）には協力を求めますが」

「やる気だな」

森本がほくそえんだ。

「ここにあるＰＣ社以外にも問題がありそうです」

「情報提供者のＸからか」

「ええ、Ｘは今度は男性ですが、どうもチームのようですね。彼によると発電所設備などの工事進行基準やロスコン案件でコストの先送りなどが常態化しているようです」

「工事進行基準というのは、長期の工事でコストや利益を平準化する基準だな」

「その通りです。ロスコン案件は二億円以上の損失が見込まれる案件について引当金を積まねばならないというルールです」

「そんなもの上場企業の基本的な会計基準だろう。それにコストを先送りしてもいずれ調整しなければいけない。なぜそんなことをしたのかな」森本は首を傾げた。「公認会計士だってすぐに分かるんじゃないのか」

「Xも話していましたが、組織全体が関係して巧妙にやっていたのでしょう。それはこのPC社の実態からも推測できます」

吉田は、女性Xから提供されたPC社の資料を見せながら説明した。

「資料によると、南や日野が収益目標にこだわるあまり、現場ではPC製造下請け会社に部品の押し込み販売で利益をかさ上げすることがバイ・セル取引で常態化していたようです。そのことは、南も日野も分かっていたようですがね」

「経営者黙認か」

森本の表情が曇った。

「これによると、とにかく『チャレンジ』の一言だったようです。収益目標が達成できないなどと言える雰囲気はなかった。長期的観点に立った利益ではなくとにかく当期利益絶対主義ですね。これはきっと南、日野の自己保身でしょう。自分たちに経営力がないと言われたくないためあらゆる手段を使って決算をお化粧したんです」

「そのうち本当の肌の色も忘れてしまったってわけだな。しかし公認会計士は何をやっていたんだ」

「組織ぐるみで監査人に対してはこのバイ・セル取引の実態を隠しています。前にもご説明しましたがこの期のように――」吉田が営業利益と売上高の対比を記録したグラフを見せた。「営業利益が売上高を上回っています。明らかに異常ですが、四半期ごとに製造原価のコストダウンを交渉し、一括値引きをしてもらうのでこんな形になると説明していたようです。ここにPC社の内部メモがありますが、『監査等で指摘を受けそうになれば上司に相談すること。決して利益がバイ・セル取引で生み出されていることは知られてはならない』と書かれています」

「なんたることだ！　組織ぐるみの極みだ。経営者も悪いが、社員も悪い」

森本は、天を仰ぐようにして両手を高く上げた。吉田は、その動作が大げさだとは思ったが、衝撃の程度からすると、もっと大げさでもいいかもしれない。

「監査委員会は、この異常に気付いていて度々改善を申し渡しています。しかし無視されていますね。影響は大したことがないなどと報告していますし、監査委員会委員長が、もともと芝河電機のCFO、すなわち最高財務責任者ですから、自分の時代でもやっていた利益操作を自分が厳しく指摘するはずがありません」

吉田は、落胆したのか、大きくため息を吐いた。

「泥棒に金庫の中身をチェックさせているのと同じことなんだな」

森本の表情が、さらに暗く沈んだ。

「座布団一枚、と言いたいところですが、笑えません。発電所設備などの大型プラントについても同じです。工事の原価総額の見積りについても担当者のいいなりだったのじゃないでしょうか。それぞれのカンパニーが当期利益を確保するために見積額を適当に調整していたんでしょうね。ここにもメスを入れる必要があります」

「またXからの情報提供があるかな」

「あると思います。期待しています」

吉田は、再びPC社の内部資料に目を落とした。

10

北村は、日野の執務室に急ぐ。

――動き始めたぞ……。

南が狼狽しているのは、山際と会ったからだろう。山際が神宮寺に会ったことは分かっている。続いて南に会った。

秘書室の北村は、トップのスケジュールをすべて把握している。山際が行動を起こすのは、瀬川から聞いていたが、これほどの効果をもたらすとは思わなかった。山際の行動が南を動揺させているのだ。北村は、真剣な表情で唇を引き締めた。ここで一気に動かすのだ。

「秘書室の北村です。失礼します」

北村は、日野の執務室のドアを開け、中に入った。

日野は、机に向かって書類を見ていた。

「どうした？　急に」

日野が顔を上げる。

「南会長がお呼びです」

「どんな用なのだ」

「とにかく急ぎだそうです」

渋々といった様子で日野が机から離れる。

「本当に用件を知らないのか」

険しい表情だ。

「存じ上げません。ただ早くお呼びしろとだけです」

北村が無表情に答える。

「南会長の用件は推測がついている。私を辞めさせようとしているのだろう」

日野は、自分自身に言っているのか、北村に言っているのか分からない。

北村は無言だ。

「なんとか言ったらどうだ。そうだろう」

落ち着きのない声だ。

「とにかく早く来て欲しいとのことです」

北村は答え、執務室を出ようとした。

「まあ、待て」日野は北村を呼び止めた。「最近、会長と会議で顔を合わせても一言も言葉を交わすことがない。私を見る目が冷たい。嫌っているのがありありと分かるんだ。理由は分かっている。業績が低迷していると考えているからだ。そんなことは断じてない」

日野は、独り言のように話している。

「こんなものを見たことがあるか」

日野は机の上にあった一枚の紙を掴んだ。

「読んでみろ」

日野は、紙を北村に渡した。

北村は、日野の手から紙を受け取り、目を通した。

そこには「日野社長退陣近し」と書かれていた。理由は、日山電機との業績格差拡大、部下離反などとある。ネット上の書き込みをプリントアウトしたもののようだ。北村は、無言で日野に返却した。

「こんなものがネット上に書き込まれていたんだ。君と同期の宇田川が今朝、持って来てくれた。最近は、なんでもネットだ。これは事実なんだろう？」

日野は、南の秘書であり、日常的に南と接している北村が何か知っているのではないかと探っているのだ。

「君は、本当に何も聞いていないのか。会長が私を辞めさせようとしているのを知っているだろう」

日野はしつこい。

「いいえ」

北村は、あくまで無表情だ。

「ああ、私はついていない。アンラッキーだ。ジャニーが亡くなって葬儀に出したところなんだ」

「ジャニーと申しますと」

「猫だよ。私の飼い猫だ。死んでしまったんだ。宇田川君が、丁寧に葬儀をしてくれたがね。悲しいよ。唯一の話し相手だったからね。仕事に対する情熱ががくんと落ちた」

日野は、思い出に浸るかのように視線を落とした。

「それは……」

北村は何と言っていいか混乱した。日野が猫好きだと知ってはいたが、飼い猫が死んだことで仕事に対する情熱が落ちたとは……。

「可愛い猫だった。長生きしたんだけどね。君は、ペットを飼っていないのか」

「はい、飼っておりません」

「そうか……。なら私の悲しみは分からないね。自分の親族が亡くなるより悲しいものさ」

「会長がお待ちですので」

北村は、日野の嘆きの言葉に何も答えず、南の下に早く向かうよう、促した。

「行こうじゃないか。でもね、何を言われようと私は反論する」

日野の視線が、決意を固めたように強くなった。

北村は、日野を先導して、南の執務室に案内した。

二人の部屋は、同じフロアでエレベーターホールを挟んで反対側にある。会長と社長の行き来が容易であることは、社内のコミュニケーション上、非常にメリットがあると考えられた。

ところが関係が悪化した今は、国境を接する国のようにばったりと往来が途絶えた。

北村は、背後を振り返る。無言で付き従う日野の重苦しい気配が北村をも包み込んでくる。今、日野は何を考えているのだろう。自分に責任を負わせ、排除しようとする南に対する憤怒だろうか。

南の執務室の前に着いた。北村が、今にもドアを開けようとしたその時、中からドアが開き、南の顔が覗いた。

「入ってくれ」

南が暗い声で言った。

「どうぞ」

北村が、へりくだって日野に入るように促す。日野は、憮然とした表情のまま中に入った。北村は役目を終えたと思い、引き下がろうとした。

「北村君も入ってくれ」

南が言った。

北村は、戸惑いの表情を浮かべたが、「はい」と言い、執務室に入った。

北村は、南の考えが理解できなかった。日野との対立の現場の目撃者にしようとするつもりなのだろうか。それはそれでもいい。しっかりと見届けてやろうではないか。芝河電機を死地に追いやるかもしれない対立を。

「お急ぎのご様子ですが、何か特別なことでしょうか」

日野は立ったまま、聞いた。南が、座るように言わないからだ。

表情は険しく、唇は、不愉快そうに固く結ばれている。

「ああ、急ぎの用件だ」南の眼鏡のレンズの奥の目が、じろりと日野を睨む。「山際さんとは会ったか」

「いいえ、会っておりません。山際さんがどうかされたのですか」

妙なことを聞くと、わずかに首を傾げた。

「それならいい。そこに座ってくれ」

南がようやくソファを指さした。日野は、言われるままにソファに腰を下ろした。

南が日野の正面に座った。足を組み、身体をやや斜めにし、不遜にも見える態度で日野を見つめた。

「単刀直入に話をさせてもらう」

「どうぞ」

日野は、背もたれに身体を預け、深く腰掛けている。

「君に社長を辞めてもらいたい。出来るだけ速やかに、だ」

南は、感情を抑え込み、非常に事務的に言った。

日野は、表情を歪めた。しかし怒り出すようなことはない。この言葉を予想していたからだろう。わずかに腰を浮かし気味にし、座り直す。視線を落としている。

北村は、執務室の入口近くで二人の対峙(たいじ)する様子をじっと見つめている。緊張しているが、思いがけないほど冷静だ。

日野が顔を上げた。厚い頰の肉が垂れ下がり、灰色にくすんだように見える肌の毛穴から、体脂と共に怒りが今にも噴き出しそうだ。

南は、ひじ掛けに腕を置き、まるで彫像のようにピクリとも動かず、日野を見据えている。

沈黙の時間が流れる。

「なぜでしょうか?」

日野の肉厚の唇が動いた。

「業績が上がっていない。それだけだ」

南は、瞬(まばた)きもせずに日野を見つめたままだ。

「業績は回復しています。利益は出ています」

日野は、無感情に答えた。しかし激しい怒りを抑えているのが分かる。言葉を発する度に息遣いが荒くなっていく。

「日山電機に水を開けられっぱなしだ。期待に応えていない」

「そんなことはありません。着実に業績は回復しています。あなたが悪化させた水準はとっくに越えています」

日野の言葉に、南の右の眉だけがぴくりと動いた。

「部下は、君の怒鳴り声にうんざりしている。君は、大声で叱り飛ばすだけで、なんら指導力を発揮していない」

「何を根拠にそのようなことをおっしゃるのですか」

「根拠も何も……。君は、業績が回復していると言うが、期待していたほどではないということだ。私は、君のような原発馬鹿を選んだことを後悔している。もっと幅広く経営というものを学んだ人間を社長にすべきだった」

「聞き捨てなりません」

日野の表情が変わり、声が震えた。抑えていた怒りがついに面(おもて)に出たのだ。

「聞き捨てならないだと……」

南の声が怒りを帯びた。

「原発馬鹿とは、どういうことですか。侮辱するのですか」

「君は日本語も分からないのかね。この国では、視野の狭い専門家のことを○○(マルマル)馬鹿と言うんだよ。そんな奴を社長にしたのが見込み違いだったと後悔しているんだ」

南の唇が薄く歪む。相手を侮蔑する笑みだ。

「あなたは、神宮寺さんにそそのかされ、選択と集中とか言いだし、EECを買収した。私のことを原発馬鹿と言うならあなたはたかがPC屋だ。原発のことなどまったくの素人だ。私に、ぜひ助けてくれと頼んだのはあなたじゃないか。私は、必死であなたの意向に沿うようにEECの買収を成功に導いた。あなたはその結果、今の地位がある。そうじゃないんですか」

日野のくすんだ肌に赤みが差している。興奮し始めている。

「私はPC社の再建を成し遂げたから社長になったのだ。EECの買収のせいじゃない」

「何を言っているんですか。私は知ってます。そのPC社の再建だってバイ・セル取引の結果だってことをね。本質的な再建ではない。単に利益を水増ししただけだ」

日野は憎々し気に言った。

「なんだと！　何を根拠に虚言を弄するのだ」南は、組んでいた足を下ろし、飛びかからんばかりにソファから身を乗り出した。「そんなことを言うならEECは今、どうなっているんだ。君は、ＥＥＣを上手くコントロールできていないじゃないか。それが業績の足を引っ張っているんだぞ。分かっているのか。Ｙ＆Ｅになんて言われているのだ。私に何も詳しいことを説明しない。原発馬鹿同士でごまかしているんだろう。君を社長の座から外さなければ心配でたまらん！」

南は、吐き捨てるように言った。Ｙ＆Ｅ（ヤンガー＆エルダー）は、ＥＥＣを監査している米国の監査法人だ。

Ｙ＆Ｅは、ＥＥＣの業績が上向かないことで、のれん代の償却を迫っていた。

「ＥＥＣは順調です」

「なにが順調だ。結局、Ｙ＆Ｅに押し切られて一千六百億円も減損処理しただろう。それなのに連結を拒んでいるではないか。連結すれば、自己資本が棄損し、銀行と結んでいる財務制限条項に抵触する。そうなれば銀行との関係がぎくしゃくする。それは私も分かっている。しかし、いつまでこんなことを続けているんだ。君が部下を怒鳴りまくっているのもＥＥＣの業績が悪いせいだ。君に任せるんじゃなかった」

南は、汚い物でも見るように日野を見つめ、再び足を組んだ。

南は、今、自分を恥じていた。日野に浴びせかけた発言は先程、山際から自分に言われたことと同じ内容だからだ。南も山際に「ＥＥＣは順調です」と声高に言い切ってしまった。目の前にいる日野は自分自身の姿だ、と南は思って目を伏せた。

「会長、あなたはあまりにも酷（ひど）い。決算はすべて大日監査法人から適正だと承認を得ています。何ら問題はありません。それにEECの状況も、Y&Eが当方に対してのれん代の償却を迫っていることも何もかも報告しているではありませんか。私が勝手にやっているというような言い草は許せません。私は、あなたの期待に応えるよう頑張っています。成果も上げております」

「何もかも報告していると言うのかね。私は聞いていない。EECの減損処理の件も結果を知らされただけだ。詳しい説明もない。いったいEECはどうなっているんだ。我が社はのれん代の償却だけで済むのかね。それだけでも大変な額になるが……。EECが建設中の原発でも多くのトラブルや工事遅延が発生しているという話だけは耳にするが、君は、いつも強気で『順調です』と繰り返すだけだ。はっきりさせないと損失はどこまで膨らむのか分からない。君は十分にEECの実態を把握しているのか」

南はまるで懇願でもするような口調になった。

日野は、何もかも報告していると言っているが、もっと詳細な報告を求めるべきだったのだ。今さら後悔しても遅いのかもしれないが、悪いことは見たくない、聞きたくないという思いにとらわれていたのだろう。

「業績は順調です。インフラ部門も半導体部門も皆、がんばっています。EECが多少躓(つまず)いても、芝河電機はビクともしません。南さん、あなたは老いたのです。私に何もかも任せて大人しく相談役にでもなればいい」

日野は薄ら笑みを浮かべ嘯(うそぶ)いた。

「日野君、君は我が芝河電機を奈落の底に突き落とすんじゃないだろうね」

南は興奮して言った。

「戯言（たわごと）は言わないでください」

日野は、体育会系らしく、声を張り上げた。南と日野は睨み合ったまま、その場を動かなくなった。

11

北村は、廊下にまで二人の言い争いが聞こえるのではないかと警戒した。できればもう少し冷静に話し合って欲しい。これではお互い責任のなすりつけ合いではないか。

――どっちもどっちだ。南も日野も同罪だ。

北村は、二人を見て、醜いと思った。瀬川から自殺した山田が残した報告書を見せられた時のショックはいまだに忘れられない。

山田の報告書によると――。

南がPC社で利益操作を指示していたという日野の指摘は正しい。

二〇〇八年のリーマンショックでPC社の営業利益が目標の二百億円に達しないという事態に直面した。五十億円程度にしかならない可能性が大きかった。PC社のCPが社長月例で、そのことを報告すると、南はCPを「チャレンジしろ」と激しく責めたて、決して許さなかった。その結果はどうなったか。

亡くなった山田が残した報告書には「バイ・セル取引で営業利益を百七十億円もかさ上げし、南の求める営業利益目標を二十億円もオーバーする結果を達成したのだ」と記載されていた。

このバイ・セル取引による利益のかさ上げは、南が社長になる前のPC社のCPであったときから始まっていた。

当時の部下であり、現在のPC社のCPである加世田の発案であるとされている。

加世田は、バイ・セル取引による利益のかさ上げという、いわば麻薬の効用を南に説明し、南の了承を得た上で行ったのだろう。しかし、そのことを南が認めるはずはない。現に今、日野に指摘をされたが、即座に否定した。

バイ・セル取引は、まさに麻薬だ。製造下請け先に、期末に異常なほど部品を押し込み販売し、その際に仕入れ原価に上乗せしたマスキング値差を利益として計上するのだ。当然、そんなかさ上げした分は、完成品を下請けから購入する際に調整しなければならない。いわば、期末だけの目くらましなのだが、例えば、ある期末に一億円かさ上げした場合、次の期末では業績が回復し、利益を上げるか、あるいは赤字覚悟でかさ上げした分をマイナスしなければ正常な決算にはならない。ところが南の叱責を恐れたPC社では次の期末には二億円もかさ上げすることで利益操作を継続していく道を選択した。バイ・セル取引という麻薬がどんどん強くなっていく。PC社ではかさ上げした利益を「借金」と呼んでいたようだが「借金」は膨らみ続け、今ではいったいいくらあるのか加世田CPも把握していないだろうと山田は書き残している。恐らく数百億円の規模に膨らんでいるのだろう。

南は、自分がPC社のCP時代に行った利益操作は、「解消した」との報告を受けたらしい。そのため現状には責任を感じていないようだ。否、見て見ぬ振りをしているだけだろう。余程、無能でもない限り、この消費不況の時代に、PC社のCPが期末の数カ月前に赤字になると社長月例で報告したら「そんな甘いことでどうする。何としてでも営業利益目標を達成するんだ。チャレンジするんだ。お前ら恥ずかしくないのか」などと、全く具体的な指示もせず、ただ大声で責めたてるだけで、翌月には黒字になるはずがないではないか。

北村は、絶望的な思いで南を見つめていた。

尊敬していた。芝河電機中興の祖だと思っていた。大柄な体から溢れんばかりのオーラを発し、大胆なリストラを進めていく姿に感動していた。南の秘書に抜擢されたとき、どれだけ喜ばしく、誇りに思ったことか。

しかし、北村が憧れた南の姿は全くの虚像だった。南の実態は、単に利益をかさ上げすることでしか経営の結果を残せない無能な経営者だったのだ。

社長が日野に交代しても利益操作はあらたまることはなかった。否、むしろもっと巨額な利益操作が常態化することになってしまった。

ＰＣ社では、南が会長になり、日野が社長になったことで「借金」解消に動いた。

その時点ではバイ・セル取引による利益操作額は累計で七百六十億円にも上っていた。

これらが営業利益をかさ上げしたのだが、この「借金」を一気に返済した場合、ＰＣ社の営業利益は五百七十億円ものマイナスになる見込みになった。

「これはダメだ」

日野は、営業利益がマイナスに落ち込むことを許さなかった。

経営とは、ほんの一瞬の判断で大きく違ってくる。もしこの時、日野が「借金」を返すのだと厳しい決断を下していれば、芝河電機の経営は全く違う方向に向いていただろう。

日野は、南に叱責を受けないために営業利益赤字回避に動いた。その時、南も同じようにしていたことを聞かされ、妙な安堵感を覚えたに違いない。

日野の指示を受けたＰＣ社は、なんとその期は三百二十億円ものバイ・セル取引による利益かさ上げを行い、決算を繕う。もうこうなると利益操作を止めるわけにはいかない。

しかし日野もあまりの利益操作に「期末になるといつもバイ・セル取引に頼るのは良くない」と言ったこともあるようだ。

部下が「では『借金』を返すように動きましょう」と言うと「いや、待て、会社が苦しい時にノーマルにするのはおかしい。それはＰＣ社のためにも芝河電機のためにもならない」などと、どう考えてもおかしな理屈を言い出し、利益操作を繰り返すよう指示をした。

「『借金』を返して欲しいが、損益は改善するべきだ。『借金』は必要悪だ。やらないに越したことはないが、今期もやって欲しい」と、もはや正気の沙汰とは思えない指示を繰り返した。営業利益の数字が悪いと、「チャレンジしろ」「何をやっている」と怒鳴るだけ。「借金」を返したいと現場が諫言（かんげん）すると、「会社が苦しい。今は、やるべきではない」と指示。なんら具体的な経営改善策もなく、ただただ利益操作を繰り返す。現場は、疲弊していった。山田は何度も上司に「借金」を返したいと必死で訴えている。

しかしその都度、「『借金』を減らしても利益を出さないのはダメだ。『借金』はソフト・ランディングで返せ。目標も達成しないで『借金』を返すのは、自己保身だ。会社を危なくするだけだ。『借金』は返済したが、目標は未達だったなどと言えば、ボーナスの査定を二段階も三段階も引き下げてやる」などと怒鳴られる始末だった。山田の絶望は察するに余りある。

営業利益が目標に行かないのはPCという製品がすでに時代に合わなくなっているからだ。それなのに現場が営業利益目標達成が苦しいと訴える度に「ダメだ。何をやっている。やり直しだ」と日野は怒鳴った。

そしてついになんらマスキング価格を適用する必要のない芝河電機一〇〇％出資子会社にまでバイ・セル取引による部品の押し込み販売、利益操作販売をするようになっていく。もはや出資関係のない一般の製造関連会社では、利益操作だけの巨額のバイ・セル取引を受け付けてくれなくなったのだ。「こんなアブノーマルなことをしていいのか」と言っても「日野社長の指示だ」と反論されれば、子会社は従わざるを得なかった。

「これは酷い……」

日野の子飼いと言われ、可愛がられていた宇田川も絶句した。

結局、日野が社長に就任して以来、今では利益操作額の累計は三千億円から四千億円近くにも膨らんでいる。

「他のカンパニーも同じように利益操作をやっているに違いないわね。だれも正確なことを知らない間にどんどん膨らんでいるんでしょう」

るり子が暗い表情で呟いた。

PC社は山田が報告書で詳細に残してくれた。しかし他のカンパニーは日野から叱責される度に、その都度、泥縄式に安易な利益操作に走っているに違いない。るり子の想像は、現実のことだ。

「南会長や日野社長を交代させ、実態を暴かなければ、大変なことになる」

瀬川が、これ以上ないほどの深刻な表情で呟いた。

12

——私たちは集まった……。

数日前、北村、瀬川、宇田川、るり子の同期四人が顔を合わせた。

呼び掛け人はるり子だった。

「大ちゃんが心配だから、集まろう」

るり子から連絡が来た。大ちゃんとは瀬川のことだ。

北村も瀬川のことは気がかりだった。最近、たまに顔を見ることがあったが、思い詰めているような深刻さを感じていた。

同期四人が揃うのは、瀬川がミャンマーから帰国し、その祝いというか、経営監査部に左遷されたことを慰めた時以来だ。

個室のある居酒屋で、酒や料理は並んでいたが、誰も手をつけなかった。

会の冒頭でるり子は、「芝河電機を何とかしなくちゃ大ちゃんの悩みは晴れないんだ」と言った。

るり子が言った言葉は具体的ではなかったが、誰もがその内容を理解していた。

瀬川は、「ありがとう」と一言だけ言葉を発し、沈痛な表情で押し黙っていた。

宇田川が悄然とした様子で「誤解をしているかもしれないが、俺は、日野さんに瀬川を売ってはいない」と言った。

「どういうことだ」

北村は聞いた。

「私から説明するわね。それが今日の集まりの切っ掛けだから」るり子は、口をはさんだ。

「宇田川君がね、ネットで『芝河電機では利益操作が常態化しています。問題です。それがＰＣ社の実態です』という書き込みを見つけた。それをたまたま軽い気持ちで日野社長に報告した。日野社長は、経営監査部のスタッフを呼び出して、叱り飛ばした。その中で特に大ちゃんを疑ったわけ。大ちゃんが、日暮ＣＰに逆らったり、自殺したＰＣ社の山田さんを最後にインタビューしたりしたことを知っていたから。それで宇田川君は、落ち込んだわけよ。日野社長に大ちゃんを讒言(ざんげん)したんじゃないかと疑っているんじゃないかってね」

「日野社長に叱責される場に宇田川がいたからな。俺は、宇田川に裏切られたって、一瞬、思ったことは間違いないさ。でもすぐにそんなことをするはずがないって思い直したけどね」

瀬川は、宇田川に優しい視線を向けた。

「それでるり子に相談してさ、この場を設けてもらったんだ」

宇田川は言った。

「あの書き込みは俺じゃない。俺はもっと別のことで悩んでいた」

瀬川は言い、手元の鞄(かばん)を開け、資料の束を取り出した。

「それは？」

るり子が聞いた。

「自殺した山田さんから、俺が託されたＰＣ社の利益操作を暴露した資料だよ」

瀬川は暗く沈んだ目で資料を見た。

「そうか……やはりな」

北村は言った。

「やはりって？　北村は山田さんが資料を残したって思っていたのか？」

宇田川が聞いた。

「山田さんが自殺した後、金融庁の証券取引等監視委員会、SESC（セック）の同窓の吉田がひょっこり訪ねてきて山田さんのことについて聞いてきたんだ。おそらく山田さんはSESC（セック）に内部告発をしようと接触を図っていたんじゃないか。そうなるとなにか資料を残していたんじゃないかって。しかし、吉田が俺を訪ねてきたってことは、その資料は、まだSESC（セック）に渡っていないのではないか……」

北村は瀬川を見た。

「誰かが山田さんから預かっているかもしれないと思ったんだな。俺がその誰かの一人だ」

瀬川が自分を指さした。

「俺は、南会長の秘書をやっていて芝河電機の行く末がたまらなく心配になっていた。それで揺さぶりをかけるつもりで……」

北村が口を閉ざした。

宇田川が、何かに気付いたかのように上目遣いになり、小さく頷いた。「北村が『芝河電機では利益操作が常態化しています。問題です。それがPC社の実態です』という書き込みをしたのか」

「ああ、そうだ」

北村は小声ながらはっきりと言った。

瀬川は驚いた表情で「北村、お前なのか！」と言った。

「悪かったな」

北村は頭を下げた。

「どうしてそんなことを書き込みしたんだ。お陰で俺と瀬川の関係が最悪になりそうだったんだぞ」

宇田川が怒った。

「ＳＥＳＣ（セック）の吉田が気付くかと思ったんだ。揺さぶるしかないと思ったんだ。今、何かしないと手遅れになるとね」

北村が言った。

「ＳＥＳＣ（セック）からその書き込みには特に反応はなかった。しかし内部でハレーションが起きた。日野社長が動揺し、大ちゃんが疑われ、宇田川君が日野社長に失望したってわけね」

るり子が神妙な顔で言う。

「さらに言えば、この書き込みのせいかどうかは分からないが、山際さんが活発に動き始めた」

北村が言う。

「山際さんが動き始めたって？」

瀬川が聞く。

「山際さんはどこからか分からないが、かなりの内部情報を得ているようだ」

北村が答えた。

「そうか、山際さんが動かれているのか」

瀬川は感慨深い様子で呟いた。

「その書き込みの最大の効果は、私たち四人が集まったってこと。北村君、宇田川君が大ちゃんのことを心配して、私に皆を集めてくれって頼んだこと。そしてこうやって集まって、忌憚なく芝河電機の将来について話すことができるってことよ。さてこれからどうする？　皆、このままではいけないって考えているんだものね。さしずめ山田さんが命懸けで残した、そのＰＣ社の資料をどうするかね」

るり子が、瀬川が持っている資料を指さした。

「かなり詳細なのか？」

北村が聞いた。

「ああ、詳細だ。うんざりするほど詳しい。こんなことをして利益操作をしていたのかと思うと、情けない。腐っている。腐りきらないうちになんとかしないといけない」

瀬川が深刻な表情になる。

「他のカンパニーも似たり寄ったりだ。どうしようもない。ああって叫びたくなる」

宇田川が絶望的な声を出す。

「大ちゃんはどうしたいの？」

るり子が瀬川を真っすぐに見つめた。

「俺は……」瀬川は、眉根を寄せ、苦しそうに心の底から言葉を絞り出す。「山田さんの遺志を継いで、芝河電機を良くするために行動したい……」

「決まりね。みんな同じ考えよ。女一匹、ここで立ち上がらなきゃ、どこで立つんだ」

るり子が明るく言う。

「俺の計画を聞いてくれ」北村が真剣な顔で言う。「ＳＥＳＣ（セック）の吉田を巻き込むんだ。彼らのホームページに『芝河電機では利益操作が常態化しています。ご相談したいと思います。山田秀則』とメールを発信する。吉田は、芝河電機に関心を持っているから、必ず反応する。なにせ死者からのメールだからな。先日、俺に会いに来たのもある種の揺さぶりだと思う。それで彼にそのＰＣ社の資料を託すんだ」

「それだけじゃ弱いから、他のカンパニーの利益操作のことも示唆しよう」

宇田川が、覚悟を決めたように言った。

「それって内部告発になるから、誰が内部告発したか絶対に分からないようにしないといけない。少なくともＳＥＳＣ（セック）が動き始めるまではね。そうでないと潰されるから」るり子は、瀬川を見つめた。「ねえ、大ちゃん」

「なんだよ。真面目な顔で」

瀬川が聞く。

「大ちゃんは、一番、疑われ易いから当面は後ろに下がっていた方がいい」

「後ろに下がるって？」

「私たちは少しも疑われていない。大ちゃんは疑われている。もしも万が一、SESC（セック）から内部告発者のことが漏れれば、真っ先に疑われるのは大ちゃんだよ。そうなると、それは私たちにも危険が及ぶことになる。この国は、内部告発者に対して冷たいからね。だからSESC（セック）との接触は、私たちがやるってこと。動きがはっきりしたら大ちゃんが出てきてもいい」

るり子が瀬川を見据える。

「るり子は、たいした戦略家だ。俺もるり子案に賛成だな」

北村が同意する。

「俺も賛成だ。まずは俺たちが動く。その材料を持ってね」

宇田川が瀬川の持っているPC社の資料を指さす。

「俺は、蚊帳の外か？」

瀬川が膨れる。

「そんなことはない。私たちの目的は同じ。芝河電機をなんとか再生したいだけ。その兆しが見えれば、大ちゃんにも登場してもらう。それまでは後ろにいて」

るり子が片目をつぶる。

「るり子にウインクされてもなぁ。色っぽくも何も感じない。俺もリスクを取らせてくれよ」

瀬川が嘆く。

「無理にリスクを取らなくても、PC社の資料をSESC（セック）が持っているって日野社長や幹部が知ったら、真っ先に瀬川が疑われるさ。その時、真面目だから否定しきれないだろう。ここは俺たちの出番だ。とりあえずのことだよ」

北村が微笑む。

「いつ、俺の出番があるんだ？」

瀬川が聞く。

「SESC（セック）が検査するとか、具体的に動き始めたら出番があると思うよ」

るり子も微笑む。

北村が、鞄からPCタブレットを取り出した。

SESC（セック）のホームページを呼び出し、そこの情報提供窓口サイトに『芝河電機では利益操作が常態化しています。ご相談したいと思います。山田秀則』と入力した。

「瀬川、エンターキーを押せよ。これはお前の役割だ」

北村はPCタブレットを瀬川に見せた。

瀬川は、緊張した表情で頷いた。そしてエンターキーを押した。死者からのメッセージが電子となってものすごいスピードでSESC（セック）に向かって飛んで行った。

「決まったな。前進あるのみだ。三銃士ならぬ四銃士の戦いに幸いあれだ」

宇田川が強い口調で言い、右手を差し出した。

その上にるり子、北村が右手を重ねた。三人が瀬川を見つめる。瀬川はおもむろに右手を差し出し「ありがとう」と言い、彼らの上に重ねる。

「やるぞ！」

北村が腹の底から声を絞り出す。

「エイ、エイ、オー！」

宇田川の発声で、四人の掛け声が居酒屋の狭い部屋の中に響いていった。

13

「神宮寺さんに相談します。私は退任しません」

日野は、南に摑みかからんばかりに言った。

「無駄だ。神宮寺さんも君を見放している」

南が冷たく言い放った。

「そんなことはない。あの人は、君がいなければEECはどうなるか分からない。君にいてもらわねばならないとおっしゃっている」

日野は反論する。

「ＥＥＣも君に任せたままではいったいどこまで損失を被るか分かったものじゃない」

「南さん、あなたはＥＥＣの買収責任まで私に負わせるのか！　なんたる卑劣な人だ。あれはあなたの成果として誇らしげに世間に自慢したではないか」

日野の目が血走っている。

「君が大丈夫だと太鼓判を押したからだ」

南は日野を上回る罵声で返した。

北村は、一歩前に出た。

「ＳＥＳＣ（セック）が我が社に強い関心を抱いています」

北村がぼそりと呟いた。その瞬間、南と日野の言い争いはぴたりと収まり、まるで水をうったように静かになった。

14

「神宮寺さんや南君に会ったが、見事に拒否されたよ。日野君にも会おうと思うのだがね」

山際は、携帯電話を耳に当てた。スマートフォンではない。いまだにガラケーと呼ばれる携帯電話だ。これで十分だ。電機メーカーで長くトップを務めながら、スマートフォンでなくてもいいのかとからかわれることがあるが、電話やメールの機能だけなら、これで足りる。

　話し相手は長妻だ。

〈もう日野社長にお会いになることは不要でしょう。同じ反応しか返ってこないでしょうから〉

　長妻は冷静な反応をする。

「君の情報や瀬川君の様子から、何か行動をしないと無責任のそしりを免れないと思ったのだが、私は全く影響力はないね。実感したよ」

　山際が自嘲気味に言う。

〈そんなことはありません。動き出しますよ。きっと、何かが〉

「そうだといいがね。やはり日野君に会うべきかな。彼にも言いたいことがある」

〈南会長が、日野社長を呼び出し、大喧嘩（おおげんか）したという情報が入ってきました。山際相談役の意向は、南会長がお伝えになったのではないでしょうか。相当、激しいバトルだったと秘書室ではひとしきり噂になっております〉

　長妻が含み笑いを洩（も）らすのが聞こえた。

「そうか……。効果はあったのだね。でも長妻君、笑ってはいけません。これから深刻な事態が待っているのですからね」

　山際がたしなめる。

〈承知しております。地獄への扉が開いたのでなければいいのですが〉

「地獄にしても天国にしても、死ぬことには変わりない。死なないで再生したいものだね」

〈おっしゃる通りです〉

「また、何か動きがあれば教えてください。それにしても瀬川君たち若手が気になるねえ」

〈彼らが頑張ってくれますよ。再生には彼らの力が絶対に必要です〉

「そうだね。期待しよう」

山際は、携帯電話を切った。

──地獄か天国か……。私の責任も重大だ。

山際の脳裏に一瞬、崩れゆく芝河電機の姿が浮かんだ。慌ててそれを振り払う。

山際は、自分の責任の取り方に思いを馳(は)せた。神宮寺の顔を思い浮かべ、「あの人には必ず退いてもらう」と強い思いでひとりごちた。

15

──平成二十七年二月十二日

北村は、秘書室の会議室でスマートフォンを取り出した。電話番号を呼び出す。緊張で指先が固まっている。相手は、瀬川だ。

「瀬川、ついにＳＥＳＣ（セック）の検査が入ったぞ。開示検査だが、通常は開示検査課が書類提出などで対応するんだが、今回は異例だ。特別調査課主体の立ち入り検査だ。最初から本腰を入れている。あの吉田の部署だ」

北村の声は興奮していた。周囲に聞こえないように警戒している。

〈ついに動いたか〉

瀬川も興奮を抑えられない。

「動いた。お前のお陰だ」

〈そんなことはないさ。これからが正念場だ。どれだけ膿を出せるかがね〉

「その通りだ。この期に及んで、隠しごとをすればどうしようもないからな」

〈これでどうなって行くんだ〉

「ＳＥＳＣ（セック）の検査に基づき、第三者委員会が作られることになるだろうな。そこですべて正直に開示できれば、再生の道。そこでも隠せば破綻だ」

〈分かった。まだまだ気を許せないな〉

「また連絡する。南会長から呼び出しがかかっているんだ」

〈ところで吉田さんに会っていいんだな。検査期間中だが〉

「身元はＸのままでな。その時、例の物を渡してくれ。じゃあ、また」

〈分かった〉

瀬川の覚悟が伝わる。

北村は、スマートフォンをしまうと、南の執務室に向かった。

南の執務室の前で息を整える。まさかＳＥＳＣ（セック）の検査を呼び込んだのは自分たちだと悟られてはいけない。

ドアを開ける。

「おお、北村君、来てくれたか」

南は、机から飛び跳ねるようにして離れ、北村に近づいて来る。

「お呼びでしょうか」

北村は、冷静に答える。

「お呼びもなにもない。いったいどういうことだ。今回の検査は開示検査ということでいつもなら書類を提出するくらいで終わりなのに、なぜこんなに多くの検査員が来たんだ。これじゃまるで地検の捜索じゃないか」

南の表情からは血の気がなく、どす黒ささえ感じてしまうほどだ。

「かなり本気のようです」

北村は答えた。

「君は、冷静だね。これからどうなるんだ」

「ＳＥＳＣ（セック）の指摘に対応するべくまずは社内に特別調査委員会を設置し、指摘事項を調査し、その後速やかに第三者委員会を組成し、開示が適正かどうか外部の第三者の方に検証してもらうことになります。すでにコーポレイトの経営企画部の方で人選しております」

SESC（セック）の開示検査に誠実に対応しなければ、課徴金を科せられたり、刑事告訴される場合もある。そしてなによりも有価証券報告書の提出が期限までに不可能との事態になれば、株式会社としての責任が大きく問われることになる。

「社内なんかどうでもいいが、社外の調査ではうちの味方になってくれる弁護士などを選べって経営企画部に言っておいてくれ」

南は、焦って言った。

こんなに落ち着きのない南を見るのは、情けない思いでいっぱいになる。豪胆で、どんな敵にも正面からぶつかっていくというイメージを抱いていたのだが、それは幻想だったのか。経営者というのは、いざという時の立ち居振る舞いでその真価が決まると誰かから聞いたことがある。経営とは、いつも順境ではない。逆境もある。その時の態度で、会社の将来はもとより、その経営者の将来も決まるのだとの教訓だ。それから言えば、南の態度は、当然、不合格だ。

「はあ」

北村は気の無い返事をした。

「なんだね、その返事は」

南は、途端に不機嫌になった。

「人選は厳格にやりませんと、信用してもらえません。経営企画部に任せましょう。

SESC（セック）も身内色が強い人選だと認めません」

「そんなことがあるものか。我が社が金を払うんだ。我が社のためになる調査報告をしてもらうべきだろう」

「分かりました。そうであれば経営企画部にご意向を伝えます」

北村は軽く低頭した。

「それとな」南が北村ににじり寄る。「EECのことだけは絶対に触らせるな。あれだけは第三者委員会に秘密にしておくように指示してくれ。SESC（セック）が何を調べに来たかは知らないが、決算について疑問を持っているとすれば、EECのことに関心を持つはずだ。しかしあれだけには触れさせるな。いいな。絶対だぞ」

「分かりました。しかし、SESC（セック）が関心を持つと思いますが」

「余計なことを言うな」南は、血相を変えた。「安宅（あたか）産業を覚えているだろう。カナダの製油所投資に失敗して破綻した商社だ」

「一九七六年のことでした。住友銀行の手によって解体され伊藤忠に売却されました」

「そうだ。EECも芝河電機にとっては安宅産業におけるカナダの製油所みたいなものだ。あれは海外の石油会社に騙（だま）されたのだが、EECも騙されたも同然だ。原発事故という予想外の事故もあったが、それよりも掘れば掘るほど不良債権が出て来るんだ。日野が何も詳しい報告をしないから、実は私も実態を十分知っているとは言い難い。手遅れになっている可能性がある。あいつを後任にしたことをこれほど悔いていることはない。公表するにしても私が十分に実態把握をしてからにしたい。その時間的猶予が欲しい」

南は、悔しそうに音が出るほど奥歯をぎりぎりと嚙(か)んだ。

「では、私は検査への対応がありますので失礼します」

「検査官の私へのヒアリングはどうなっている？」

「すぐにこの後、予定されています」

「そうか……。私も終わりだな」

北村は、その言葉を聞かないようにして外に出た。

廊下に出ると、向こうから数人のスーツ姿の男が歩いて来る。

ＳＥＳＣ(セック)の検査員だ。中心にいるのは、吉田ではないか。南のヒアリングに来たのだろう。北村は、すれ違いざまに小さく頭を下げた。吉田は、初めて会うかのように表情も変えずに北村に頭を下げ、通り過ぎて行った。

＊

高井幸彦が、なにやらにやにやしながらこっちに向かってくる。かなりの急ぎ足だ。

「宇田川」

高井が呼び掛けた。

「はい、なんでしょうか」

宇田川は、少し緊張していた。ＳＥＳＣ(セック)の検査が入ったからだ。かなりの大人数だ。電力社にも検査員が来て、ＣＰの佐藤真一の執務室でインタビューを実施したり、課長らを呼びつけて書類提出を要求したりしている。自分たちが検査を呼び寄せたのだと思うと、大変な事態を引き起こしたのではないかと不安になったのだ。

「日野社長がすぐ来いってさ。お前に会いたいんだって」

にやにやしている。

「すぐ行きますが、どうしたのですか、妙にうれしそうじゃありませんか」

「さっき報告のために日野社長のところに行ったら、怯えてやがんのさ」周囲に目を遣り、小声で話す。「どうしたのだろうと思っていたら、検査は何を調べに来たんだろうかって聞くのさ。俺は、さぁって首を傾げた。すると突然、怒り出してさ。さぁって答えがあるか。きっと誰かが余計なことをSESCに言ったに違いない。お前、絶対に余計なことをしゃべるんじゃないぞって、もう大慌てなんだよ。そんなに検査が恐ろしいのかね。いったいどうしたんだろうって、俺は考えた。日野社長は、責任を取らされるのが怖いんだ」

「責任って言いますと？」

宇田川はとぼけた顔で聞いた。

「お前、決まってるじゃないか。決算数字を散々いじってさ。コスト先送りを容認して、目先の利益を確保するのに『チャレンジ』を連呼したことさ。それを調べられると心配しているのさ」高井は、一層、声を潜めた。「SESCから問われたら、ロスコン案件の扱いなど洗いざらいしゃべるつもりだ。今回の検査は、日野社長の終わりの始まりだよ」

高井のしてやったりとでも言うべき、得意げな顔を見て、宇田川はあさましいと思った。

ついこの間まで、日野に尻尾をちぎれんばかりに振り、すり寄り、利益やコストのごまかしに知恵を絞っていたのは、どこのどいつだ！　と怒鳴ってやりたかった。

宇田川は、厳しい目で高井を睨みつけた。

「日野社長のところに行って参ります」

怒ったように言った。

「宇田川、お前もかわいそうだな。あそこまで日野社長に可愛がられたら、先はないぜ」

「なんのことでしょうか？」

「日野社長の飼い猫の始末までさせられたそうじゃないか。噂になっているぞ」

高井はぬめぬめとした感じの湿った笑みを浮かべて宇田川を見ている。

日野社長の飼い猫ジャニーの死体を引き取り、火葬などの手配をしたことだ。それが早くも噂になっているとは……。

「私は、私の責任を果たすだけです」

宇田川は、姿勢を正して、傲然と言い放った。

権力者の盛衰に合わせて、自分の態度を変えるような高井は許せない。自分は、日野が憎くて内部告発に協力したのではない。芝河電機を愛しているからだ。ただそれだけの気持ちだ。日野を責めるなら、幹部として唯々諾々とその指示に従い、部下に命令し続けた、高井、あなたも同罪だ、宇田川の中で腹立たしさが渦巻いている。

「日野社長のところに行ってきます」

宇田川は、再び言い、床を蹴るようにして勢いよく歩き出した。

「いろいろ面白くなるな」

高井の声が耳に入る。独り言なのか、それとも宇田川に言ったのか。

宇田川は、日野の執務室に急いだ。日野が哀れに思えた。今回の検査を契機に高井のような部下が増えるだろう。落日の権力者ほど惨めなものはない。その時、自分はどのような態度を取るべきなのか。日野の子飼いとまで言われた自分なのだから。もし日野が辞めるならば、自分も城主と共に燃え盛る城に籠城するか……。

宇田川は、日野の執務室の前に立った。ドアを叩く。自分のことは考えてはいけない。ここはひたすら芝河電機のことを考えるのだ。宇田川は自分に強く言い聞かせた。

「入ってくれ」

中から日野の声が聞こえる。宇田川は、ドアを開け、中に入る。

日野は、力なくソファに腰かけ、頭だけ宇田川に向けた。

「そこに座ってくれ」

日野に言われるまま、宇田川は座った。目の前に日野がいる。一気に歳を取ったようだ。白い髪の毛が、以前は勢いのある白だったのだが、今はくすんでいるように見える。目にも力がない。

「検査は、結構、大がかりだな」

日野が聞く。

「そのようです」

無感動に宇田川は答える。

「南会長から引導を渡されたよ。神宮寺さんも山際さんも皆が、私に辞任を迫るんだ。どうしてこんなことになったのだ。私は必死で期待に応えるように努めてきたはずだ」

日野は、ややうつむき気味に話す。宇田川は困惑した。自分に語り掛けているのか、単なる独り言か判然としない。

「そうですね」

意味のない返事をする。

「許せないのは南会長だ」

日野が顔を上げた。急に力が戻ったのか、視線が強い。

「はあ……」首を傾げる。

「私と一緒にＥＥＣの買収を手掛けた。後を頼むと社長を譲られた。ところが業績が悪化しているではないかと俺を責める。決して悪化などしていない。南会長は、日山電機との差が縮まらないと怒っているのだ。そしてＥＥＣが一向に業績に貢献しないとな。それどころか福島原発事故以来、経営の足を引っ張り続けている。私は、それを必死で繕っているのに、責めるのだ。どう思う？」

日野が宇田川に顔を向ける。悲しそうな目だ。日野も絶対的な権力者ではない。南や神宮寺などの歓心を買うために必死なのだ。

「……」

宇田川は、無言で日野を見つめていた。

「君ね、私の考えを聞いてくれるか」日野は、わずかに気持ちを弾ませている。「南会長は、ひどいよ。彼がPC社を立て直したと言われているが、あれは嘘だ。バイ・セル取引で利益を水増しして、立て直したと見せかけただけなんだ。私は、後任社長になった際、その事実を知った。驚いたね。部下が、それを解消しようと言ったのだが、あまりに巨額だったため、私は時機を見ようって言ったんだ。そこにＥＣの問題が重なり、ますます解消できなくなった。全ては南会長の責任だよ。そのことを検査官に、話してくれないか。君から」

日野は、宇田川にぐいっと顔を寄せた。

「私から、ですか」

宇田川はたじろいだ。

「そう、君が説明するんだ。今回の検査は、私が推察するに、私を追い落とすために南会長が仕組んだものだ。それに間違いない。検査結果次第で私の首を獲ろうと思っているんだ。そんなことはさせるものか」

日野は奥歯を噛みしめた。

「嫌です」

宇田川はきっぱりと答えた。

日野が驚く。目を見開き、宇田川を見つめる。なぜ、宇田川が自分の言うことを拒否するのか分からないという顔だ。

「なんだと、私の言うことに従えないのか」

日野の顔が、みるみる険しくなった。

宇田川は立ち上がり、日野を見下ろした。

「社長、今こそリーダーとして振る舞ってください。南会長を追い落とすことを考えるのはリーダーの取るべき道ではありません。検査を全面的に支持し、厳格な第三者委員会を立ち上げ、芝河電機の中に巣食っているあらゆる問題に光を当てるのです。そして解決していきましょう。それしか再生の道はありません。誰かを攻撃し、誰かの責任にすることでは未来は閉ざされたままです。ご自分の身を切る覚悟で、対処してください。最後まで私が尊敬する日野社長であってください」

宇田川は、強い口調で言った。

「きれいごとを言うな。誰もかれもが私を裏切りやがる。私は、私は……必死で芝河電機のために尽くしてきたんだぞ」

日野は、ソファに座ったまま、宇田川を見上げ、顔を歪めて声を荒らげた。

日野を見つめる宇田川の目から涙が溢れて来た。

――ちきしょう。泣くなんて小学校以来だ。

宇田川は、スーツの袖で涙を拭った。

「行くのね」

るり子が、芝河電機の本社ビルの前で瀬川に話しかけた。

「ああ、行く」

瀬川が答えた。

「想像以上に混乱しているわ」

るり子が、ビルを見上げた。

「仕方がないさ。傷口が破れ、膿が一気に噴き出るんだから」

「そうね。そして大ちゃんが持っているその資料がもっと混乱させるでしょうね」

「北村が、こんなのを渡せっていうから驚いた」

瀬川は、胸のポケットを叩いた。

「これで我が社は再生するかな。ダメになったりしてね」

るり子が自嘲気味に言った。

「相当、ダメージを受けるね。でも長年のツケを払うことさえできればなんとかなる」

瀬川が空を見上げた。明るく澄んだ青空だ。

「でも問題の根深さを誰も正確に認識していないかもね」

「それでも何とかしなくてはならないんだ。俺たちが行動した意味がなくなる。俺は、このままとことん進むつもりだ」

瀬川が微笑む。

「大ちゃんはいつも前向きなところがいいんだからね。それでいいよ」るり子が空を見上げる。「ああ、きれいな青空。このままどこかへ飛んで行きたいな」

「何をロマンチックな気分になっているんだ。頑張るのは今からだ。俺は行くよ」

瀬川が歩き出す。

「私も付いていこうか。一度、吉田さんとは会っているから」

「いいよ。もうこれ以上、るり子を危険に晒すわけにはいかない。今回の検査は内部告発のせいだって疑って、犯人捜しを始める奴がいるから」

「分かったわ」

るり子が笑みを浮かべて、小さく頷く。

瀬川は、るり子の視線を感じながら、通りに出てタクシーを捉まえた。

「日比谷公園へお願いします」

瀬川は、運転手に伝えると、シートに身体を預けた。

胸のポケットには北村から預かった資料が入っている。

その資料の内容は、ＥＥＣに派遣された役員と日野たちトップとの間で交わされたメールだ。

――Ｙ＆Ｅが怒っています。巨額ののれん代の償却を要求して引き下がりません。このさせてください。

——結果としてＥＥＣの巨額減損処理申し訳ありません。芝河電機と連結させないように努めます。

——ＥＥＣの資金繰り悪化深刻です。芝河電機の各カンパニーから資金を調達し、支援してください。このままでは資金ショートします。

——ＥＥＣの損失を芝河電機と連結することは絶対に反対です。大日監査法人が言うことを聞かないなんて信じられません。契約解除をにおわせてください。ＥＥＣと芝河電機が連結決算となれば、芝河電機に巨額の赤字が発生し、破綻します。

——ＥＥＣはここ数年全く新規受注がありません。原発事故の影響は深刻です。ＥＥＣを買収した当時の計画を見直せとＹ＆Ｅが怒っています。工事遅延によるコスト増大、電力会社や施工会社との訴訟も深刻で、今後、どれだけ損害が膨らむか見通せません。

等々。

ＥＥＣ側と芝河電機の経営陣との間で交わされた生々しいメール。そのどれもがＥＥＣの経営内容の深刻さを訴えている。そしてアメリカの監査法人Ｙ＆Ｅが、のれん代償却や訴訟、工事遅延に伴う損失見込みの正確な算出を指示しているにもかかわらず、それを回避するべく動いている様子が分かる内容だ。最後の手段は、日本の監査法人である大日監査法人に契約解除すると脅し、なんとかＹ＆Ｅの要求を芝河電機の決算に反映しないようにしているのだ。

「これが全ての問題の始まりだよ。ＥＥＣをもっと早い時点で見限っていたら良かったのだ」

北村は醒めた口調で言った。

「どうしてできなかったのだろう」

瀬川が聞いた。

「南会長も日野社長も、そして二人の上に君臨していた神宮寺相談役もＥＥＣ買収が成功のピークだったからだよ。日本の経営者全般に言えることだけど、自分の成功体験を否定できる人はいない。そして成功体験のある人がトップにいる間は、部下たちは、その成功体験を否定できないんだ。みんな勇気がない。それが芝河電機の、いや、日本企業の病巣なんだ。その病巣を取り除けなかったのが、芝河電機の悲劇となった……。ＳＥＳＣで洗いざらい調べてもらって、大胆な外科手術をするしかない。この資料を渡すことで、ＳＥＳＣは厳しく芝河電機を追及するだろう。一番、重要な役目を瀬川にやってもらいたい」

北村は寂し気な笑みを浮かべた。自分が仕えている南へ弓を引くことになる資料だ。これは山田が残したＰＣ社の報告書よりも、もっと強烈な破壊力を秘めている可能性がある。芝河電機を根っこから吹き飛ばすかもしれない爆弾資料だ。それを瀬川に託したのだ。

「トップの成功体験を壊すのが、四銃士の最後に出番を与えられた俺の役割だな」

瀬川が言った。

「いや、最後の出番なんかじゃない。今から始まるんだ。長い苦難の戦いがね。俺たちの出番はまだまだこれからたっぷりあるさ」

北村は、不敵な笑みを浮かべつつも覚悟を固めたように唇を固く結んだ。

——少し、眠るか。

瀬川は目を閉じた。

瞼(まぶた)の奥に、自分が一番、輝いて働いていたミャンマーの景色が浮かんだ。

「日山電機の倉敷さんの言った通りになったな。こんな安値で受注すると、後悔するよって」

瀬川は虚しく薄笑いを浮かべた。「北村の言う通り何もかも今からスタートだ。芝河電機の終わりの始まりではなく、再生への始まりなのだ」

瀬川は自分に強く言い聞かせた。

16

芝河電機は、SESC(セック)の検査の後、第三者委員会を設置し、利益操作の実態を検証した。その結果、有価証券報告書の提出の延期を決めた。

「芝河電機は五月八日、過去に不適切な会計処理が行われていたとして二〇一五年三月期連結決算の公表を六月以降に延期することを発表した」

芝河電機の不正経理問題が世間に明らかになった第一報だった。

SESC（セック）の検査が入ってからすでに三カ月が過ぎていた。

延期は八月末まで認められた。

七月下旬、第三者委員会は、調査結果を報告した。会社ぐるみで約二千三百億円もの利益をかさ上げし、利益操作が行われていた実態に世間は驚愕（きょうがく）した。

南、日野が退任した。もちろん神宮寺も相談役を退いた。山際は、すでに三月末で自ら相談役を辞任していた。

新社長にはPC社のCPであった加世田が就任したが、これが新たな混迷の始まりだった。

加世田自身が利益操作に加担しているのではないかとの批判が集中し、早々に辞任に追い込まれた。また第三者委員会の報告にはEECの経営実態が何も明らかになっていないことにも批判が集まったのだ。芝河電機の問題の根本原因はEECであるというのは、マスコミを通じて世間の共通認識になった。

新社長には、電力社CPの佐藤が就任したが、混迷は続いていた。

吉田は、日比谷公園のベンチに座っていた。

目の前で噴水が高く噴きあがっている。秋の日差しに水滴が、宝石のように輝いている。吉田は、怒濤のように過ぎて行ったこの半年のことを想い、目を閉じた。最後に会ったXの顔が浮かんだ。

「これを北村から預かりました。ＥＥＣに関するものです」

Xは硬い表情で吉田に封書を渡した。精悍な顔立ちの男だった。真面目な印象だ。

「北村からですか」

「はい、北村がこれを吉田さんに渡してくれと。ＥＥＣの経営悪化が芝河電機が不正経理に手を染めた根本原因だと分かっていただきたいのです」

「今回の内部告発は北村がリーダーですか」

吉田は封書を受け取りながら聞いた。

「いえ、違います」Xは静かに首を振った。「リーダーは、芝河電機の再生を願うすべての社員です。闇は深く、一気には晴れないと思います。ぜひ外部からも大胆にメスを入れていただきたいと思います。それに呼応して、私たちは芝河電機の再生に向けて努力します」

Xの視線が強くなった。「よろしくお願いします」Xは、静かな口調で言い、去って行った。

——彼はどうしているかな。芝河電機は、まだまだ先が見えない状況だ。ＥＥＣを切り離さなければ、再建は無理かもしれない。

吉田は、再び噴水を眺めた。その向こうからXたちが歩いて来るのが見えた気がした。噴水の水滴が作る幻だ。

最初に会った女性、その次の体格の良い男性、そして最後に会った精悍な男性。彼らのような社員がいる限り芝河電機は再生の道を歩むだろうと信じた。

——さあ、午後の仕事にかかるか。

吉田は、勢いよく膝を叩いて立ち上がった。

主な参考文献

浜田康『粉飾決算――問われる監査と内部統制』（二〇一六　日本経済新聞出版社）
今沢真『東芝不正会計――底なしの闇』（二〇一六　毎日新聞出版）
今沢真『東芝　終わりなき危機――「名門」没落の代償』（二〇一六　毎日新聞出版）
小笠原啓『東芝粉飾の原点――内部告発が暴いた闇』（二〇一六　日経ＢＰ社）
田中周紀『飛ばし――日本企業と外資系金融の共謀』（二〇一三　光文社新書）
細野祐二「東芝粉飾決算事件の真相と全容――大企業を蝕んだ原発事業巨額買収」（「世界」二〇一五年九月号）
「債務超過の悪夢――東芝ウェスティングハウス原子炉の逆襲」（「世界」二〇一七年三月号）
その他、雑誌・新聞多数を参照した。

本書は東芝に関わる一連の事件から着想を得たフィクションですが、
登場人物その他の造形は著者の創造の産物です。

解説

井上久男

『病巣』は、二〇一五年に発覚した東芝での粉飾決算と、その背景にあった経営トップ同士の確執に着想を得て書かれた、昨今話題のコーポレイト・ガバナンス（企業統治）とは何かを問う企業小説である。

事件から五年経った今でも東芝は、コーポレイト・ガバナンスで揺れている。二〇二〇年七月三十一日に開催された東芝の株主総会では、三井住友銀行出身である車谷暢昭（くるまたにのぶあき）社長兼最高経営責任者（ＣＥＯ）の取締役選任案に対する株主の賛成比率が約五八パーセントしかなく、薄氷の信任となった。

そうなった要因は、物言う株主（アクティビスト）が、二〇年一月にグループ企業で発覚した架空・循環取引の社内調査が不十分であるとして、会社提案の取締役選任案に反対したからだ。

粉飾決算以降の東芝は、早期退職募集、医療機器や白物家電、パソコン事業の売却、メモリー事業の分社化と株式の一部売却などリストラで食いつないできた一面がある。外部から招聘（しょうへい）した社長を中心に今後の成長戦略を描こうとしていた矢先に、物言う株主とのバトルが始まって出鼻をくじかれたように映る。今後も物言う株主と経営陣の争いは続くとの見方もあり、東芝の完全復活はまだ先のようだ。

東芝では粉飾決算発覚後、西田厚聰相談役（社長就任は〇五年）、佐々木則夫副会長（同〇九年）、田中久雄社長（同一三年）といった社長経験者三人が辞任に追い込まれるという未曽有の事態となった。

そもそも東芝での粉飾の走りは、西田氏がパソコン事業を赤字から黒字にした際に使った手法「バイ・セル取引」にあった、とされる。その構図はこうだ。東芝が部品を仕入れてパソコン組み立て企業に渡す際に、仕入れ価格を秘匿するために上乗せする「マスキング価格」と呼ばれるものがある。実際の仕入れ価格と「マスキング価格」の差を利益計上することで西田氏は見かけの業績を伸ばした。東芝が完成したパソコンを組み立て企業から買い取る際の価格は「マスキング価格」が反映されているので相殺されてしまうのに、である。

西田氏が社長に就いた後、こうした「不正」が東芝社内で平然と行われるようになった。それを加速させたのが西田氏への対抗心から業績を無理やり向上させようとした佐々木氏だった。ちなみに、仕入れ価格と「マスキング価格」の差を利益に計上する手法を発案したのが、資材調達部長だった田中氏だと言われる。

あくまでも筆者の推測だが、小説内では三人のモデルと覚しき人物が登場する。西田氏のモデルが芝河電機会長の南幹夫、佐々木氏が同社長の日野賢太郎、田中氏がＰＣ社カンパニー長の加世田欣也と思われる。

人物描写が面白い。中でも、日頃から「チャレンジしろ」と大声で部下を脅しながら数字を無理やり作らせる強面の日野が涙を流したシーンだ。泣いた理由は飼っていた愛猫ジャニーが死んだから。独身の日野にとって最も信頼できる相手が「猫」だったのだ。

しかも、その猫の亡骸を業者に手配して火葬する前に一目見ようと、大学の後輩で普段から目をかけていた、芝河電機電力社主任の宇田川哲仁を社長室にまで呼び、自宅マンションに取りに行かせ会社に持ってくるように指示した。

宇田川は、そんなことまでして社長に気に入られようとしていた自分自身に嫌気が差し、我に返る。それをきっかけに、宇田川は、粉飾決算を金融庁に内部告発する仲間に入った。

筆者は一九九五年に朝日新聞社で経済部記者となって以来、フリーランスに転じた現在も企業経営の取材を仕事の中心に置いている。日本の多くの大企業で、東芝と似たようなコーポレイト・ガバナンスの崩壊が起こっていることを日々の取材で感じている。

日産自動車で二十年近くにわたって経営トップに君臨したカルロス・ゴーン前会長の事件の背後にも、コーポレイト・ガバナンスの崩壊があった。たとえば、日産はベンチャーに投資するジーア社を二〇一〇年十二月にオランダに設立するが、一年も経たずに非連結化。ジーア社が租税回避地に設立した関連企業がゴーン氏の豪華邸宅を不正に保有するなどしていた。非連結化については多くの役員が参加する経営会議で説明され、元首脳の中には「不自然に感じた」と思う人もいたが、誰も質問しなかった。

その背景には、ゴーン氏は自分と違う意見を言う人材を徹底的に排除し、自分の指示通りに動くイエスマンを重用してきたことがある。イエスマンに徹し、実績を上げれば、ゴーン氏から多額の株価連動型報酬（ＳＡＲ）と地位を与えられた。

ゴーン氏は業績を上げるために、「コミットメント（必達目標）」を課した。コミットメントは最低目標であり、さらに上の目標を「ターゲット」と位置づけ、ターゲットに向けて努力することを「ストレッチ」と呼んだ。

日産が構造改革を進めて赤字体質から脱却する際には、この手法は奏功したが、経営が安定して持続的な成長が求められる局面では通用しなかった。新車開発への投資を絞ったために他社に比べて見劣りする新車を、販売台数のターゲットを達成するために無理やり値引き販売した。このために収益源の北米市場でブランドイメージを毀損、日産車は安売りしないと売れないクルマに成り下がった。

日産が二〇年三月期と二一年三月期の決算で巨額の純損失を計上するのは、こうした「ゴーン経営」の負の遺産による影響が大きい。一九年十二月、日産の内田誠（うちだまこと）社長は就任会見で「できないことをできるという社風を改める」と語った。

東芝でも西田氏が社長時代、売上計画などの予算よりも上積みした実績を出させることを「ストレッチ」と呼んだそうだ。小説では日野社長が「チャレンジしろ」とまくし立て、赤字受注を推進、赤字を隠すために社内ルールを曲げた経理処理をする風土を作った。経営トップが、できないことを無理にやらせる体質が、東芝では粉飾決算に、日産では業績崩壊につながったということだ。こうした体質が出来上がるのは、何も経営トップだけのせいではない。トップの意向を忖度し、将来会社に害を為すことが分かっていても部下に同調圧力をかけながら実行した多くの役員や中間管理職がいるのだ。

小説では同調圧力に屈しなかった人物が出てくる。芝河電機SIS社の瀬川大輔だ。ミャンマー赴任時代の受注プロジェクトが赤字受注でありながら、社内ルールを無視した会計処理に異議を唱えたことで経営監査部に左遷された。瀬川はそこでPC社が行っていた「マスキング価格」を利用した粉飾の実態を目の当たりにし、金融庁への内部通報に向けて動く。

企業の健全性を示す一つのバロメーターとして、瀬川のように「おかしなことをおかしい」と言える社員がどれくらいいるかが挙げられる。それは企業としての懐の深さであり、真の多様性でもある。真の多様性の向上とは、外国人や女性の活用を重視することではなく、価値観や意見の違う人間を多く抱えることだ。

そもそも多様性のない企業からはユニークな発想や商品は出てこない。価値観や意見の相違を束ねて全体最適を図っていくことが経営トップの重要な仕事であり、そういう意味で東芝にも日産にも真の多様性がなかったということだ。

その日産では「ゴーン事件」の反省を踏まえて一九年六月から社外取締役が過半数を占める指名委員会等設置会社に移行した。外の目を入れてガバナンスを強化しようということだ。経営トップ人事は、社外取締役が委員長の指名委員会、同様に報酬は報酬委員会が決める。

取締役会の形態を変える動きが早かったのが実は東芝だった。同社は〇三年に委員会等設置会社に移行し、「ガバナンス優等生」と称えられた。しかし、それは仏作って魂入れず、の状態に近かった。粉飾決算が発覚した一五年当時、東芝の取締役十六人中、社外取締役はわずか四人だった。

ただ、社外取締役を入れればコーポレイト・ガバナンスは万全というわけではない。日産は二〇年七月六日、同年二月に取締役を退任した西川廣人前社長兼ＣＥＯに対して四億一二〇〇万円、西川氏の辞任後に暫定ＣＥＯを務めて同じく二月に退任した山内康裕氏に対し四億一九〇〇万円の退職時報酬などを支払ったことを公表した。

日産は二〇年三月期決算で六七一二億円の当期純損失を計上し、無配に転落したばかり。四億円を超える報酬は明らかに常識から外れている。それを決めた報酬委員会（委員長・井原慶子社外取締役）も健全に機能していないようだ。

東京証券取引所を傘下に持つ日本取引所グループ（ＪＰＸ）でも目を覆わんばかりの不祥事が起こった。ＪＰＸは一八年十一月、清田瞭ＣＥＯが東証上場のインフラファンドに個人的に投資し、それが社内規定違反に当たるとして、報酬カットの処分をしたと発表した。

「処分が軽い。本来であれば清田氏は辞任すべきところだ」といった声が産業界にはあった。ＪＰＸは社外取締役が中心の指名委員会等設置会社だ。こういう時にこそ社外取締役がCEOの首に鈴を付けるべきだが、軽い処分でお茶を濁した。清田氏への「甘い処分」は、「ガバナンスの総本山」自体にガバナンスが利いていないことを物語っている。

施工不良問題で揺れるレオパレス21の社外取締役人事でも目を疑った。一九年六月、共同ピーアール会長の古賀尚文氏が就任したからだ。共同ピーアールはレオパレス21からリスク管理やブランド戦略構築の仕事を請け負っていたので、典型的な利益相反人事だ。よく他の社外取締役が認めたものだと感じる。

こうした不祥事企業のことを取材する度にある言葉を思い出す。「粗にして野だが卑ではない」。城山三郎氏の小説のタイトルだ。主人公は元国鉄総裁、石田礼助氏。経営不振の国鉄再建のために三井物産社長を経て国鉄総裁に転じた。総裁として国会に初登院した際に、石田氏は「国鉄が今のような状態になったのは、国会議員にも責任がある」と痛烈に発言したことでも知られている。

「粗にして野だが卑ではない」の意味は、身なりや言葉遣いは粗削りだが、私利私欲はなくて志が高く、言動は明快で出処進退も潔いということだろう。

しかし、これまでも述べてきた通り、最近の企業トップには、その真逆のタイプが増えたように感じる。自分だけが栄達すればよいと考える「卑しいリーダー」が増えたように思えてならない。結局、会社は頭（経営陣）から腐り、それが現場にも伝播し、皆見て見ぬふりで実態は悪い方向に向かう。実はこれが新たな「日本病」なのかもしれない。

（いのうえ ひさお／ジャーナリスト）

病巣 巨大電機産業が消滅する日 朝日文庫

2020年10月30日　第1刷発行

著　者　江上　剛

発行者　三宮博信
発行所　朝日新聞出版
〒104-8011　東京都中央区築地5-3-2
電話　03-5541-8832(編集)
03-5540-7793(販売)

印刷製本　大日本印刷株式会社

Published in Japan by Asahi Shimbun Publications Inc.
定価はカバーに表示してあります

ISBN978-4-02-264971-3

落丁・乱丁の場合は弊社業務部(電話 03-5540-7800)へご連絡ください。

送料弊社負担にてお取り替えいたします。